恋牡丹

戸田義長

北町奉行所に勤め、若き日より『八丁堀の鷹』と称される同心戸田惣左衛門と息子清之介が出合う謎の数々。神田八軒町の長屋で絞殺されていたお貞。化粧の最中の凶行で、鍋には豆腐が煮えていた。長屋の者は皆花見に出かけており……「花狂い」。七夕の夜、吉原で用心棒を頼まれた惣左衛門の目の前で、見世の主が殺害された。衝立と惣左衛門の見張りによって密室状態だったはずなのだが……「願い笹」。惣左衛門と清之介親子を主人公に描く、滋味溢れる時代ミステリ連作集。移りゆく江戸末期の混乱を丁寧に活写した、第27回鮎川哲也賞最終候補作。

恋牡丹

戸田義長

創元推理文庫

THE CASEBOOK OF DETECTIVE TODA SOZAEMON

by

Yoshinaga Toda

目次

恋牡丹

花狂い

両国橋《りょうごくばし》を渡り始めようとする頃、長い夜が明けた。

東の空がほんのり明るみ始めたかと思うと、見る間に日の光は力強さを増した。橋の北側、向島《むこうじま》方面には大川《おおかわ》沿いに数多の桜の木が植えられており、今を盛りと咲き誇る姿が朝日に照らし出されて明るく輝いた。日の光は川面にもきらきらと反射し、その上を夜桜見物帰りの屋形船や屋根船が幾艘《いくそう》もゆっくりと滑るように進んでいく。

「やれやれ、夜が明けてしまったな」

戸田惣左衛門《とだそうざえもん》がすぐ後ろを歩いている菊池忠市郎《きくちただいちろう》にそう声を掛けながら振り返ると、菊池は欠伸《あくび》をしようとちょうど大口を開けたところだった。

仮にも北町《きたまち》奉行所の定町廻り同心が下手人を護送中なのだ。惣左衛門は目の端で、しかし眼光鋭く菊池をねめつけた。

「え、はい。そ、そのようで」

菊池は慌てた口調で返事をすると、急いで口を閉じた。

とは言え状況を考えれば致し方がないので、惣左衛門はそれ以上追討ちを掛けるような真似はしなかった。二人の後ろには突棒《つくぼう》や刺股《さすまた》を手にした十数名の捕方《とりかた》が付き従っていたが、いずれの顔にも疲労の色が濃く貼りついている。

下手人は名を又七《またしち》といい、越後《えちご》出身の無宿者である。又七は博奕《ばくち》が原因で二十両近い借金を抱えていた。本所緑町《ほんじよみどりちょう》にある蠟燭問屋美濃屋《みのや》の先代が死亡し、野辺《のべ》送りの間は家人が出払うはずと見込んだ又七は、昨日白昼堂々美濃屋に盗みに入った。ところが、あいにくまだ七歳の跡取息子の慶太郎《けいたろう》が風邪を引いて臥せっていた。たちまち女中に見咎《みとが》められ、逃げ場を失った又七は慶太郎を人質に取り、美濃屋の離れに立て籠もったのだ。

惣左衛門は菊池ともう一人平井《ひらい》という同心とともに出役を命じられ、検使与力《よりき》の橋本《はしもと》の指揮の下、捕方を引き連れて美濃屋に急行した。直ちに投降するよう説得を試みたが、興奮した又七は聞く耳を持たない。大店《おおだな》の跡取息子が人質では無闇に強引な手立てを取るわけにもいかず、膠着《こうちゃく》状態が延々と続いた。日が沈み、夜が更け、そしてついに明け七つ（午前四時頃）になろうとする頃、最早慶太郎の命に係わると判断した橋本が力尽くの突入を命じた。

又七は匕首《あいくち》を振り回して激しく抵抗し、捕方に何人か手傷を負う者も出たが間もなく取り押さえられ、人質も無事に保護された。捕縛するまでにこれほど人手と時間を要した大捕物は、惣左衛門も久方振りの経験だった。

一行が両国橋を渡り、西詰の広小路《ひろこうじ》を過ぎて横山同朋町《よこやまどうぼうちょう》に差しかかった時、

「いささか腹が減りましたな」

と、菊池が不意に話し掛けてきた。惣左衛門も同感であり、なぜ菊池がそう言い出したのかは容易に察することができた。一晩中何も口にしないで捕物に当たっていたため一同『伽羅先代萩《めいぼくせんだいはぎ》』の千松のように空き腹を抱えていたのだが、嗅いだ者の食欲を刺激せずにはおかないよ

うな大豆の青い香りが辺り一帯に広く漂っていたのだ。

香りの元がどこであるかは、すぐにわかった。通りに面して『三国屋《みくにや》』という看板を掲げた豆腐屋が店を構えており、開け放たれた窓から職人たちが豆腐作りに汗を流しているのが見える。

「ああ、これがあの三国屋か」

菊池が高い声を上げた。間口が二間もない小体《こてい》な店である。それなのに菊池の口調がいかにも何かに思い当たったようなものだったので、

「ここは名代の店なのか」

と、惣左衛門は菊池に尋ねてみた。

「はい、戸田様も桜豆腐のことはご存じでしょう。この三国屋が作っているんですよ」

「ああ、あれか。それなら去年大叔父の傘寿《さんじゅ》祝いの時、一度食したことがあるぞ」

桜豆腐はその名のとおり桜色をした豆腐である。通常の白い豆腐と比べるとだいぶ値は張るのだが、婚儀など祝い事の席にはお誂え向きなので、一昨年この方滅法な評判となっていた。

「何でも桜海老を使っているとかで、豆腐を桜色に染められるのは三国屋だけの独自の工夫だそうです。ですから他のどの店も真似できず、三国屋は大いに商売繁盛と専《もっぱ》らの評判で——おや、あれは」

そこで菊池は唐突に足を止めた。その時一行は汐見橋《しおみばし》に差しかかっていた。橋の袂《たもと》にも桜の木が植わっていたのだが、その根元に一人の少年がこちらに背を向けてしゃがんでいる。

「おい、平吉《へいきち》！」

菊池が呼ばわると、振り返った少年はすばやく立ち上がり、

「これは、菊池様。お早うございます」

と、菊池と惣左衛門に向かって頭を下げた。

「お勤めでございますか。お疲れ様でございます」

まるで武士のような言葉遣いだが、身に着けているものから判断すると裏長屋住まいの町人に違いない。しかし、そんな貧しい育ちとはとても思えぬ、礼儀作法にかなった折り目正しい挨拶だった。聡明そうな顔立ちをしており、澄んだ瞳で真っ直ぐにこちらを見つめてくる。年の頃は十一、二くらいだろうか。

惣左衛門はいたく好い印象を抱いたが、同時に平吉の頬がこけ、手足もだいぶ痩せ細っているのが否応なしに目についた。着ている袷《あわせ》も、清潔にはしてあるものの洗い晒《ざら》しでかなり色が褪せている。

「お主こそ、かように朝早くから難儀だな」

平吉が肩に掛けた籠を覗き込みながら、菊池が言った。籠の中にはたくさんの雑多な紙屑が入っている。どうやらこの少年は紙拾いをしているらしい。

「いえ、もうすっかり慣れましたので苦ではありません」

「八軒町《はちけんちょう》からここまでは、ずいぶん遠いであろうに」

「この辺りは良い紙がよく拾えるので、毎日のように足を運んでおります。おかげさまで借財

もう間もなくすべて返せる見込みです」

「それは感心なことだ。だが、くれぐれも無理は禁物だぞ」

「お気遣い頂き有難うございます、菊池様」

再び平吉は深々と辞儀をした。

「正直なところ安楽な日々とは申せませんが、これも天が私に与えた運命であり、進んで受け入れるべき試練なのだ、今はそう思念しております」

下手人の護送中に余計な立ち話はそうそうできないので平吉とはそれで別れたが、汐見橋から十間ほど離れた所で惣左衛門は菊池に問い掛けた。

「今の平吉という少年は？」

「神田《かんだ》八軒町の藤兵衛店《とうべえだな》に住んでおりまして、年は十一です」

神田八軒町は菊池の廻り筋ではない。それなのになぜ平吉のことを見知っているのだろうと惣左衛門は少し不思議に感じて、

「何かの事件の引き合いにでも？」

「いえ、さようなことではございません。いささか奇妙な因縁がございまして。三年前の春に姪が嫁入りしたのですが、夜桜見物を兼ねるという趣向で、大川に浮かぶ屋形船を借り切って婚礼の宴を開いたことがございました。その途中で平吉母子が溺れているところに出くわしたのです」

「母子心中ということか」

平吉の家の勝手向きは相当苦しいようだ。そこから連想した問いだったのだが、菊池は首を横に振り、

「いえ、単なる事故です。最初に平吉が足を滑らせて大川に落ち、それを助けようとして飛び込んだ母親も溺れてしまったのです。そこへたまたま私どもが通りかかって救い上げたので事なきを得たという次第でした」

「その年で紙拾いをしておるのか。父母はどうしているのだ」

「父親は久造《きゅうぞう》といって腕の立つ指物師だったのですが、四年前に亡くなっております。労咳《ろうがい》を長く患い、その時人胆丸を買い求めるために多額の借金を負ってしまったのです」

人胆丸とは『首斬り浅右衛門《あさえもん》』の異名を取る山田《やまだ》浅右衛門が人の肝臓から作った労咳の治療薬のことだ。山田浅右衛門は将軍家の刀剣の試し斬りを処刑者の死体で行う『公儀御様《おため》御用』を請け負っているが、斬首刑が執行される際の首打役もしばしば非公式に務めていた。その役得として浅右衛門には、斬首した罪人の死体から肝臓を取り出し、それを原料に漢方薬を作って販売することが許されている。人胆丸という名のその丸薬は労咳の特効薬として殊の外珍重されているが、それだけに非常に高価なもので、おいそれと庶民の手が届くような代物ではない。

「母のお貞《さだ》は後家となった後、昼は仕立ての内職、夜は料理茶屋と働きづめなのですが、なにぶん負債が大き過ぎてなかなか思うようには減りません。そこで、平吉も家計を助けるためにああして紙拾いをしているのです」

紙拾いは文字どおり道や空き地に落ちている紙を拾い集める職業である。江戸市中では紙に限らず物品を徹底して再利用する仕組みが整っており、紙拾いも立派に職業として成り立っていた。元手も特別な技能もいらないことから、平吉のような年端の行かぬ少年でも手っ取り早く始めることのできる仕事だった。

「十一であれば、どこぞの商家に奉公できるであろうに」

小僧になった場合、当分の間は無給であるから直接借金の返済には役立たないものの、住み込みなので平吉の分の食い扶持は節約できることになる。

「それが蒲柳《ほりゆう》の質と申すのでしょうか、平吉は生まれつき心の臓が弱く、奉公など勤まらないとの医者の見立てです。それでさほど体に負担のかからない紙拾いをあのように続けているわけです。元はと言えば武士の子が紙拾いとは、何とも哀れなことで」

「すると父親は浪人者だったのか」

「詳細は存じませんが、北陸のさる藩に勤めていたそうです。故あって主家を離れることとなり、平吉がまだ乳飲み子の頃に江戸に出て来たとか」

だからか、と惣左衛門は納得した。平吉の挙措《きよそ》がいかにも町人らしからぬので内心訝《いぶか》っていたのだが、もともとは武家の出であったのであれば頷《うなず》ける話だ。

「ただ、体が弱い代わりにと言ったら妙ですが、平吉はたいそう勉学に秀でており、かつて通っていた私塾では『神童』とまで称されたとか。あの佐藤《さとう》先生に弟子入りする話まであったほどです」

「佐藤先生と言うと、佐藤一斎《いっさい》先生のことか」

佐藤一斎とは当代随一と名高い儒学者で、現在は昌平坂《しょうへいざか》学問所の教授を務めている。惣左衛門自身は直接の面識はないが、惣左衛門の長男の清之介《せいのすけ》は月に二度学問所で一斎の講義を受けており、たびたび清之介の口から絶賛の言葉を聞かされていた。

「はい。その私塾の師匠が佐藤先生の門下で、平吉は是非とも学問で身を立てるべきと強く推挙されたのです」

佐藤一斎に弟子入りする話が持ち上がったともなれば、平吉の天分は並大抵のものではないのだろう。

「しかし、平吉の家にはまだ多額の借財が残されているのに、佐藤先生に弟子入りしたら紙拾いができなくなってしまいます。勉学の片手間に紙拾いをすることなど許されるはずがありませんし、そもそもそんな暇もないでしょうから」

「それで、その話は断らざるをえなかったのだな」

「はい、そればかりか少しでも早く借金を返すため、平吉は学問そのものを放棄することを決意したのです。塾に通うのを止め、大切にしていた四書五経などもすべて売り払ってしまいました。そうして、あのように毎日朝から晩まで紙拾いを続けているというわけです」

「何とも不憫《ふびん》なことよの」

十一歳といえば清之介と同い年である。同じ武家の子として生まれながら、現在の二人の境遇には天と地ほどの差があった。

平吉は今の自分の境遇を「進んで受け入れる」と言っていたが、むろん本心ではあるまい。あるいは既に半ば諦めの境地にあり、それを「運命」という言葉で糊塗《こと》しようとしているのか。

惣左衛門は足を止めて振り返ると、しばらくの間平吉の後ろ姿を見つめた。桜の花を見向きもしようとしないその丸まった背中が、いやに小さく見えた。

＊　＊　＊

神田八軒町にある藤兵衛店で殺しが起きたという知らせが奉行所に届いたのは、その翌々日の夕七つ半（午後五時頃）過ぎのことだった。

その時刻であれば本来ならとうに奉行所を退出しているはずなのだが、その日はまさに帰宅しようと惣左衛門が雪駄を履いた時、突然に激しい俄雨《にわかあめ》が降り始めた。惣左衛門はしばし帰宅を見合わせ、詰所で雨の止むのを待つことにしたのだった。

惣左衛門の傍《かたわ》らには菊池が座っていたが、つと惣左衛門の方に膝を寄せて、

「ところで、戸田様」

と、声を潜めるようにして尋ねてきた。

「先日の件、いかがでございましょう」

「うむ、そうか。返事がまだであったな」

顔を曇らせながら惣左衛門は答えた。惣左衛門らしからぬ歯切れの悪い返事を聞くと、菊池

は不安そうな表情になった。

「お気に召しませんでしたか。決して悪い話ではないと存じますが」

「いや、そうではない。そうではないのだが……」

惣左衛門は言葉を濁した。菊池の言う『先日の件』とは、惣左衛門の後添《のちぞ》えのことだった。

惣左衛門は妻のお静《しず》を三年前に病で亡くしており、以来独り身を通している。

炊事や洗濯など細々とした家事は下女にやらせているからとりあえず日々の生活に差し障りはないが、妻がいないと何かと不便なのも事実である。そんな惣左衛門の暮らし振りを見た菊池が、後妻《めと》を娶ってはどうかと縁談を持ちかけてきたのである。

菊池が推す女は菊池の母の妹の子、つまり従姉妹《いとこ》である。名はお幸《こう》といい、年は三十。大久《おおく》保百人町《ほひやくにんちょう》に住む西原《にしはら》という御家人に縁づいたのだが、十年経っても子ができないため離縁されてしまい、今は実家に戻ってきている。

「先日申し上げたとおり、正直なところ器量は十人並みですが、気立てはたいへんよろしい女でございます。一度お会いになってみてはいかがかでしょうか」

惣左衛門が返事を渋っていると、菊池は膝を前に進めて畳みかけるように、

「亡くなられたお静殿はたいそうお美しい方でございました。それ故ご不満に思われるのも当然とは存じますが、そこはなにとぞご勘弁をいただきまして」

「いや、器量のことなどどうでも良い。何と申すべきか……」

菊池の熱弁にも、惣左衛門の態度はいつになく煮え切らなかった。

「それとも離縁の原因を気にしておられますか。しかし、戸田家には既に立派な男子が二人もおられます。腹の異なる子が出来ぬ方がむしろお家のためにはよろしいのではないでしょうか」

「そうさな、まさしく卓見だ。されど……」

生返事をして惣左衛門は口籠もったが、その理由は昨夜二人の息子との間で交わした会話を思い出していたためだった。惣左衛門は夕食の席上、一頻《ひとしき》り時候などを話題にした後、二人にさりげなくこう切り出してみたのだ。

「お主らは、母がおらなんで寂しくはないか」

惣左衛門の向かいに並んで座っているのは、十一歳になる長男の清之介と、二歳違いの次男の源之進《げんのしん》である。惣左衛門の問いかけに二人は顔を見合わせた。そしてしばらくの間沈黙していたが、先に源之進が口を開いた。

「父上の思し召しのとおりでよろしいかと存じます」

内心惣左衛門は舌を巻いた。わざと遠回しの言葉を選んで問うてみたのだが、源之進は即座に惣左衛門の隠された意図を正しく見抜いてみせた。一を聞いて十を知るとはまさにこのことだ。もっとも、この年齢にしてはあまりにそつがなさすぎて少々鼻につくきらいもあるのだが。

それに対して、と胸中で溜め息をつきながら、惣左衛門は清之介に目を移した。源之進の答えの意味がわからないようで、キョトンとした表情のままだ。

早合点することの多い粗忽者《そこつもの》ではあるが、清之介は決して愚鈍というわけではない。武芸も学問も一通り人並みかそれ以上にこなすことができる。今の惣左衛門の半ば謎かけのような問いにしても、十一という年齢ではわからなくても当然だろう。清之介が愚鈍なのではなく、源之進が賢すぎるというべきなのだ。

しかし、惣左衛門はつい夢想してしまうことがしばしばあった、源之進が長男であったならばと。源之進であれば腕利きの定町廻り同心となるのは間違いないし、戸田家の将来も安泰だと大船に乗った心持ちでいられるだろう。

だが、跡継ぎ選びは器量の有無によって左右されてはならず、戸田家の跡目はあくまで惣領である清之介が継がなければならない。長幼の序を蔑《ないがし》ろにすることは家政の乱れに直結する。三代家光《いえみつ》公の時の駿河《する》大納言《がだいな》忠長《ごんただなが》様が良い例だ。

「清之介、新しい母が欲しくはないか」

やむなく惣左衛門は単刀直入に尋ねた。清之介は息を呑んで目を見開くと、面を伏せて押し黙ってしまった。

(無理もないか)

清之介の硬い表情を見ながら、惣左衛門はお静の臨終の時の様子を思い浮かべた。

お静の闘病は半年近くにも及んでいた。原因不明の悪疾で、伝《つて》を頼って江戸一番と評判の名医に診察してもらったり、船来の高価な薬を試したりもしたのだが、いずれも徒労に終わっていた。

最期の二日間は昏睡状態が続き、このまま息を引き取るだろうと枕元に控えた誰もが思っていたその時、お静が不意に目を開けた。

「お静、気づいたか！」

「母上！　御気分はいかがでございますか？」

一斉に皆が口々に語り掛けたが、お静には何も聞こえていないようだった。しばらくの間空《うつ》ろな目を宙にさ迷わせていたが、突然お静が肉が削げ落ちて棒のようになった右腕を持ち上げた。何かを懸命に求めているような仕草だ。

「清之介……」

お静は血の気の失われた白い唇を震わせながら、かすれた声で清之介の名を呼んだ。

「母上、清之介はここにおりまする」

清之介がお静の手をとると、急に瞳の焦点が合い、病に臥す前の強い光が戻ったように見えた。お静は清之介が両目いっぱいに涙を溜めていることに気づくと、

「たかだか母親が死ぬ程度のことで泣いてはなりませぬ」

と、死の淵にいるとは到底思えぬ張りのある声で清之介を叱咤した。

「武家の男子がさように惰弱でいかがするのですか」

「承知仕《つかまつ》りました、母上」

懸命に涙を堪える表情で清之介は頷いた。

「ですから、かりそめにも死ぬなどと――」

「戸田家の将来はそなたに任せましたよ」

お静はそう言うと、蠟のように白く透き通った顔に笑みを浮かべた。この半年間絶えて見ることのなかった晴れやかな笑顔だった。

しかし、それがお静の命の最後の輝きだった。伝えるべきことはすべて伝えたとでも言うような満ち足りた表情を浮かべながらお静は目を閉じ、そしてそれが開かれることは二度となかった。

「母上、母上！」

清之介は泣き叫びながらお静の体に取りすがり、いつまでも離れようとしなかった。

惣左衛門は幾度も、お主は母の最期の言葉を忘れたのかと清之介を叱りつけた。しかし静かに悲しみを堪えている様子の源之進とは反対に、清之介は葬儀の間も絶えず涙を流し続けていたのだった。

「いや、例えばの話だ。さように真剣に考えずともよい——そうだ、本日の道場の様子はいかがであった」

急いで惣左衛門は話題を変えた。剣術の腕前だけはかろうじて清之介の方が源之進より上なので、清之介は道場通いには至って熱心である。剣術の話題になれば気を取り直すかと思ったのだが、清之介の表情は曇ったままで、食事が終わるまで口を開くことはほとんどなかった。

（清之介のあの時の様子では……お静を忘れるにはまだ日が浅すぎるのだろうか）

母が亡くなった時、清之介は八歳だった。源之進と比べて母と過ごした年月は二年も長く、その分新しい母と聞いて感じる抵抗がより大きいのだろう。また単に時間が長いだけに留まらず、お静は不出来な長男を不憫に感じていたためか、清之介の方により大きな愛情を注いでいた。見聞を広めるためと称して、お静はたびたび芝居だ花火だと、清之介と二人だけで外出をしていた。清之介が芝居好きという、惣左衛門から見ればあまり好ましくない趣味を持っているのもお静の影響である。

後添えを取るかどうかについては当主の惣左衛門が専決することであって、清之介の意見など考慮する必要は無論ない。しかし、だからと言って直ちに話を進めてしまうのも時期尚早のような気もした。継母と惣領息子が反目し合って、家中がうまく纏《まと》まらないようでは具合が悪い。

「いかがでございましょう、戸田様」

そんな惣左衛門の心中など露知らぬ菊池は、性急に回答を催促してくる。

「うむ……」

鼻を頻りに撫でながら、惣左衛門は俯《うつむ》いた。惣左衛門ははなはだ大きな鉤鼻を持っており、切れ長の目とともに見る者にすこぶる強い印象を与える。その長い鼻梁を弄《いじ》るのは、惣左衛門が考え事をする時に無意識のうちにしてしまう癖である。

「いや、その何だ、近頃腰がしくしくと痛むことが多い故、非番の日は家で休養を——」

「美濃屋であれほど御奮闘なさった方のお言葉とは思えませぬな。お話を進めてもよろしゅうございますね」

「……おや、雨が止んだようだな」

「幸にはいつお会いいただけますか」

菊池の追及は執拗だった。詰所には惣左衛門と同様に雨宿りをしている同僚が幾人かいたが、普段舌鋒鋭く菊池を叱責している惣左衛門が逆に菊池の攻勢にたじたじとなっている様を見て、くすくすと忍び笑いを漏らしている。

何とも進退窮《きわ》まったその時、詰所の入り口で出し抜けに大きな声が上がった。

「神田八軒町の藤兵衛店で殺しがあったとの知らせです！」

天佑とはまさにこのことだ。

「あいわかった。わしが出張るぞ！」

そう叫びながら、惣左衛門は勢いよく立ち上がった。

「外神田は佐久間《さくま》様の廻り筋ではございませんか」

「佐久間殿はあいにくと今朝から麻疹《はしか》を患って休んでおる」

「されど、まだお話が――」

「火急の事態だ。この話はまた後日としよう」

口早にそう菊池に告げると、惣左衛門は返事も聞かぬうちに廊下に飛び出していった。

＊　＊　＊

惣左衛門は俄雨で泥濘《ぬかる》んだ道を神田八軒町に急いだ。事件の知らせを奉行所にもたらしたのは外神田を縄張りとする古参の岡っ引の勘次《かんじ》で、惣左衛門は道すがら勘次に事件のあらましを説明させた。

「殺されたのはお貞という女で、ホトケを見つけたのはその子の平吉です」

「藤兵衛店のお貞と平吉？」

その名には聞き覚えがある。それもごく最近の話だ。しかし、

（さて、どこで耳にしたのだったか……）

と、惣左衛門は首を捻った。

町奉行は、江戸という巨大都市の行政・司法・警察のすべてを管轄している。犯罪捜査に当たるのは、定町廻り・隠密廻り・臨時廻りに属する同心で、総称して三廻りと呼ばれている。三廻りは北と南の両奉行所を合わせても二十五名程度しかおらず、それだけの人数で毎日幾多の事件に対処し続けなければならないため、その職務は多忙を極める。だから惣左衛門がどのような機会にお貞と平吉の名を耳にしたのか、すぐには思い出すことができなかったのも無理はない。

「今日藤兵衛店では、店子一同が揃って朝早くから飛鳥山《あすかやま》に花見に出かけていました。ですが、お貞だけは長屋に一人残っておりました」

「体の具合でも悪かったのか」

「いえ、お貞は米沢町《よねざわちょう》の料理茶屋で下働きをしているのですが、飛鳥山まで行っていると帰りが遅くなってしまい、夕刻からの勤めに間に合わなくなるからと誘いを断ったそうです」

「息子の平吉だけが花見についていったわけだな」

「いえ、平吉も花見には行きませんでした。と言っても、殺しがあった時長屋にいなかったことに違いはないのですが。実はお貞の家はべらぼうな借金を抱えておりまして、平吉は家計の足しにと毎日紙拾いをしているのです。今日も朝から紙拾いに出かけて、夕方長屋に戻って来ると母親が変わり果てた姿になっていたというわけでして」

「そうか、あの時の……！」

そこでようやく、惣左衛門は二日前の早朝の出来事を思い出した。

「旦那様、平吉をご存じなので？」

勘次は不思議そうな顔をした。

「ああ、いささかな。平吉の様子はどうだ」

「それがおつむがどうにかなってしまったようで、ろくに口もききません。先ほどお貞を見つけたときのことを尋ねてみたのですが、ほとんど何も聞き出せませんでした」

十一歳の少年が自分の母の死体を真っ先に見つける羽目になったのだから、それも余儀ないだろう。

「何ともむごいことだな……平吉が帰宅して初めて発見されたということは、お貞の悲鳴や物音を聞いて犯行に気づいた者は誰もいなかったわけか」

「なにぶん藤兵衛店はもぬけの殻の有様でしたので、あいにくと」

「長屋の一行が帰って来たのはいつ頃だったのだ」

「七つ過ぎです。棒手《ぼて》振りをしている利助《りすけ》という男が、戻るとすぐに手土産を持ってお貞の家を訪ねました。ホトケを見て仰天した利助は、腑抜けになった平吉が動こうとしないので、泡を食って自身番に飛び込み――」

そこまで話した時、二人は神田八軒町に到着した。もう暮れ六つ（午後六時頃）に近い頃合で、日はほとんど西に沈みかけている。勘次は自身番屋に目をやって、

「平吉と利助はこちらにおります。話をお聞きになりますか」

「いや、屍《しかばね》の検分が先だ」

時間が経てば経つほど、死体の状態は変化してしまい、得られる手掛かりは少なくなってしまう。加えて、そんな平吉の様子では今しばらく時間をおかなければまともな話は聞けないだろう、そう判断して惣左衛門は長屋木戸に足を向けた。

「あちらの一番奥です」

勘次に先導させて着いたお貞の家は、いわゆる九尺二間の裏長屋である。入り口の腰高障子を開けると、とっつきは水瓶やへっついが置いてある土間で、その奥が居間兼寝間の座敷になっている。座敷と言っても四畳半の一間しかないから、入り口に立つだけで中の様子をすべて見て取ることができた。

部屋のほぼ真ん中にお貞は横たわっている。惣左衛門は座敷に上がると、お貞の傍らにひざまずいた。既にかなり暗くなっているので、惣左衛門は勘次に提灯《ちょうちん》を用意させてから死体の検分を始めた。

お貞は大きく目を見開き、表情は苦悶に歪んでいる。存命中の面影は失われていたが、元は武家の奥方らしい上品で清楚な顔立ちだったと想像された。

死因は一目で明らかだった。首の回りにくっきりと幅一寸ほどの赤い痕がついており、そばに落ちていた赤色の扱《しご》き帯を拾い上げて比べてみると、太さがぴたりと一致した。凶器はこの扱き帯に間違いないだろう。

「この扱きの出所はわかっているのか」

「はい、普段からお貞が使っていたものです」

下手人が凶器をあらかじめ用意してこなかったとすれば、殺しは事前に計画されていたものではなく、思いがけず突発したということになるだろうか。

お貞の喉の辺りには、多くの引っ掻き傷が残されている。お貞の手を見ると、指先に乾いた血がこびりついていた。下手人に首を絞められた時に扱き帯を必死に首から外そうとして、自ら傷付けてしまったのだろう。

「おい、勘次」

その時ある事実に気づいた惣左衛門は、鋭い声で勘次に呼びかけた。

「よもやお貞の屍に手出しはしておるまいな」

「もちろんです。いつもどおり旦那様方のお調べが済むまでは、指一本触れてはおりません」

「ならば、これは何だ」

惣左衛門は死体の足首の辺りを指差した。両足はきれいに揃えられ、裾に乱れはなかった。

「首を絞められたのであれば苦しさで相当暴れたはずだし、強く抵抗した様子だからかようにきっちりと足が揃っているのは不自然であろう。誰かが後から裾の乱れを直したに違いない」

「平吉か利助の仕業では。そのまま放っておくのは忍びないのでつい見かねて、というところでしょう」

その時惣左衛門はふと思いついて、お貞の着物の裾をめくると両足を広げた。下手人がお貞を乱暴し、その痕跡を隠そうとして裾を直しておいたのではないかと考えたのだ。しかし、当てはあっさりと外れた。お貞の陰部にはそれと思しき形跡がまったく残っていなかったのだ。

「まあ良い。二人には後ほど聞いてみることにしよう」

この問題はいったん脇に置いて、惣左衛門は死体の検分を続けることにした。

「おや、これは……?」

惣左衛門はお貞の左頰にかすれた赤い線が引かれていることに気づいた。唇の辺りから伸びていることから考えると、どうやら口紅のようだ。部屋の隅に小さな鏡台が横倒しになり、化粧道具がいくつか畳の上に散らばっている。

(化粧をしている最中に襲われて、手元が狂ったのだろうか)

初め惣左衛門はそう考えたが、すぐに思い直した。

それならば唇は紅が塗られた状態になっているはずだが、唇には紅がほとんど残っていない。くしゃくしゃに丸められた化粧紙が壁際に落ちているのが目に留まった。拾い上げてみると紅が付いている。どうやらこれで紅を拭ったらしい。

お貞が紅を引くのをしくじって、塗り直すために拭いたのだろうか。それにしては、紙の丸め方がいかにも雑である。頬に付いた線のことも考え合わせると、まるでいったん塗られた紅を後から誰かが乱暴に拭い取ったように見えた。

(下手人の仕業だろうか)

もしそうなら、下手人は何らかの理由でお貞が紅を塗っていたことを隠したかったということか。いや、それならもっと丁寧に拭いて完全に紅の痕を消すはずだ。

「気に食わんな」

鼻の先端に手をやりながら、惣左衛門は眉をひそめた。先ほどの裾の件といい、この紅の件といい、どうも妙なことの多い死体だ。

続いて惣左衛門は部屋の中を調べ始めたが、ほとんど手間も時間もかからずに終わってしまった。何しろこの狭さで、家財道具といっても古びた竹行李《こうり》と煎餅布団《せんべいぶとん》くらいしかないのだから、それも当然である。

(押込みの仕業ではありえまい)

長屋暮らしの町人のほとんどは非常に質素な生活を送っていて、無論この家もその例外ではない。盗むに値する財産などあるわけがないことは歴然としており、こんな家に押し入ろうと考える盗人がいるはずがなかった。

土間の方にも別段見るべきものはなかった。今日は俄雨があったから、土間には泥による足跡が数多く残されている。その中には下手人のものも含まれている可能性が高いが、いくつもの足跡が重なり入り乱れているため、どれが誰のものか判別することは最早望めない。

へっついの前には、豆腐の入った鍋が置かれていた。襲われた時お貞は夕食の支度をしていたのだろうか。米櫃《こめびつ》を覗いてみたが、中にはほんのわずかの米しかなく、この家の勝手向きの程度を物語っていた。

惣左衛門はお貞の家を出ると、外で待っていた松吉《まつきち》を呼び寄せた。松吉は三年前から惣左衛門が使っている小者で、目端がよく利くため何かと重宝している。惣左衛門は松吉に藤兵衛店を一回りして普段のお貞母子の暮らし振りを探ってくるよう指示してから、自身番に向かった。

自身番の中に惣左衛門が入っていくと、三人の男が立ち上がって土間に出てきた。

「お役目お疲れ様でございます」

六十過ぎと思われる白髪の男が前に進み出て惣左衛門に頭を下げ、大家の藤兵衛と名乗った。藤兵衛の後には長身の若い男が一人控えていたが、これが土産を持って行ったという利助だろう。

そしてその隣には、利助に支えられるようにして平吉が立っていた。その様子は、先日出会った時のそれとはまったく異なっていた。どこを見るともなく前方に空ろな視線を向け、呆けたように口を開けている。肩を落とし、両手をだらりと下げてぼんやりと立っている姿は、まるで幽霊のように生気がなかった。

「平吉、大丈夫か」

そう惣左衛門が声を掛けても、何の反応もない。

「こら、平吉」

勘次が平吉の肩を摑んで乱暴に揺さぶった。

「旦那様のお尋ねだ、しゃきっとしやがれ」

「待て、そう手荒な真似をせずとも良い」

平吉から勘次を引き離すと、惣左衛門は平吉の前に立った。今の平吉には実に酷なことではあるが、吟味のために是が非でも事情を聞き出さなければならない。

惣左衛門は平吉の肩を優しく叩くと、静かな声で問い掛けた。

「お主が戻ってきた時、お貞は既に事切れていたのか」

「……」

平吉は幼子がいやいやをするように首を振った。惣左衛門の問いを否定しているのか、その時の様子を思い出したくないという意思表示なのかは判然としなかった。

「下手人らしき者を見かけなかったか」

「……」

「誰か怪しい者はいなかったか。肝心なことなのだ、答えよ」

「そのような者は……誰も……」

惣左衛門の重ねての問いに、平吉はようやくそれだけを喉の奥から絞り出すようにして答えた。

「では、下手人に心当たりはないか。誰かお貞を恨んでいた者や、最近お貞と揉め事を起こした者はいなかったか」

「わかりません……」

平吉の声は小さくかすれており、非常に聞き取りづらかった。

「私にはわかりません……どうしてこのようなことになってしまったのか……いったいどうして……」

平吉は頭を抱え込むと、その場にしゃがみ込んでしまった。惣左衛門はこれ以上の継続は無理と判断して、

「これで終《しま》いだ。つらいことを思い出させてしまったな」

そう平吉に声を掛けたが、同時に平吉の手首の辺りにすばやく視線を走らせた。頭を抱えているため袖が肘の方に下がり、手首が露わになっている。そこには何の傷痕もなかった。当然のこととは言え、それを確認して惣左衛門は胸中で安堵の吐息を漏らした。それから平吉の隣に立っている男に向き直ると、

「お主が利助か」

「はい、さようで」

緊張した面持ちで利助は頷いた。

「お貞の屍を目にした時の模様を話してみよ」

「へえ、花見から戻って土産をやろうと平吉の家へ行ってみると、こいつがただぼおっと突っ立ってやがるから、一体どうしたんだと訊いたんですが、帰ってきてお貞さんの亡骸《なきがら》を見つけ

たばかりのようで、あっしも最初は何があったのかさっぱり――」

「待て待て、そうだべらべらとしゃべるでない。もっと秩序立てて説明せんか」

「す、すいやせん」

利助は首を竦《すく》めた。

「……ええと、今日は長屋のみんなで朝から飛鳥山に花見に出かけておりやした」

大家と店子が揃っての花見は、藤兵衛店の古くからの恒例行事だった。以前は近場の上野《うえの》を行き先にしていたのだが、上野には将軍家菩提寺《ぼだいじ》の寛永寺《かんえいじ》があるため、飲酒が制限されているなどいろいろと規則が煩《わずら》わしい。一方、飛鳥山にはそうした厄介な決まりがないので、一般庶民も大っぴらに騒ぐことができる。そのため、五年前に行き先を飛鳥山に変更したのだ。

この花見には、大家から店子まで長屋を挙げて参加するのが常だった。しかし、なにぶん神田八軒町から飛鳥山への距離は二里近くもあるため、早朝に出発しても戻って来るのがどうしても夕方になってしまう。

お貞の家では、亭主の久造が亡くなった後はお貞が仕立物の内職をして家計を支えている。しかし、糊口《ここう》を凌《しの》ぐのが精一杯で、借財の返済は遅々として捗《はかど》らない。そこでお貞は昼の内職に加え、半年前から夜も米沢町にある料理茶屋の鶯亭《うぐいすてい》で働き始めていた。八つ半（午後三時頃）には店に出ていなければならないから、飛鳥山などに行っていては勤めに間に合わなくなってしまうので、お貞は参加を見合わせた。

平吉も母が働いているのに自分だけ花見に行くのは心苦しいし、そんな暇があったら少しでも紙拾いをしていたいと辞退を申し出た。そうした事情を利助たちは熟知していたから無理強いをすることはなく、二人を残して明け六つ（午前六時頃）前に長屋を後にした。

一行が戻ってきたのは夕七つ（午後四時頃）過ぎで、最初にお貞の家を訪ねたのは利助だった。花見に行けなかった平吉たちのために土産を買ってきたのだ。

「今、帰ったぜ。土産は奮発して扇屋《おうぎや》の玉子焼きにしたぞ」

そう声を掛けながら、利助は中に入って行った。平吉が座敷の上り端にこちらに背を向けて立っていたが、利助の来訪に一切反応を示さず、返事も振り向きもしなかった。

「おい、一体どうしたんでい」

不審に思って利助は尋ねた。この時点では、利助はまだ異変には気づいていなかった。雨が降り始めていたため家の中は薄暗く、また平吉の体に遮《さえぎ》られていたので、利助が立っている位置からはお貞の死体が目に入らなかったのだ。

その時利助はへっついに掛けられた鍋がぐつぐつと煮立っていることに気づいた。

「おい、すっかり煮えてるぜ」

そう指摘しても利助の声が聞こえないのか、平吉はまるきり動こうとしない。利助は舌打ちすると、やむなく鍋を下ろしてやった。

「何を木偶《でく》の坊みたいに突っ立ってるんだ。せっかくの高い豆腐が台無しだ、鬆《す》が入っちまってるぜ」

利助は平吉の背中を小突いた。それでも平吉は、茫然自失といった態で立ち尽くしている。

ようやく何かおかしいと悟った利助は平吉の視線を追って、部屋の奥に目をやった。

「……！」

声にならない声を利助は上げた。自分の目にしているものが信じられなかった。先ほどまでたらふく腹に詰め込んでいた酒肴が一気に喉元まで上がってくる。

慌てて両手で口を押えた利助はお貞の家を飛び出すと、血相を変えて自身番に駆け込んだ
——

利助が話し終えた後も、惣左衛門は目を閉じたまま一言も発しなかった。利助の話は筋が通っており、特段不審な点はないように思われる。しかし、

（はて、いったい……？）

あたかも魚の小骨が喉に刺さったように、心に引っかかるものがあった。嘘偽りというわけではないが、話の中に何か奇妙な部分が含まれていたような気がしてならない。しばしの間惣左衛門は鼻を擦りながら利助の話を心の内で反芻してみたが、違和感の正体が何であるのかどうしても摑めなかった。

「お主はお貞の屍に触れてはおらぬか」

やむなく追求を諦めて、惣左衛門は利助に尋ねた。

「と、とんでもねえ」

利助は激しい勢いで首を横に振った。

「びっくり仰天してすぐに飛び出しやしたから、そんなことは」

嘘をついているようには見えなかった。また、現に平吉がすぐ隣りにいるのに、お貞の死体にあれこれ手を出すはずもない。もともと犯行時には藤兵衛店にいなかったことも考慮すれば、利助は下手人の候補から外さざるをえないだろう。

惣左衛門は利助を解放することにしたが、そう告げる前に、

「腕を見せてみよ」

と、命じた。利助は怪訝《けげん》な顔をしながらも、素直に腕を前に突き出した。平吉同様、何の傷も付いていなかった。

「御苦労であった。もう帰って良いぞ」

「今夜は平吉を手前の家で休ませたいと存じます。あのようなことがあった家で、この有様の平吉を一人にさせるわけにも参りませんので」

「うむ、そうするがよかろう」

藤兵衛の提案に惣左衛門は首肯すると、三人を外へ送り出した。平吉は足元が覚束《おぼつか》ない様子で、真っ直ぐに歩くことができない。利助に肩を抱かれながら、ふらふらと自身番から出ていった。

「下手人はお貞の顔見知り、それもかなり気の置けない間柄にあったやつだな」

三人の姿が長屋木戸の方に消えるのを見届けてから、惣左衛門は勘次に言った。

「すんでの所で平吉と鉢合わせをせずに済んだに違いない」

それを聞いた勘次は目を丸くして、

「とんだ千里眼だ。どうしてそんな目串をおつけになれるので？」

「利助が慌てて下ろしたという鍋の話を思い起こしてみよ。土間に豆腐の入った鍋が置いてあったではないか。鍋を火に掛けたのはお貞だ。自分は勤めに出てしまうから、間もなく戻ってくる平吉のために夕餉《ゆうげ》を用意しようとしたのだろう。続いて、調理の合間に身支度を済ませてしまおうと、お貞は化粧を始めたのだ」

「その途中で下手人がやってきたというわけですか」

「そうだ、そしてそれが非常に近しい人物だったから、お貞は土間に出ることなく、『化粧が終わるまで少々お待ち下さい』などと言って、鏡に向かったまま応対しようとしたのだろう」

「その機会を逃さず、下手人はお貞を背後から襲った」

「そのとおりだ。そして、下手人が立ち去るのとほとんど入れ違いに平吉が帰ってきたのだ。なぜかと言えば、平吉よりさらに後に訪れた利助が目にした時点で、鍋は煮立ってはいたもののまだ吹きこぼれても焦げついてもいなかったからだ」

「そうか、もし長い間火に掛けっ放しだったらとっくの昔に焦げてしまっていたでしょうね」

「だから、お貞が食事の支度を始めてから利助が訪れるまでにはわずかな時間しかなく、人の出入りは間なしに連続して行われたと推測できるわけだ」

「いや、恐れ入りました。『八丁堀の鷹《はっちょうぼり》』は未だご健在ですね」

勘次は大仰に感嘆の声を上げた。『八丁堀の鷹』とは、若い頃の惣左衛門に付けられた渾名《あだな》である。かなり角が取れてきた現在とは違って、かつての惣左衛門は調べに強硬な方針を採り、峻厳な態度で悪人たちを次々と捕縛した。そのため、優れた狩猟能力を持つ鷹になぞらえてそう渾名されたのである。

「ところで旦那様、利助に腕を見せろと仰《おつしや》っていましたが、あれはいったいどういうことで?」

「うむ、お貞の指先には血が付いていたであろう。喉の辺りには引っ掻き傷もあった。扱きを首から外そうとして自分で傷つけてしまったのだろうが、当然同時に下手人の腕にも爪を立てたり引っ掻いたりして犯行を止めさせようとしたはずだ。ところが、平吉の腕にも利助の腕にも傷一つなかった」

「すると、下手人は平吉でも利助でもないということですね」

「そう考えて差し支えあるまい。さて、となると次は……よし、番太郎《ばんたろう》を呼んで来い」

江戸の通りには町境ごとに木戸が設けられ、木戸の脇には番屋が置かれている。番屋には番太郎とも呼ばれる木戸番が住み込み、一日も欠かすことなく木戸の管理に当たっている。惣左衛門が言いつけると、勘次はすぐに木戸番の二人を連れて戻ってきた。助松《すけまつ》とお杉《すぎ》という、年齢はもう六十を回っているであろう老夫婦だった。

「藤兵衛店の連中が戻ってきたのは七つ過ぎだったそうだな」

かつて中風を患ったことがあるとのことで、助松の手は絶えず小刻みに震えていたが、話し振りはしっかりとしていて聞きづらくはなかった。

「へい。皆だいぶん聞こし召したようで、真っ赤な顔をして上機嫌で帰ってきました」

「下手人がやってきたのはそのほんの少し前だと思われるのだが、心当たりはないか」

「うーん、心当たりと仰られましても、あいにくですが」

助松は申し訳なさそうな顔をしながら、首を横に振った。

「なぜだ。通行人を見張るのがお主の務めであろう。それとも、どこぞで油でも売っておったのか」

「滅相もございません。間違いなくずっと番小屋に詰めておりました。ですが、あの時刻はまだ誰でも自由に通ることができますから」

町木戸は夜四つ（午後十時頃）に閉じられる。それ以降は木戸脇の潜《くぐ》り戸を通行することになり、その際医者と産婆以外は木戸番に理由を説明しなければならない。しかしそれ以前の時刻であれば、木戸番がいちいち通行人の人相を検《あらた》めるようなことはないので、助松が下手人について何も覚えていないとしても当然ではある。

「それに、俄雨が降っていたから傘で顔が隠れていた者もおりますし、なにぶん商いの方もございますので」

木戸番の給金は各町から支払われていたが、十分といえる金額ではない。そのため、木戸番は副業として駄菓子や草履などの日用品を番屋内で売ることが許されていた。それらを買いに来る客の相手もしなければならないから、常に通りの方だけを注視し続けることなど無理な注文だと助松は言いたいのだろう。

「実際、藤兵衛店の連中は向こうから挨拶してきたから気がつきましたが、平吉が戻ってきたのは目に入らなかったくらいです」

「下手人はお貞と親しい者だった公算が強い。とすれば、お主もそやつを見知っているかもしれんのだ」

助松は困惑した表情を浮かべていたが、脇から女房のお杉が、

「あんた、源太《げんた》さんが来たのはちょうどその頃じゃなかったかい」

と、口をはさんだ。

「おお、そう言えば七つ少し前だったな」

「誰だ、その源太とやらは」

「へい、長谷川町《はせがわちょう》に住んでいる振売りで、青物を商っています。ですが、今日は花見のせいで誰もいないと知ると、すぐに帰って行きました」

「すぐと言うと、どれくらいの間だ。お貞を殺《あや》めるだけの時間はあったろうか」

惣左衛門は勢い込んで尋ねたが、助松はあっさりと否定した。

「いいえ、とてもなかったのではないかと存じます。長屋にはほとんど誰もおりませんでしたから、ぐるりと一回りして戻ってきただけのようです。帰り際に『とんだ無駄足だったぜ』と舌打ちしていました」

「源太は藤兵衛店の連中が花見に行っているのを知らなかったわけか」

「毎日出入りしている振売りには、帰りが遅くなるから七つ半頃に来てくれと伝えてあったそうなんですが、源太は四五日にいっぺんくらいしか顔を出さないので、前もって知らせてはい

なかったようです」

惣左衛門はいささか落胆した。源太が下手人の有力候補であることは間違いないが、過度の期待はできなそうだ。

それ以上特に聞くべきこともなかったので、惣左衛門は助松夫婦に引き取るよう告げたが、二人が立ち去る前に念のため腕の傷を調べることは忘れなかった。年寄りのことだから当然皺《しわ》だらけではあったが、かすり傷も一切なくきれいなものだった。

助松夫婦が出ていくのと入れ違いに松吉が戻ってきて、惣左衛門に聞き込みの結果を報告した。

「長屋の住人の中に、お貞一家のことを悪く言う者は誰もおりません。なぜこんな目にあわなければならないのか見当もつかないと、皆が口を揃えて申しております」

松吉の調べ上げたことを羅列すると、大要は次のようになる。

元は武家の奥方というお貞は上品で優美な物腰を備え、なりは安物でも常にたいへん身ぎれいにしていた。また、化粧っ気は皆無だったが端整な目鼻立ちをしており、藤兵衛店にあっては『掃き溜めに鶴』といった趣であった。それでいて気位が高いということもなく、心ばえの優しい性格は口やかましい長屋の女房たちにも好感を持たれており、これまで軋轢《あつれき》や揉め事は何一つなかった。

平吉は学問の道を断念して紙拾いで家計を助ける親孝行者として、八軒町界隈でも評判になっている。母子は非常に仲が良く、喧嘩や言い争いをしているところなど誰も見たことがない。

亡くなった久造もいたって温厚な性格で、誰かと口論したり喧嘩したりといったことは一切なかった。元は武士でありながら生来手先が器用だったのだろう、病に倒れる前は神田近辺でも腕の立つ指物師と評判になっていた。堅実で丁寧な仕事ぶりが称賛されこそすれ、何か恨みを買うような人物ではなかった。

「そうなると、怨恨の線もなしか……」

「ただし、お耳に入れたいことが一点ございます」

松吉は少し声を低めて、

「お貞が働いていた小料理屋に長三郎《ちょうざぶろう》という板前がいるのですが、そいつとお貞の仲が長屋の中でだいぶ噂になっていました」

「ほう」

「長三郎は妻子持ちなのですが、実に男前だそうです。女房連中によると、最近は井戸端でお貞が口にする話題といえば長三郎のことばかりで、勤め先の鶯亭に向かう時もまるで出会茶屋にでも行くようにいそいそとした様子だったとか」

「その長三郎という板前、大いに臭うな。お貞は仕事と称して家を出たが、その実長三郎と逢引きをしていたかもしれぬ」

「きっとそれに違いありません」

勘次が賛同して、横手を打った。

「武家の出という物珍しさにひかれて、長三郎はついお貞に手をつけたんでしょう。ところが、長三郎からすればほんの遊びのつもりだったのに、後家で男日照りのお貞は本気になってしまい――」

「うむ、だが子持ちの大年増と所帯を持ちたいなどと長三郎が思うわけもない。女房と別れてくれとしつこく迫られ、進退窮まった長三郎がお貞の口を封じたのだ」

「とすると、例の紅が拭かれていた件も」

「それで平仄《ひょうそく》が合うな。常は素面《すめん》であったのに急に化粧をするようになったとなれば、情夫が出来たのではないかとすぐに勘づかれてしまう。あるいは、あの紅は長三郎がお貞に買い与えたものかもしれぬ。長三郎が己との関係を隠蔽《いんぺい》しようと、紅を拭ったのだ」

情痴のもつれとは平凡でありふれた動機だが、読売や草双紙などとは違って現実の犯罪は大抵そんなものだ。

（存外早く片がつきそうだな）

時刻はもう夜四つ（午後十時頃）になろうとしている。惣左衛門は早々に下手人の目星がついたことに満足し、その日の詮議を切り上げることにした。

＊　＊　＊

翌日惣左衛門は米沢町にある小料理屋の鶯亭に出向いた。長三郎を勝手口に呼び出すと、無言のまま顎をしゃくって、後ろに付いてくるように促す。店のすぐ近くに、お誂え向きに小さな稲荷が祀ってあるだけでまるきり人気のない空き地があった。ここなら余計な邪魔が入らずにじっくりと話が聞けそうだった。

なるほど、この男なら噂もさもありなん、惣左衛門は長三郎を前にして心中そう頷いていた。いかにも女子《おなご》たちが騒ぎ立てそうな色男である。背は五尺七寸ほど、細面ではっきりとした造作は、あたかも錦絵に描かれた歌舞伎役者のようだ。

「お貞が殺められたのは存じておるな」

「はい。先ほど女将《おかみ》さんから皆に話がありました」

長三郎は唇を舐めながら答えた。町奉行所の同心を前にして相当に緊張している様子である。

「その話を聞いて、どう思った」

「いえ、もうあまりに突然のことでただただ驚きました」

「果たしてそうかな。お貞が死んだことはとっくに知っておったのではないか」

「は?」

長三郎は戸惑ったような顔をした。

「お主はお貞と関係を持っていたのであろう」

惣左衛門はいきなり核心に踏み込んだ。これまで幾人もの咎人《とがにん》を震え上がらせてきた鋭い眼差しで、長三郎をねめつける。

「お主はお貞に別れ話を切り出した。しかし、お貞は同意せず、それどころかお主の内儀《ないぎ》に二人の関係をばらしてやると言い出した。腹を立てたお主は――」

「と、とんでもないことでございます」

上ずった声を上げた長三郎は、激しく首を横に振った。

「誰がそのような根も葉もない話を――」

「お主らの仲は長屋中の噂で、知らぬ者などおらぬ。現場に残された手証《てしょう》もお主の仕業であることを示している」

「そ、そんな……」

「下手な言い訳などせぬ方が身のためだぞ。わしもあまり手荒な真似はしたくない。有体に申せば御上の慈悲もあろう」

「ち、違います。旦那様」

長三郎は両膝を地面に突き、惣左衛門の巻羽織の裾に取り縋《すが》りながら、

「あっしには人殺しなんて大それた真似はできやしません。何かのお間違いです」

「では聞くが、昨日の七つ頃お主は何をしておった」

「七つですか？　その時分ならもう店に入って支度を始めておりました。お疑いなら、店の者にお聞き下さい。板場の皆が知っていることです」

（この男、嘘はついておらんな）

そう惣左衛門の直感は告げていた。惣左衛門は長年にわたる勤めの中で、平然と真顔で嘘八百を並べ立てる悪人たちと数限りなく対峙してきた。駆け出しの頃ならともかく、今の惣左衛門がそんな出鱈目を真に受けてしまうことはない。

長三郎が周章狼狽し、必死に訴えかけてくる様子は演技ではありえないと、惣左衛門はたやすく見てとることができた。今頃鶯亭の方は松吉が調べている最中だが、おそらく店の者は長三郎の言い立てを裏づける証言をしていることだろう。

「腕を前に出してみよ」

と惣左衛門が命じると、長三郎はぎょっとした表情になり、慌てた様子で腕を引っ込めた。

「勘違いするな。お縄を掛けるわけではない。ただ袖を捲《まく》って腕を見せてみよと言っているだけだ」

恐る恐るといった感じで、長三郎は両腕を惣左衛門の方に突き出した。そこには傷はまったく残されていなかった。

（やはりな）

これで最も有力と考えていた筋が早々に消えてしまったことになる。予想外の結果に惣左衛門は失望を隠せなかった。しかし、探索はまだ緒に就いたばかりである。惣左衛門は気を取り直すと、次なる獲物を目指して長谷川町へと足を向けた。

＊　＊　＊

「滅相もねえ」

源太が見せた反応は、長三郎のそれとほとんど同じだった。

「お貞さんには何度か青物を買ってもらったことがあるだけで、ほとんど口を利いたこともありやせん。お貞さんを襲わなきゃならねえ理由なんか――」

惣左衛門は夕刻になって商いから戻ってきた源太を捕まえると、すぐさま自身番に引っ張り入れた。そして、長三郎の時と同様、源太を下手人と決めつけて厳しく責め立てたのだった。

「何度かどころか、初めて会った相手を殺めた例など掃いて捨てるほどもある」

源太の抗議を一蹴した惣左衛門は、弾劾の言葉を連ねた。

「あの日お主は藤兵衛店の連中が花見に出かけているのを知らずに神田八軒町を訪れた。ところが、案に相違して長屋はほとんどもぬけの殻だった。ようやく一人残っていたお貞を見つけて声を掛けたが、お貞は化粧のため鏡に向かったまま振り向きもせず、にべもなく断った。それに腹を立てたお主は前後の見境がなくなって、思わずお貞の首を絞めてしまった。さよう相違あるまい」

惣左衛門がそう断定すると、源太の顔は真っ青になり、唇がぶるぶると震えた。続いて膝が激しく揺れ始め、そのうち体を支えきれなくなったらしく、腰が抜けたようにその場に座り込んでしまった。

「だ、旦那……」

源太の目からは、早くも大粒の涙が零《こぼ》れている。

「お貞さんの家は前を素通りしただけで、そんなことは絶対に……」

(これも違うな)

心の中で惣左衛門は溜め息をついた。この小心者は、いくら立腹したとしても人一人殺せるだけの度胸はまるで持ち合わせていないだろう。実際にはお貞を殺害する時間の余裕などなかったことも考慮すれば、源太を下手人と見なすことは難しいと判断せざるをえない。

「あいわかった。もう戻って構わぬぞ」

やむなく惣左衛門が告げると、源太の顔にはたちまち安堵の笑みが広がった。

「あ、ありがとうございやす」

呟くように言いながら源太は立ち上がろうとしたが、気が抜けてしまったのかふらふらと足元が覚束ない。惣左衛門は手を貸してやろうとして源太の左腕を取ったが、その時源太の左手首に一筋の赤い傷跡があるのが目に留まった。

「待て」

源太の左手首を惣左衛門はすばやく捻《ね》じり上げた。

「い、痛っ――」

「この傷は何だ」

鋭い声で惣左衛門は源太を問いつめた。

「これは、お貞の首を絞めた時に、抵抗されて引っ掻かれた傷であろう」

「お、お取違えです」

先ほど以上に顔を青くして、源太は必死の様子で抗弁した。

「うちのかかあは癇癪《かんしゃく》をすぐに起こす質《たち》で、三日前喧嘩をした時に包丁なんぞを振り回しやがって、それでこの傷がついたんです。かかあが長屋中に響くような大声を出したもんだから、すぐに大家の甚兵衛《じんべえ》さんもすっ飛んできました。だからこのことはよくご存じでさあ。嘘だと思ったら、甚兵衛さんにお尋ねくだせえ」

「大家を呼んでこい」

惣左衛門は脇に控えていた自身番の番人にそう命じてから、

「もしも偽りであったら、ただではおかんぞ」

と、源太に凄んでみせた。しかしその実、心の内ではおそらく源太の言い分が正しいことを確認するだけの結果に終わるであろうと予感していた。

（さて、こうなると――）

下手人の候補者がまた一人、舞台からあっさりと退場してしまったことになる。惣左衛門は頭上に大きな暗雲がにわかに垂れ込めてきたような心持ちがしてならなかった。

＊　＊　＊

一人縁側に座った惣左衛門は、もう一刻近く定跡の書かれた本を見ながら碁石を並べていたが、手を休めると庭の桜の木に目をやった。雨粒が容赦なく桜に襲いかかり、叩き落とされた花びらが地面に描く桜色の斑《まだら》模様は見る間に庭一面に広がっていった。

（もう桜も仕舞いのようだな）

今日は非番だった。この七日ほど忙しさにかまけて庭の手入れを怠っていたので、早くもあちらこちらに雑草が顔を覗かせている。残らず引き抜いてくれようと惣左衛門は朝から意気込んでいたのだが、雑草取りを始めて半刻もしないうちにすこぶる強い雨が降り始めたので中断を余儀なくされた。そこで、惣左衛門は縁側で久しぶりに碁盤を前にしながら「花は盛りに、月は隈なきをのみ見るものかは」とばかりに花見を決め込むことにしたのだ。

戸田家の庭は決して広いとは言えなかったが、桜以外にも数多くの庭木や花々が植わっており、ちょっとした庭園の趣がある。三十俵二人扶持の禄しかない一介の定町廻り同心にしては、立派過ぎるほどだった。

それらの手入れは庭師に任せることなく、惣左衛門が手ずから行った。訝る上司や同僚には「自分で手入れすれば、その分費《つい》えの節約になるから」と答えていたが、それはただの言い訳であった。実のところ惣左衛門は、並々ならぬ園芸の愛好家だったのだ。もちろん、惣左衛門以外にも草花の栽培に熱中する武士は数多くいる。しかしそのほとんどは、投機の対象となるくらい高値の付く朝顔や万年青《おもと》を家計の助けとするために栽培しているだけだった。

一方惣左衛門の場合は、花を眺めたり庭いじりをしたりすることを純粋に愛していた。囲碁は武士の嗜《たしな》みであるから誰にも憚《はばか》ることはないが、このもう一つの密やかな趣味については決して周囲に明かしたことはない。もし菊池などが花を愛でる惣左衛門の姿を目撃したなら、腹を抱えて笑い転げることだろう。

惣左衛門が園芸に情熱を傾け始めたのは前髪《まえがみ》を執るよりはるか前からで、植木屋になることができたらと夢見た時期もあったほどだった。町奉行所の定町廻り同心という役職は実態としては世襲制だが、建前上は一代限りの抱席《かかえせき》と定められている。つまり、黙っていても自然にその職に就けるわけではないから、本人が希望しなければ父親の跡を継ぐ必要はないのだ。もちろんそんな真似をすれば、武家としての戸田家の歴史はそこで終わることになる。父は大いに悲しむだろうし、開幕以来連綿と御番所で精勤し続けてきた御先祖様に対しても申し訳が立たない。そもそも武士である以上、個人の意志や希望などは二の次である。だから同心見習いとして出仕することを父から命じられた時、惣左衛門はおとなしく首を縦に振ったのだった。

しかし園芸という趣味そのものを捨てたわけではなく、それどころかむしろより熱中するようになっていった。定町廻り同心の職務は自ずと殺伐としたものになりがちで、まだ右も左もわからぬ駆出しの惣左衛門はささくれ立った気分を引きずったまま帰宅することがたびたびあった。ところが、そうした時でも花々を目にしたりいじったりすると、惣左衛門の心はたちまち和むのが常だった。あたかも鎧兜《よろいかぶと》を脱ぐように、心身にまとった緊張が次々と剝《は》げ落ちて行くのだ。

『八丁堀の鷹』などと称賛されるほどに経験を重ね実績を上げても、そのことに変わりはなかった。帰宅すると真っ先に庭に向かう惣左衛門の姿を見て、妻のお静はしばしば呆れ顔で嘆息していたものだった。今日でも園芸は、惣左衛門の心の安寧に相当大きく寄与している。

（しかし、今回ばかりは……）

一つ大きな溜め息をつくと、惣左衛門は手にしていた碁の本を下に置いた。実のところ惣左衛門の心は、先ほどから桜にも碁盤にもまったく向けられていなかった。心の底にお貞殺しの一件が重く沈み、桜を愛でたり囲碁を楽しんだりするような心境にはまるでなれなかったのだ。探索はとうに暗礁に乗り上げていた。下手人捕縛の目途は皆目立っていない。お貞を殺すに足る動機とお貞を殺すことのできた機会を兼ね備えた者が誰もいないのだ。何の進展も見られないまま既に十日余りが過ぎている。

惣左衛門は事件が発生して以来ずっと、非番を返上して働きづめだった。綿のように疲れ切った体が悲鳴を上げていたので今日は定められたとおりに休みをとることにしたのだが、非番だからと言ってすべてを忘れて花見や囲碁に没頭することなど土台無理な注文だったようだ。

（であるならば、いっそ――）

事件についてもう一度最初から考え直してみよう、そう惣左衛門は決めた。無理に目を逸らし続ける方がよほど心身に悪い。腕組みをしながら目を閉じると、自分が取り調べた者の顔を順番に思い浮かべていく。

まずは平吉だが、これは論外だろう。利助の証言から考えれば、単に不幸にして事件の第一発見者になってしまったに過ぎない。利助が訪ねた時平吉は紙拾いから帰ってきてお貞の死体を見つけたばかりのはずで、犯行に及ぶ余裕などなかったろう。

ただし、平吉が戻ってきたところを目撃した者がおらず、その時刻がはっきりとしていないのも事実だ。惣左衛門が見立て違いをしていて、実際には平吉はもっと早くに帰ってきていたということも無論ありうる。しかし、仮に機会があったとしても、お貞を殺めなければならぬどんな理由を平吉は持っていたというのだろう？

もちろん虐待などが原因で子が親を殺めることは起こりうる話で、惣左衛門自身もかつてそうした事件に遭遇した経験を持っていた。しかし余人はいざ知らず、平吉に限ってそれはあるまい。父の残した借金を返済するためには、進んで己の人生を犠牲にすることを厭わない孝行者なのだ。

実際、今まさにこの時も平吉は紙拾いに精を出しているはずだ。まだ初七日も済ませないうちから平吉はもう紙拾いを再開したと、先日菊池が言っていた。確かに母親が亡くなったからといって、借金取りが返済を待ってくれるわけではないだろう。けれどもその知らせを聞いた時には、何と律儀なことだろうと驚きを禁じえなかった。やはり平吉が下手人と考えるのは無理がある、惣左衛門はそう結論づけた。

次に利助だが、これもありえない。藤兵衛店の一同と一緒に戻ってきたのがはっきり確認されていて、その時には既にお貞は殺されていたはずだし、何より先に平吉が帰ってきている。利助がお貞を殺すのを、その場にいた平吉が黙って見過ごすわけなどない。また、お貞と利助の間には何の諍《いさか》いもなかったことも調べ上げてある。

その時惣左衛門は、自身番で利助の話を聞いた時に何か引っかかりを感じたが、そのまま放置してしまったことを思い出した。

（さて、あれは何だったのだろう……）

惣左衛門は鼻を擦りながら、改めて考え直してみた。しかし結局思い当たることはなく、それが何であれ利助が無実であるという結論に変わりはあるまいと判断して、この問題は再び棚上げしておくことにした。

続いて長三郎。夕七つ頃からずっと店に詰めていて板場を離れていないことは、店の主人や同僚に確かめていた。神田八軒町に行っている暇など到底ない。

お貞との関係も噂されていたようなものではまったくなく、ただお貞の方が勝手に熱を上げていただけだった。それも直接に長三郎に言い寄っていたなどというわけではなく、小娘のように陰から思いを寄せていたというほどのことらしい。長三郎のような男が本気で自分を相手にしてくれるわけがないと判断できるくらいの分別は持っていたようだ。そうであるのなら、長三郎にはお貞を殺めなければならない理由は一切ない。

振売りの源太は長三郎と違って、藤兵衛店を訪れているのがはっきりしている分だけ疑いが濃いと言えなくもない。しかし、番太郎の助松が証言していたような短時間であったのであれば、犯行に及ぶのはおよそ無理だろう。お貞とほとんど面識がなかったことも間違いないようだ。

だがそうすると、これまで詮議の対象となった全員の嫌疑が消え失せてしまうことになる。そして、お貞が下手人に付けたであろう傷が誰の腕にもなかったという事実は、この見方が誤りでないことを裏づけている。だが、お貞の身辺には下手人と目されるような者がもう他には誰もいないのだ。

となれば、到底ありえないと早々に決めつけてしまっていたが、物盗りの仕業という可能性を再検討すべきなのだろうか。すなわち、あの日花見で全員が留守にする予定だと聞きつけた物盗りが藤兵衛店に赴いたが、思いがけずお貞に出くわしてしまい、騒がれたためにやむなく凶行に及んだという筋立てだ。又七が美濃屋に立て籠もった時と同様の構図である。

しかし惣左衛門は、やはり自分で自分の思いつきを即座に否定せざるをえなかった。そもそも藤兵衛店自体が、お貞に限らず住人の誰一人として金目の物など持っていないことが一目瞭然の貧乏長屋だ。たとえ人っ子一人いなくても藤兵衛店に足を向けようという気を起こす盗人などいるはずがない。

物盗りでもないとすれば、残る可能性は怨恨くらいか。お貞が誰かの恨みを買うことは考えにくい以上、あるとすれば死んだ亭主の久造が原因だろう。

例えば、久造は「故あって」浪人になったと菊池は言っていたが、実は敵《かたき》持ちだったとする。十年前同じ家中の者を斬って脱藩し、仇討《あだう》ちを恐れて江戸まで逃げてきたのだ。名を町人風に改め、一介の指物師として藤兵衛店に潜伏する。討手は艱難辛苦《かんなんしんく》の末、久造の居所をようやく突き止め、あの日藤兵衛店を訪れた。しかし、お貞の口から久造が既に亡くなっていたことを告げられる。やり場のない怒りが募り、討手はその矛先をお貞にぶつけた——

(馬鹿ばかしい)

惣左衛門は自嘲せざるをえなかった。目指す敵が既に死んでいたからといって、敵以外の者を殺害することはただの犯罪だ。加えて、絞殺などという武士にあるまじき手段を用いるわけもないだろう。

やはり物盗りだの復讐だのはありえない。下手人はお貞の周囲にいると考えるのが妥当だ。何か見落としている点はあるまいか。

(そうだ、もう一人いるではないか)

その時ふと惣左衛門の胸中に、それまで忘れていたある人物の顔が浮かび上がった。木戸番の助松である。

これまで惣左衛門は、助松を容疑者の一人と見なしたことは一度もなかった。なぜか。助松が木戸番だからだ。木戸番は常に木戸番小屋に詰めているものだ、だから助松がお貞の家を訪ねたはずがない、今度の一件に関しては何の係わりもない、惣左衛門はそう独り決めしてしまっていたのだ。

「間違いなくずっと番小屋に詰めておりました」

証言の中でさりげなくそう主張しておきさえすれば、助松は局外者としての立場を容易に獲得することができた。そして、何食わぬ顔をしつつ自分に都合の良いような『事実』をいくらでも述べることができたのだ。

惣左衛門はその策略にまんまと引っかかってしまった。助松の言い分に完全に依拠して人の出入りなど犯行時の状況を割り出し、それを疑う余地のない条件として吟味を進めてきた。その結果、今このように二進《にっち》も三進《さっち》も行かずに立ち往生してしまっている——

(そうだ、それに違いない)

ついに真相を摑んだ、そう確信した。惣左衛門は直ちに外神田に向かおうと立ち上がりかけたが、その瞬間歓喜は一気に失望へと変わり、惣左衛門は力なく腰を落とした。

(無理だ。助松であるはずがない)

還暦を過ぎた老人が、女とは言えまだ四十にもならないお貞を絞め殺すことなどできるものだろうか。不意を突いて背後から襲ったため、お貞は抵抗できなかったのだと考えることは可能である。しかし、助松は中風の後遺症で手の自由が利かない。扱きで絞め殺すことなど無理だったのではないか。

しかも、連れ合いの目はどうやって誤魔化せたのだろう。まずお杉に見つからずに番小屋を抜け出す必要がある。そして、お貞を殺して戻って来るまでの間不在をお杉に気づかれてはならないのだ。そのような芸当が果たして可能だろうか。

もっとも、実は二人は一つ穴の狢《むじな》で、ずっと一緒にいたと口裏を合わせているのだと考えれば筋が通らぬでもない。あるいは、直接手を下したのはお杉の方かもしれない。しかし、自分で思いついたことながらこじつけの感が否めないし、そんな勝手な想像が許されるのなら利助でも長三郎でも皆下手人となりえてしまう。

第一、あの老夫婦にお貞を殺さなければならないどんな理由があったというのだろう。助松のあの老体ではお貞と男女関係を結ぶことなどできないだろうし、お貞が何の蓄えも持ってはいないことは先刻承知のはずだ。そして何よりの証しに、あの二人の腕にも何の傷もなかったではないか。

（だが、待てよ）

惣左衛門の思考はそこで急停止し、やにわにある新しい着想が脳裏に浮かんだ。腕に傷がないことは、即ち下手人ではないことの証左である。惣左衛門はそう考えて疑いもしなかった。だが、果たしてそう断言して良いものだろうか。

例えば、火消の刺子半纏《ばんてん》のような厚い布を両腕に巻いていたとしたらどうだろう。それなら、いくらお貞に引っ掻かれても傷はつかないではないか。ただしこの場合、お貞の家を訪れる前からあらかじめ準備をしていたということになり、その場にあったお貞の扱きを凶器としたことと矛盾してしまう。

だが、本当は匕首か何かで刺し殺すつもりだったのだが、犯行の直前たまたま扱きが落ちているのが目についたので使うことにした、と考えれば理に適う。扱きの方が血が出ないから都合が良いと咄嗟の思いつきで――いや、刺し殺すつもりだったのなら、そもそも腕に布など巻いて行くわけがないではないか。

（いかんな）

惣左衛門は首を左右に振ると、溜め息をついた。どうにも混乱している。今の状態ではいくら頭を捻っても時間の無駄だ、少し休むとしよう。

そう思った時ちょうど、笛の甲高い音色のような鳴き声が頭上から降ってきた。見上げるといつしか雨はやんでおり、一羽の鳶《とんび》が薄日の差した大空の中を悠然と飛んでいる。

（鷹でなくとも、鳶で構わんのだがな）

腐肉を食べる習性があるためか、鳶は鷹より低く評価されがちだが、惣左衛門は鳶の飛ぶ様がいたく気に入っていた。鳶が円を描きながら空高く舞い上がっていく姿を見ると、さぞ気分が良いだろうなと羨望の念を抱いてしまうのだ。

何物にも邪魔されることなく優雅に舞う鳶の姿を追って、暫時惣左衛門は目を凝らしていたが、

（それにしても……）

解せぬ点の多い事件だ。他にもまだ未解明の疑問が残っている。惣左衛門の心はすぐに事件に戻ってしまっていた。

誰がお貞の唇から紅を拭ったのだろうか。下手人の仕業と考えるのが妥当だろうが、ではなぜそんなことをしたのだろう。裾が整えられていた件もそうだ。お貞に乱暴を働いたわけでもないのに、そうせねばならぬどんな理由があったのだろうか。他に隠蔽する必要のある何かが――

その時、人の気配を感じて振り向くと、廊下の端に清之介が立っているのが見えた。清之介は慌てた様子でその場に平伏して、

「申し訳ございません。お邪魔をするつもりはなかったのですが」

「構わぬ。気にするでない」

惣左衛門は清之介を手招きした。

「少し話でもしよう。ちょうど良い所に来てくれた」

本音だった。その時惣左衛門の推理は完全な袋小路に入り込んでしまっていた。だから、清之介が現れて邪魔になるどころか、むしろ一息入れる切っ掛けができて大いに歓迎という心境だったのだ。

「もう九つ過ぎか。今日は湯島《ゆしま》だったな」

清之介は月に二度、湯島の昌平坂学問所に通っていた。確か今日がその日のはずで、清之介は通学生のため講義は午前中の半日のみである。

「はい、やはり佐藤一斎先生の御講義は一頭地《いっとうち》を抜いておられます。たいへん勉強になりました」

そこで清之介は胸を張りながら誇らしげな口調で、

「本日は抜き打ちの考査があったのですが、無事に及第点をいただくことができました。及第したのは私を含めて三人しかおりませんでした」

「うむ、それは祝着。しかし、油断は禁物だ。これに驕《おご》ることなく、今後もゆめゆめ精進を怠るでないぞ」

惣左衛門としては鼓舞の言葉のつもりだったのだが、それを聞いた清之介は途端に顔を曇らせて面を伏せた。惣左衛門は心中で、

（またか）

と、落胆した。惣左衛門の叱咤激励は、逆効果を招くだけの結果に終わることがほとんどだったのだ。

戸田家の未来は、剣術以外は弟の源之進よりも見劣りのする、この総領息子に掛かっている。そのため、本来なら清之介を誉めて然るべき場面であっても、つい説教口調になってしまうことがたびたびあった。それが清之介を委縮させているのだと承知してはいたものの、武士の男子がさように柔弱でどうするのだと惣左衛門は暗然とするのが常だった。

「もう下がって良いぞ」

やむなく惣左衛門は清之介にそう告げたが、清之介はその場に座ったまま立ち去ろうとはしなかった。何か言いたげな顔をしている。

「どうした」

「先日仰っておられた新しい母上のことですが……」

予想外の話題だった。あの後すぐにお貞殺しが起き、事件の取り調べに没頭していたため、後添えの件などすっかり失念していた。しかし、いずれはもう一度清之介ときちんと話し合っておくべき事柄だ。お貞殺しの再検討に行きづまっていたこともあって、今がちょうどその良い機会かもしれないと考えた惣左衛門は、

「何か思うことがあるのか」

と、問うてみた。しばらくの間清之介は躊躇《ちゅうちょ》するような素振りで沈黙していたが、やがて意を決したように口を開いた。

「父上は母上のことをたいそう愛慕していらっしゃったと存じますが……」

「愛慕?」

「父上と母上は好き合うて夫婦になられたのでございましょう?」

惣左衛門は苦笑せざるをえなかった。清之介は根本から勘違いをしている。

「良いか、清之介。武士の婚姻は家の存続のためになされるものなのだ」

したがって、そこに恋愛感情など入る余地はない。事実、お静との婚姻は親同士の話し合いで決められたことで、惣左衛門が祝言を挙げる前にお静と会ったのは見合いの席のただ一度だけに過ぎない。

八年間続いた二人の夫婦生活にしても、特段波風が立つことはなく、まずは円満だったと言えるだろう。だが、そこに愛や恋と呼べるものがあったかと問われれば、首を傾げるより他ない。二人の男子を儲けはしたものの、それは子を作ることが戸田家の将来に対する義務であったからだ。お静という女を愛した結果では必ずしもなかったが、しかし武士としては取り立てて珍しいことでも恥ずべきことでもないだろう。

「武士は町人のように惚れた腫れたなどと下世話なことを申してはならぬ。心せよ」

「も、申し訳ありません」

清之介は再び平伏したが、なおも食い下がるように、

「私がお伺いしたかったことは、つまりその、父上は母上のことをどれくらい覚えておいででしょうか」

たどたどしい口振りではあったが、清之介の目は真剣そのものだった。惣左衛門は清之介が何に拘《こだわ》っているのか、質問の意図がようやく理解できた気がした。お静が亡くなってまだ三年

しか経たないのに惣左衛門が後添えを取ろうとしていることに、清之介は納得がいかないのだ。お静のことをもう忘れてしまったのか、お静への愛はその程度のものだったのか、そう清之介は訴えたいのだろう。

「母が忘れられぬか」

どうしても忘れられないという答えが返ってくるだろう、そう予想しながら惣左衛門は尋ねた。臨終の時の母の眼差し、手の温もりが忘れられない、と。ところが、清之介の返事は惣左衛門の意表を突くものだった。

「それが正直に申し上げまして、さほどよくは覚えていないのです。母の面影は日々薄れていっております」

「ならば……何の問題もなかろう?」

「怖いのでございます」

その返事を聞いた途端、惣左衛門は思わず吹き出しそうになってしまった。何だ、そんなことか。いかにも子供じみた考えであり、また粗忽者の清之介らしい早とちりでもあった。

「継母に虐《いじ》められるとでも思うたか。そんなことなら心配は無用だ。優しくて気立てが良いと評判だぞ。怖がる必要などさらさらない」

「いえ、怖いのは新しい母上ではなく、己でございます」

「……」

清之介の言葉の意味がわからない。惣左衛門が眉をひそめていると、

「自分自身が怖いのです。今でもこのような有様であるのに、新しい母上がいらしたら、その時こそ私は母上を完全に――」

そう言ったきり、清之介は俯いて口を閉ざしてしまった。

二人の間に深い沈黙が落ちた。清之介はいったい何が言いたいのだろうか。どうやら早とちりしていたのは惣左衛門の方のようだが、清之介の本意を何とも計りかねた。

「御無礼致しました」

唐突に清之介は頭を下げ、腰を上げようとした。

「待て、清之介。そこへ直れ」

惣左衛門は急いで清之介を引き留めた。

「今お主が言ったことは、いったい――」

「埒《らち》もないことを申し上げました。お許し下さい」

硬い声で清之介は惣左衛門の言葉を遮った。明らかにこれ以上会話を続けることを拒んでいる。しかし、理由はわからぬものの清之介をこのまま立ち去らせてはならない、惣左衛門はそう強く感じた。

「どうだ、久しぶりに碁でも打たぬか」

そこで清之介にそう提案してみると、清之介は戸惑ったような表情を見せながらも、

「え？　よろしいのですか」

と、顔を輝かせた。

園芸には清之介は欠片《かけら》も興味を持っていないので、二人の共通の趣味と言えば囲碁くらいしかない。ともかくも清之介をこの場に引き留める必要があるので対局を持ち掛けてみたわけだが、どうやら奏功したようだ。今の話の続きは、囲碁を打ち終えた後に清之介の気分がほぐれた頃合を見計らってまたすれば良いだろう。

「ただし、一色碁だぞ」

「一色碁、ですか？」

清之介は不安げな顔をした。囲碁は対局者が黒石と白石を交互に打つことによって進行する遊戯だが、一色碁という特殊な対戦方法においては二人とも一つの色の石、通常は白石のみを用いる。そのため、対局が進むにつれて盤上は白一色に埋まっていき、どの石をどちらが打ったのかどんどん判別しづらくなる。高度な記憶力や技術が要求され、相当の腕前でなければ最後まで打ち切ることは困難だ。

そもそも囲碁の手ほどきを清之介にしたのは惣左衛門である。いまだかつて惣左衛門は囲碁の対局で清之介に敗れたことは一度たりともなかった。しかし清之介が近頃めきめきと腕を上げてきている一方で、惣左衛門は職務多忙のため最近は碁の勉強などほとんどしていない。ひょっとすると不覚を取る恐れがあった。

その点、一色碁であれば清之介はこれまで打った経験はないはずだから、万が一にも清之介に勝ち目はあるまいというのが惣左衛門の目算だった。たとえ我が子が相手であっても、そのように子供じみた負けず嫌いの一面を惣左衛門は持っていた。

「どうした、臆したか」

少しからかうような口調で惣左衛門が尋ねると、清之介はきっぱりとした口調で、

「承知致しました。お相手仕ります」

と答え、清之介の先手で対局が始められた。

初めのうち清之介は、普段どおりに淀みなく打ち進めていた。しかし、百手目に近づく辺りからだいぶ混乱してきたようで、一手ごとに長考するようになった。石を打つ時も序盤はピシリと小気味の良い音を立てていたのだが、今はこれで間違いないかというように惣左衛門の顔色を上目遣いで窺いながらいかにも自信なさげにそっと石を置くようになっている。

「おい、今お主が抜いた石は、自分が打ったものだぞ」

そう惣左衛門が指摘すると、清之介は顔を真っ赤に染めて、

「申し訳ございません。参りました」

清之介はすっかり青菜に塩という態だった。その様子を見て、惣左衛門は我ながらいささか大人げない真似をしてしまったと胸裏で反省した。

「もう一局、今度は普通の碁を打つとしようか」

気まずい思いを抱きつつ、惣左衛門は提案した。

「お時間はよろしいのですか？」

惣左衛門は清之介の問いに対して自信たっぷりに、

「構わぬ。どうせわしが中押《ちゅうお》し勝ちすると決まっておる、さほど時間はかかるまい」

だが二局目を打ち始めてすぐに、惣左衛門は判断の甘さを後悔する羽目になった。

(むむむ……)

清之介の上達振りには目覚ましいものがあった。序盤から惣左衛門は防戦一方とならざるをえなかった。

そして中盤では、清之介の優勢は最早揺るぎようのない状況になった。清之介によほどの失着でもない限り、惣左衛門に勝利する見込みはもうない。普通なら潔く己の敗北を認めて投了する局面だが、我が子相手にそのような無様な負け方は御免だ。惣左衛門は意地になって最後まで打ち続けたが、結果は二十三目負けの大敗だった。

「父上に勝たせていただいたのは、これが初めてでございますね」

晴れやかな笑みを浮かべた清之介の顔は、誇らしげに輝いていた。

「最前までとはだいぶ様子が違うな」

思わず惣左衛門は負け惜しみを口にしていた。

「一色碁の時はあれほど自信なさげな顔をしておったのに」

「父上、それは致し方ございません」

少しはにかみながら清之介は言った。

「すべて白石では私のような若輩者は手に負いかねますが、色が付いていればすぐに判別できますから」

その刹那、惣左衛門は思わず息を呑んだ。青天の霹靂とはまさにこのことだった。突然、清之介の言葉が雷のように惣左衛門の心を貫いたのだ。

(色が付いていればすぐに判別がつく――)

そうか、そういうことか。惣左衛門は利助の話を聞いた時に感じた違和感の正体にようやく思い当たった。

(確かにそれなら利助は一目でわかったはずだ)

しかし、とそこで惣左衛門は考え込んだ。だとしたら、いったいどういうことになるだろう。ほどなく惣左衛門はその答えに達することができた。さほど難しい問いではなかった。すなわち、お貞を手にかけた下手人は――

「父上、いかがなさいましたか」

清之介が気遣わしげに声を掛けてきた。

「いや、何でもない」

己の顔からほとんど血の気が失せているのを自覚しつつ、惣左衛門はかろうじてそれだけを答えた。

＊　＊　＊

翌日の早朝、夜が明ける前に惣左衛門は神田八軒町を訪れた。そして、ちょうど商いに出かけようとしている利助を無理やり自身番に呼び出した。

「旦那、こんな朝っぱらから、いったい何です。あっしはこれから日本橋まで仕入れに行かなきゃなら――」

「すまんな、時間は取らせぬ。先日お主はこう言ったな。お貞の家を訪ねた時には鍋が煮立って吹きこぼれそうだった、せっかくの高価な豆腐が台無しになってしまうと慌てて鍋を下ろした、と」

「へえ、確かに」

「なぜ見ただけで豆腐の値段がわかったのだ」

「それはもちろん、他の店の豆腐と違って、色が付いておりやしたから」

予想どおりの答えだった。

「ご存じでしょう、三国屋の桜豆腐は。名物で桜色をしているんですよ。一目でわかりやす」

惣左衛門は内心己の迂闊《うかつ》さを呪った。現場を検分した時、確かに鍋に豆腐が入っていることには気づいたが、提灯の薄暗い灯りでは判別しづらいこともあり、何色かまでは確認しなかったのだ。

「振売りがここまで桜豆腐を売りに来ることはあるのか」

「いえ、店売りだけです。そもそもあっしらみたいな店借りが普段から食うような代物じゃござんせんから、たとえ振売りが足を運んできても無駄足に終わるのが関の山です」

「桜豆腐は一丁いくらするか存じておるか」

「たしか百二十文かそこらだったと」

「普段お主らが振売りから買っている豆腐は？」

「だいたい五十文ってとこで」

「倍以上か。三国屋まで行くにはいかほど時間がかかるだろう」

「横山同朋町へは十二、三町はありやすから、女の足なら往復するのに半刻近くってところですかね」

「とすると、お貞はお主も知ってのとおりの暮らし振りなのに、値段が倍もする豆腐をわざわざ買いに外出したことになるぞ。それも、半刻も掛けて横山同朋町まで」

「花見に行けなかったから奮発したんでしょう」

利助は、なぜそんなことを尋ねるのだとでもいうように物問いたげな顔をしている。惣左衛門の指摘を聞いても、何の疑問も抱かないようだ。

「手間を取らせたな。今の件、構えて他言無用だぞ」

惣左衛門は強く釘を刺したうえで、利助を解放した。そして、ずいぶんと長い間身じろぎもせず虚空を見つめ続けていた。

＊　＊　＊

宵五つ（午後八時頃）を告げる本石町《ほんごくちょう》の鐘の音が響いてきた。惣左衛門がこの場所にこうして座り続けて既に一刻が過ぎている。しかし、惣左衛門はまったく身じろぎもせず、この部屋の主が帰ってくるのをただひたすら待ち続けた。

（はて、どうしたら良いものか――）

その間惣左衛門の思考は、結論が一向に出ない堂々巡りをしていた。この期に及んでも迷いに迷っていた。

それからさらに四半刻ほどたった頃、ようやく腰高障子に人の影が差した。静かに中に入ってきた黒い影に向かって、

「こんな夜遅くまで御苦労なことだな」

と、惣左衛門は声を掛けた。その影はびくりと体を震わせ、こちらを覗き込むような仕草をした。月明かりは惣左衛門の座っている所までは届いていないので、向こうからは惣左衛門の姿が見えないのだろう。

おもむろに惣左衛門は立ち上がると、土間に下り、影の正面に立った。

「悪いが勝手に上がって中で待たせてもらったぞ、平吉」

「戸田様……」

平吉は惣左衛門の姿を目にしても、ほとんど驚いた様子を見せなかった。あるいは惣左衛門が遠からず再訪するかもしれないと予見していたのだろうか。

「少々お主と話したいことがあってな」

「ちょうど良い頃合でございました。私も戸田様にお伝えしたいことがございます」

ちょうど良いとはどういう意味だろうと、一瞬惣左衛門は疑問を抱いた。しかしそれ以上に、

続く「伝えたいことがある」という言葉がより強く惣左衛門の注意を引いた。惣左衛門の姿を見て覚悟を決めたということだろうか。できれば、我が子と同じ年齢の少年にあまり手荒な真似はしたくなかった。

「外に出ることにしようか」

そう言うと惣左衛門は、先に立って歩き出した。平吉の家や自身番で話をしたのでは藤兵衛店の連中に筒抜けになってしまうので、八軒町から二町ほど離れた所にある小さな神社に行くつもりだった。この時刻であれば、神社の境内には人気は皆無だろう。

惣左衛門はゆっくり歩を進めながら、ちらりと後ろを振り返った。たとえ惣左衛門一人で出向いても、平吉であればこちらの手を煩わすような無様な真似はよもやしまいと踏んでいたが、予想どおり平吉は素直に惣左衛門に付いて歩いてくる。

神社に到着して、惣左衛門が鳥居を潜ろうとした時、

「大川まで参りませんか」

と、平吉が言い出した。大川まではさらに十三、四町ほど歩かなければならないが、ここではまだ近所の者の目が案じられるのだろう。惣左衛門はそう忖度《そんたく》して、平吉の望みどおりにしてやることに決めた。

二人は両側に武家屋敷の高い塀が立ち並ぶ人気のない道を黙々と歩いた。夜のしじまに惣左衛門の履く雪駄の尻鉄の音が響く。浅草《あさくさ》御蔵《おくら》の脇を抜けたところで大川に突き当たると、二人は土手の上に登った。

満月が辺り一面を煌々《こうこう》と照らす中に、桜の木が一本だけぽつんと立っている。桜は既に盛りを過ぎていたが、日当たりの関係だろうかこの桜はまだほぼ満開の状態で咲き誇っていた。けれども、同じ大川でも墨堤《ぼくてい》とは違いこの辺りは桜がまばらにしか植わっていないから、訪れる花見客などいない。人の姿は一切見当たらず、ここなら誰の耳も気にする必要はなかった。

とは言え、どのように話を切り出すべきものか、惣左衛門は今なお迷っていた。未だ幼さの残る平吉の横顔に目をやった。平吉は身じろぎもせず立ち、唇を固く引き結んで大川の川面をじっと見つめている。

「お貞を殺めたのはお主だな」

さんざ逡巡《しゅんじゅん》したあげく、結局己の平生の流儀どおり単刀直入に切り込むことにした。いくら頭を悩ませたところで、これから惣左衛門が言わなければならぬこと、せねばならぬことが変わるわけではない。

「へっついに掛けられていた鍋の中には、三国屋の桜豆腐が入っていた。往復で二十町以上の距離があるにもかかわらず、わざわざお貞があれほど高価な豆腐を買いに行ったとは考えづらい。いかにして手に入れたかはわからぬが、横山同朋町辺りで紙拾いをしていたお主が持ち帰って、鍋に入れたものであろう。しかし、お主が帰ってきた時お貞が既に死んでいたなら、遺体を前にして悠長に夕餉の支度など始めるわけがない。

つまり、お主が戻ってきた時お貞はまだ生きていた。お貞が出掛けるまでまだ間があったので、お主は母に桜豆腐を食べさせてやろうと急いで支度を始めたのだ。ところが、その時お主を犯行へと駆り立てる何かが起こった」

そこで惣左衛門はいったん言葉を切って、平吉の反応を窺った。平吉は微動だにせず、表情も能面のように固まったままだ。惣左衛門はなおも弾劾の言葉を続ける。

「お貞は桜豆腐が不要だと断ったのだ。おそらくは鶯亭で賄い飯をもらうからなどと言ったのだろうが、お貞と長三郎に関する噂を耳にしていたお主には、それはただの口実としか思えなかった。お貞の浮かれた様子を見て、これから出会茶屋にでも行って二人で食事をするつもりなのだろうと思い込んでしまったのだ。

自分の心遣いを踏みにじったばかりか、長三郎と関係を持つなど亡き父に対する冒瀆《ぼうとく》以外の何物でもない。自分よりも父よりも長三郎を選んだお貞を、お主は決して許せなかったのだ。どうだ、平吉。わしの申すことに相違あるまい」

惣左衛門は、平吉が素直に「恐れ入りました」と自白するのを期待していた。だが、惣左衛門が語り終えても平吉は沈黙を守ったままだ。しびれを切らした惣左衛門が再び平吉を問いつめようと口を開きかけた時、平吉が唐突に、

「あれは三年前のことです。ちょうど今と同じ桜の時季でした。藤兵衛店は恒例の花見の計画で持ち切りでした」

と、まるきり関係のない話を始めた。

「今そんな昔話をしている暇は――」

惣左衛門は平吉の話を遮ろうとしたが、その時どうしたわけか、この話は今回の一件に深い

係わりがあるに違いないという直感が働いた。そこで惣左衛門は、ひとまずそのまま平吉がしゃべるに任せることにした。

「しかし、私たち母子は飛鳥山に行くことはできませんでした。長屋の皆が少しずつ酒や弁当を持ち寄ることになっていたのですが、その少しが用意できませんでした。利助さんは『なければないでいいんだぜ』と言ってくれましたが、実際には本当に手ぶらで参加することなどできません。いくら母子二人の生活が苦しいからと言って、いつもいただいてばかりというわけにはいかないのです。そのため私たちは別行動をとり、この桜を見に来ました。もちろん手ぶらで、本当にただ桜を見るためだけにやって来たのです」

平吉は桜の木を見上げながら、淡々とした口調で話し続ける。

「花見と言えば誰もが飛鳥山や御殿山《ごてんやま》に行ってしまいますから、ここには私たちの他には誰もいませんでした。掛け値なしに二人のみの花見です。ちょうど満開でした。本当にきれいでした。それまでの人生で見た中で、一番美しい桜でした。

見ているうちになぜかどんどん桜に引き寄せられていくような心持ちになり、知らぬ間に土手の端の方に近づいていました。するといきなり地面がなくなって、声を上げる間もなく、私は大川の中へと落ちていました。ずっと桜を見上げていたので、足元への注意が疎《おろそ》かになっていたのです。金槌《かなづち》の私は突然の出来事にただ慌てふためいてしまい、無闇に手足をばたつかせることしかできず、どんどん流されていくばかりでした」

惣左衛門は息を呑んだ。初めて平吉に会った朝、菊池がかつて大川で溺れていた平吉母子を助けたことがあると言っていたのを思い出したのだ。

「その時です、私を助けようと母が大川に飛び込んできたのです。しかし、母も泳ぎが不得手であるうえに、私がしゃにむに母の体にしがみつこうとするものですから、私を助けるどころか、二人はもつれ合ったまま川底の方にどんどん沈んでいきました。

私は母の胸に抱かれながら次第に気が遠くなっていきましたが、同時に妙に澄んだ頭で『ああ、このまま母と一緒に自分は死ぬんだな』とも考えていました。どうしたわけか死への恐怖を微塵《みじん》も感じなかったばかりか、安らかな心持ちすらしていました。

いよいよ意識が途切れようとしたその時、花見の屋形船がちょうど通りかかりました。その船に乗っておられたのが菊池様で、私たち母子は危ういところで命をお助けいただいたのです」

平吉はそこで口を噤《つぐ》むと、しばしの間無言で桜の花を見詰めていたが、

「仰るとおりです。私が母を殺めました」

不意に惣左衛門の方を振り向くと、あっさり自分の罪を認めた。

「ですが、理由は違います。母が長三郎さんと関係を持っていたと誤解したからではありません。二人の噂は耳にしておりましたが、もちろんただの噂に過ぎず、実際には色事の類など何もないとよく存じておりました」

「知っていた？　お主、お貞と長三郎の間には関係がないことを知っていたと申すのか」

惣左衛門は戸惑わざるをえなかった。

「知っていたのなら、なぜ……お貞を殺す理由などないではないか」

「豆腐の件については、旦那様の仰るとおりです。桜豆腐は私が持ち帰ったものです。

あの日は強い俄雨があったので、紙拾いを中断して三国屋の軒下で雨宿りをしておりました。

すると三国屋の御主人が、こんな天気ではもう客はろくに来ないだろう、豆腐は翌日には持ち越せないから無駄にするのはもったいないと仰って、桜豆腐を一丁分けて下さったのです。三国屋の御主人も幼い頃にご両親を亡くされて苦労してこられた方で、日頃から私のことを気に掛けて下さり、それ以前にも何度か豆腐を頂戴したことがございました。

私が家に帰る頃にはいつも母は勤めに出てしまっておりますので、普段家で一緒に夕食をとることはないのですが、桜豆腐はめったに口にすることのできない御馳走です。雨は当分止みそうにもありませんでしたから、桜豆腐を母と一緒に食べるために私は紙拾いを切り上げ、急いで家に向かいました。

私は家に着くと、すぐに鍋をへっついに掛けました。ところが母は、戸田様の御推察どおり、食事は鶯亭で賄い飯を貰うから夕食はいらないと言ったのです。桜豆腐を私一人に食べさせてやろうという親心だったのでしょうが、私は大いに落胆致しました」

「それで腹を立ててお貞を殺したというわけか」

「いいえ、違います。その時母が化粧を始めたのです」

そこで平吉は言葉を切ったが、当然話の続きがあると思った惣左衛門は黙って待った。しかし、平吉には話を再開しようという素振りが見られない。苛立った惣左衛門は、平吉を促した。

「それはわかっておる。それで、それから何が起きたのだ」

「ですから、母が私の目の前で化粧を始めたのが犯行の理由です。母が化粧をしているのを見たのは、父の葬儀の時以来でした。私はそれが断じて許せませんでした」

「……意味がわからんな」

「母は入り口に背を向け、鏡に向かって化粧をしておりました。だから鏡の中には母の顔が映っているはずでしたが、そこに母はいませんでした。鏡の中に映っていたのはただの見知らぬ女でした」

「見知らぬ女？　その女はお貞ではなかったというのか？」

いったい平吉は何を言い出したのか。惣左衛門の頭はひどく混乱した。

「はい、母ではありませんでした。正確に申し上げるなら、私の母だった女でした。そこにいたのは、父が亡くなってから手を取り合って生きてきた私の母ではなく、まったくの別人だったのです」

平吉は大川の方に視線を移した。鏡のように滑らかな川面には、満月がくっきりと丸く映り込んでいる。

「その時、母はただの一人の女になっていました。これから会う男の歓心を買うため、懸命に美しく装おうとする下劣な女に成り下がっていました。心の中から溢れ出る期待を隠そうとしても隠しきれない、そんな笑みを顔に浮かべていました。醜い、としか言い表せない表情でした。私は強い嫌悪感を覚えました」

「しかし、二人の間には実際には何も――」

「現実に何かあったかどうかが問題なのではないのです。あの時、母は父や私のことを完全に忘れ去っていました。父が亡くなった時には、あれほど悲しんだのに。あれほど涙を流したのに。あれほど父の名を叫び続けたのに。どうして父を忘れることができるのでしょう。どうして他の男の顔など思い浮かべることができるのでしょう。どんな些細なことをよすがにしても、父のことを思い出し続けようと努めなければならないのに」

そうか、そういうことだったのか。惣左衛門はようやく腑に落ちた。今の平吉の言葉が、ではない。昨日清之介が何を言わんとしていたのか、たった今合点がいったのだ。

清之介は、もう母のことはあまり覚えていないと言っていた。そして、自分自身が怖いのだ、とも。清之介が恐れていたのは、新しい母との折り合いのことなどではない。新しい母に甘え、実の母、あれほど恋しかったはずの母を忘れ去ってしまうことが怖いのだ。母の面影をたやすく忘却の彼方に追いやってしまう己の心に恐怖を覚えているのだ。人の道に外れているのではないか、と。

まだ清之介にはわからないのだ。去る者は日々に疎《うと》し。それが人の世の理《ことわり》だ。人生で経験する別れをすべて背負って生きていけるほど人の心は強く作られてはいない。どんなにつらく悲しい別れであっても、時が経つにつれいずれ忘れ去ってしまうものだ。そのように人の心はできているのだ。

しかし、そのことを理解するには清之介はまだ幼すぎる。少年特有の潔癖さが清之介に罪悪感を抱かせているのだ。清之介の心の中では、母の面影が日々失われてゆくという現実と母を忘れることなど許されないという倫理とが、日々激しく葛藤しているのだろう。そして、今自分の目の前に立っている平吉も、清之介とまったく同じことを悩み続けていたのだ。

「いくら月日が流れようとも、夫婦の絆、母子の絆は不変でなければなりません。母はそれを断ち切っていました」

実際のところ平吉の心中でも、父の面影は日々薄れてしまっているのだろう。しかし、まだ幼い平吉は自分の心の動きを受け入れることができなかった。そんな考えは人倫にもとる、有りうべからざるものと懸命に否定しようとしたのだ。そしてその思いは、平吉がなまじ儒学を学んでいただけに、いっそう増幅されていったことだろう。

だからこそ、平吉は余計に母を許すことができなかったのだ。それほど自分は日々苦悩しているにもかかわらず、父のことを忘れて他の男に思いを寄せ、自分の目の前で一人の女としての顔を見せた母のことが。

「いつの間にか私は扱きを手にして母の背後に立っていました。こんな醜い女の顔はこれ以上見たくない、私の心を支配していたのはただその一念だけでした。それからどれほどの時が過ぎたのでしょうか、我に返ると、母はすでに息絶えていました」

平吉は俯くと、何かを探しているかのように足元を見つめた。

「その時真っ先に私の頭に浮かんだ考えは、見知らぬ女になってしまった母の顔を元どおりにしなければならないということで、すぐに化粧紙で唇に付いていた紅を拭き取りました。紅がなくなると、苦悶に歪んではいるものの普段の母の顔に戻りました。さらに、裾が乱れてしまっておりましたので、いつも身ぎれいにしていた母が可哀そうだと思い、裾を直しました。半ば無意識のうちにそれだけのことをすると、後はただ木偶のようにその場に立ち尽くしていたのです。頭の中は靄《もや》がかかったように真っ白で、何一つまともに考えられない有様でした」

利助がやって来たのは、ちょうどその時だった。だから利助の目には、平吉が母の死体を見つけて茫然自失となっているように映ったのだ。

「お調べの際には戸田様に誠に御迷惑をお掛けしましたが、あれは偽りでも演技でもございませんでした。翌日のもう日が沈もうかという時分になって、ようやく私は正気を取り戻したのです。

罪を免れようなどという考えは寸毫《すんごう》も抱かず、いかに身を処さねばならぬか迷うことなく決断致しました。しかし、一つだけ気掛かりがございました。まだ父の病気の際に負った借財が残っていたことです。いかなる事情があっても、人様からお借りした金子を返さないわけにはまいりません。そこで、紙拾いを続けるため、やむなく差し当たり己の罪について口を拭うことに致しました。

しかし、借金は先ほどすべて返済を終えてまいりました。これでこの世に思い残すことはなくなりました。本日戸田様にお出でいただいたのも天の巡り合わせでしょう。本来あの場ですぐに母の後を追って自ら命を絶たなければならないところを今日までおめおめと生き長らえてまいりましたが、遅まきながら今から償いを致したいと存じます」

(ぬかった)

惣左衛門はほぞをかんだ。いつの間にか平吉は土手の最も端、もう一歩踏み出せば川面に転落するよりないぎりぎりの際に立っていた。平吉は金槌だ。平吉が近所の神社を避けてここまで誘ったのは、人目を気にしたからではなく、最初からこのつもりだったのだ。

「早まるな、平吉。こちらに来い!」

必死に惣左衛門は平吉を引き留めようとした。

「お主はまだ十一、死罪にはならぬ。遠島で済むのだ」

御定法《ごじょうほう》は、親殺しの大罪を死罪と定めている。しかし、十五にならぬ者は罪一等を減じられる。つまり、平吉の受ける刑は死罪ではなく、遠島となるのだ。理由が何であろうとも平吉が自分の母を殺めたことは厳然たる事実であり、当然平吉はその罪を償わなければならない。しかし、その償いは直ちに己の死をもってしなければならぬというわけでは必ずしもないのではないか。

父に言われるがまま、惣左衛門は定町廻り同心の職についた。不本意な選択ではあったが、それでも何某《なにがし》かの意味はあった。武家としての戸田家の歴史は継続し、さらには清之介に武士の身分を与えてやることもできる。

しかし一方、平吉はどうだろう。儒学者になるという道を捨て、借金を返すために働くだけの日々を送ったあげくに、自ら死を選んでわずか十一でこの世を去る。念願を諦めたという点では惣左衛門と変わるところがないのに、平吉にはその代償としてそんな過酷で薄幸な人生しか用意されていなかったのだろうか。

今少し長い時間が平吉に与えられても、罰は当たるまい。生きて日々母の菩提を弔いつつ、悔悟と反省の人生を送るという選択が許されてもいいのではないか。

「いずれ恩赦で江戸に戻ってこられることも――」

平吉は強く首を横に振りながら、惣左衛門の言葉を遮った。

「今ここで、私は死ななければなりません。それが私の運命なのです」

「運命、だと？」

「そもそも三年前に、この場所で私は死んでいるべきでした。それなのになまじ生き長らえたため、自らの手で母の命を奪うなどという非道に陥ることになってしまいました。遅きに失しましたが、せめて今からでも私の運命の道筋を元に戻したいと存じます。実りの少なく短い生涯は正直なところ不本意ですが、これも私の持って生まれた定めなのだと諦めがついております」

紙拾いは「天が私に与えた運命」であると平吉が言っていたことを、惣左衛門は思い出した。否応なしに進まざるをえない道は確かにある。惣左衛門とて自身の経験からそれは百も承知だが、平吉はあまりにも恬淡とし過ぎている。端からすべてを放擲し、そのことを「運命」だの「定め」だのという一語で片づけようとしているのだ。

「待て、此度の仕儀は運命などというものではない。お主のただの思い違いが発端だ」

懸命に惣左衛門はかき口説いた。

「お主の母は決して長三郎に恋心など抱いていたわけではないのだぞ」

その時確かにお貞は母の顔を捨てていたかもしれない。しかし、それは愛だの恋だのというものではなかった。惣左衛門にはそのことがはっきりと理解できる。

ただ、いつ果てるともない灰色の日々にわずかばかりの彩りが欲しかったのだ。幾星霜《いくせいそう》も続く無味乾燥の生活にほんの少しだけ潤いが欲しかったのだ。たとえわずかでも良いから、借財のことが忘れられる瞬間が欲しかったのだ。そう、ちょうど惣左衛門が帰宅して庭の花々を目にするとたちまち毎日の勤めの苦労が消し飛び、心に空いた隙間が温もりで満たされていくのと同様に。

しかし、平吉は万事承知しているとでも言うように、口元に軽く笑みを浮かべた。

「仰るとおりです。すべては私の思い違いが原因でした。母が母でなくなってしまった、あの時私はそう思いました。しかし私は、自分がまったく誤っていたことを後になってから気づかされました。

母は私に首を絞められている時、扱きを外そうとするあまり自分の首を引っ掻いてしまいました。しかし、私の腕に爪を立てることはしませんでした。私を止めようとするならそうして当然なのに。なぜだと思われますか？」

答えに窮した惣左衛門は、口を閉ざした。平吉が下手人であったという事実に肺腑をえぐられ、またいかにして平吉を問いつめるかという問題に気をとられていたため、その点を究明することをすっかり失念していたのだ。

「もし私の腕を傷つけてしまったなら、その傷から私が下手人であるとすぐにわかってしまうからです。母は今まさに自分が殺されそうになっているその時でも、自分の子に下手人である証しが残らないよう気を配っていたのです。母は我が子の身を懸念しながら、母のまま殺されたのです。母子の絆は断たれてなどおりませんでした。最期の一瞬まで、母は私の母でした」

「……」

惣左衛門は言葉を失った。そんなことがありうるのだろうか。殺される最期の刹那にあってなお、今まさに自分を殺そうとしている人物の行く末を案じるなどということが。

馬鹿げている、としか言いようがない。しかしその馬鹿げたことをお貞は自らの命と引き換えに実行したのだ。我が子を咎人にだけはしてはならぬという、ただその一念で。さほどまでに母の子を思う気持ちは強いものなのだろうか。それが母の愛というものなのだろうか。

その時不意に、お静の最後の姿が惣左衛門の瞼《まぶた》に浮かんだ。あたかも清之介を叱咤するためだけに、死の淵から甦ったかのようなお静の姿が。

「私はあまりに愚かでした。しかし、愚か者なりのけじめはつけたいと存じます。

母の無償の愛に応えるために私ができることは一つしかありません。それはお慈悲によって遠島に減刑していただき、生き恥を晒しながら江戸に戻るための恩赦を待つことなどではありません。直ちに泉下に赴き、母に謝罪するとともに伝えたいのです。私がどれほど母のことを大切に思っていたかを。母が私のことを愛《いと》しんでいたのと同じくらいに、私も母を愛しんでいたのだということを」

平吉の目にはわずかばかりの曇りもない。

「願わくば花の下にて――私のことはどうかお捨て置き下さい」

その時、にわかに平吉の姿が土手の上から消えた。続いて大きな物が勢いよく水に落ちる音が響いた。

「南無三！」

惣左衛門はそう叫ぶと、つい今しがたまで平吉が立っていた場所に急いで駆け寄り、川面を覗き込んだ。平吉はほとんど頭のてっぺんまで水につかっている。水を飲んで苦しいのだろう、水面の上に突き出た両手が大きく揺れ、水しぶきが激しく上がっていた。

惣左衛門は武士であるから、当然水練には習熟している。直ちに川に飛び込めば、あるいはまだ平吉を助けることができるかもしれない。

しかし、惣左衛門は動かなかった。いや、動けなかった。平吉の発した言葉一つ一つが惣左衛門の肩に重くのしかかり、足を大地に釘づけにしている。惣左衛門は言葉もなく平吉を見つめ続けた。平吉はこのまま望みどおりに死なせてやらなければならない。それ以外の考えは、惣左衛門の心には何も思い浮かばなかった。

いつしか平吉の動きが止まり、やがてゆっくりと吸い込まれるように水の中に沈んでいった。平吉が作り出していた波紋が消えると、大川はすぐに静謐《せいひつ》を取り戻した。

何事もなかったかのように海に向かって悠然と流れていく川面には、満月の白い輝きが再び美しい円形を描いている。その上に桜の花びらが絶え間なくはらはらと降り続けていた。

＊　＊　＊

「清之介、源之進」

それから数日後の朝、もう食事も終わろうかという段になって、惣左衛門は何気ない口調で二人の息子に告げた。

「新しい母の話は止めにした」

惣左衛門の言葉を聞いても、源之進は眉一つ動かさず、口を閉ざしたままだった。一方、清之介は途端にぱっと顔を輝かせると、

「まことでございますか」

「うむ」

惣左衛門はそう短く答えると、座を立った。縁側に出て、庭の桜を眺めた。既にどの木もすっかり葉桜になってしまっていたが、その代わり緑の葉が目に眩しいほど輝いている。

（菊池には今日断りの返事をすることにしよう）

当分の間後添えの話は延期だ、現在はまだその時ではない、惣左衛門はそう決めていた。無論清之介の意を汲んだからというわけではない。

去る者は日々に疎し。だから、亡くなった者を忘れてしまっても止むをえない、とかつて惣

左衛門は考えた。そのように人の心はできているのだなどとあれこれ理屈をつけて、自己弁護しようとしていた。しかし、果たして本当にそれで良いのだろうか。まだ八歳だった清之介にしてみればお静の記憶が薄れてしまうのも無理はない。だが、夫であった自分はどうだろうか？

お貞が今際《いまわ》の際に見せた、平吉への至上とも言うべき愛。極限状況の中で起きた、親子間の特異な事例に過ぎないのかもしれない。しかし、惣左衛門は愛というものの本性の一端を垣間見たような思いがし、同時にこう自問せずにはいられなかった。そうした類の感情を自分はお静に一度でも抱いたことがあっただろうか、と。

お静が存命中であった時も、重い足を引き摺って帰宅した惣左衛門が心を潤すべく向き合い、求めたものは庭の花々であった。決してお静ではなかった。自分は花々は愛でられても、人を愛でることはできないのだ。そんなことにこの年齢になってようやく気がつくとは、と惣左衛門は苦い笑いを浮かべた。

とは言え、いつか自分にも愛というものの意味や価値を理解できる時が来るかもしれない。あわよくば、それを知らしめてくれる女性が思いがけず自分の前に現れるかもしれない。それがいったいいつのことになるのか、あるいはそんな機会が本当に訪れることが果たしてあるのか定かではないが、その時まで後添えの件は封印することとしよう。今の自分は、再び妻を娶る資格をまだ持ち合わせてはいないのだ。それが惣左衛門の出した結論だった。

桜は散ってしまったが、今は山吹やつつじなど幾つもの花々が咲き誇り、庭の中は華やかな彩りにあふれている。番《つが》いなのだろうか、二匹の蝶が花々の間をひらひらと舞っていた。まさに春爛漫と言うべきその光景に、惣左衛門は目を奪われた。

そしてしばしの後、惣左衛門はゆっくりと庭に背を向けると、出仕の支度をすべく静かな足取りで書斎へと向かった。

願い笹

あの人には死んでもらうしかない。

とうとうお千《せん》はほぞを固めた。富蔵《とみぞう》が白犬様《しらいぬさま》とかいう奇妙な神を信心するようになって久しい。その間いったいどれほどの大枚をどぶに捨てたことか。西洋の品々を周りに置いておかないと白犬様の機嫌を損ねてしまうとやらで、富蔵は舶来の高価な家具や絵画を買い漁《あさ》り、店の上がりの大半を注ぎ込んでしまった。

とりわけ癪《しゃく》に障るのが、あの犬の木像だ。図体は木曾檜《きそひのき》でできていて、目には渡り物の金剛石がはめられている。江戸でも指折りの名工に製作を依頼した特注品だ。

今や丸屋《まるや》の内証は火の車で、先月も危うく男衆《おとこしゅ》や下女への給金の支払いが滞るところだった。このままでは遠からず身代限りとなってしまうことだろう。

お千は何度も諫言したのだが、富蔵は一向に聞く耳を持とうとしない。それどころか、六月に入ったある日お千には内緒で名主のもとを訪れ、半日も何やら密談をしていた。雲行きが怪しいと察したお千が手を回して調べたところ、十一月になったら丸屋の株を担保にして五百両も借金をする契約を結んできたのだと判明した。事始めに必要な資金で、正月に向けて丸屋を大規模に改装するのだと、富蔵は名主に説明したらしい。もちろんただの口実で、実際は白犬のための費《つい》えに決まっている。そんな大金を返済できる見込みなどあるわけがなく、早晩丸屋が人手に渡る羽目に陥るのは火を見るより明らかだ。

憤怒《ふんぬ》のあまり、お千は目の前が真っ暗になった。丸屋はお千の父である先代が苦労に苦労を重ねて大籬《おおまがき》にまで育て上げた見世だ。入り婿の富蔵に潰されて堪《たま》るものか。富蔵は既に証文を交わしてしまっており、約定を破棄する方法は一つしか残されていない。富蔵の死だ。お千の腹は決まった。

富蔵は齢《よわい》六十で、身長が四尺八寸に満たないほど小柄である。若い頃から狂歌や俳諧を嗜《たしな》む風流人だが、腕力の方はからっきしだ。一方お千は女性にしてはかなり大柄な体格で、女だてらに武芸にも通じている。若い頃は、木曾義仲《よしなか》の愛妾で武勇をもって知られた女武者になぞらえられ、『巴御前《ともえごぜん》』の異名をとったほどだ。だから、ただ富蔵を殺すだけでいいならさほど難しい話ではない。いや、やすやすとやってのけられるだろう。

しかし、夫を殺害した妻に科せられる刑罰は磔《はりつけ》と定められている。富蔵の道連れとなってあの世行きなど真っ平御免だ。おまけに、その場合物領息子の鶴太郎《つるたろう》が一人残されることになるが、これが生来少々足りない鈍《どん》付《つ》くときている。もう二十歳というのにどうにも頼りなく、お千の手助けなしに丸屋を上手く切り回せるとは到底思えない。それでは、つまるところ店の破綻という結果に変わりはなくなってしまう。

したがって、富蔵を確実に亡き者とし、それでいてお千に嫌疑が絶対に掛けられないような方策を考え出す必要がある。だが、そんなお誂え向きの妙案など容易には思いつけるわけもない。手を拱《こまね》いたまま無為に時が過ぎ、その間も丸屋の家勢は悪化の一途をたどった。お千の焦りは募る一方だったが、六月も半ばを過ぎて七夕の支度が始まった頃、にわかに転機が訪れた。

お千が短冊を前にして、目下の願いと言えば何を置いても富蔵がさっさと死んでくれることだが、まさかそのまま書くわけにもいかないし、などと頭を悩ませていたその時、いきなり天啓のように名案が閃いたのだ。

（これなら上手くいく）

お千の胸は高鳴った。七夕は白犬が生まれた日に当たると富蔵は言っていた。この方法であれば富蔵の死は白犬の祟りだということにでき、お千が疑われることは金輪際ない。お千は浮き立つような心持ちで、早速準備に取りかかった。

しかし、ほどなくお千は自分の計画の欠点に気づいた。駄目だ、単純過ぎる。

人の手で殺害することは不可能としか思えぬ状況の中で、富蔵は死ぬことになる。だから、迷信深い多くの愚か者たちが、富蔵は白犬様のせいで死んだのだと真に受けるか、あるいは悪霊や妖怪の仕業に違いないと恐れ慄《おのの》くことだろう。

けれども、誰もがお千の狙いどおりにそう信じ込んでくれるとは限らない。とりわけ、こうした事件を飽きるほど見慣れている御番所の連中は。

町方の与力や同心の目を欺《あざむ》くことは容易ではないだろう。鵜の目鷹の目で、すべてを洗いざらい調べ上げてしまうに違いない。ひとたび丸屋の内情を知れば、必ずお千に嫌疑を掛けてくる。もう一捻り何かお千から目を逸らさせる計略が不可欠だ。

その時不意に、ある人物の顔がお千の心に浮かんだ。牡丹《ぼたん》に色惚けのあの同心はどうだろう。

名は確か、戸田惣左衛門とかいった。事件の片はすっかりついているはずなのに、戸田はやれ巾着を落としただのやれ煙草入れを忘れただのと、見え透いた言い訳をしては牡丹のもとを何度も訪ねてきている。

あいつを利用してやろう。戸田には何の恨みもないが、丸屋の命運がかかっているのだから止むをえない。つきがなかったのだと諦めてもらうことにしよう。

お千の顔に浮かんだ笑みは、夜叉のごとく凄艶《せいえん》だった。

＊　＊　＊

戸田惣左衛門は頭上高くそびえる黒塗りの冠木門《かぶき》を見上げた。三千人を超える遊女たちが日日塗炭の苦しみを舐め続けている苦界、吉原《よしわら》遊郭の大門《おおもん》である。遊女たちが逃げられぬよう吉原の敷地はぐるりに幅二間のお歯黒どぶが巡らされ、この大門が外界との唯一の出入り口となっているのだ。

ここを訪れるのはいつ以来だろうと、惣左衛門は記憶を探った。確か五年前、北町奉行所の同僚たち数人と正燈寺《しょうとうじ》に紅葉狩りに行ったついでに立ち寄った時だ。と言っても、その時惣左衛門は門の前で踵《きびす》を返してしまったので、廓《くるわ》の中に足を踏み入れることはなかったのだが。

「惣左衛門、何をぐずぐずしておるのだ」

登楼を待ちきれない同僚たちは、大門を前にして足を止めた惣左衛門をせっついた。そもそも紅葉狩りなどというのは口実で、最初から吉原に来るのが目当てなのだ。

「いや、拙者は遠慮しておく」

「何だ、臆したか」

「いや、さようなわけではない」

「玄人女《くろうと》は好かんか」

「違う、とにかく気が進まんのだ」

あまりに頑なに惣左衛門が登楼を拒むので、同僚たちは一様に呆れ顔になった。

「戸田様の身持ちの良さは十二分に存じております。定めしお静殿のことを気になさっておられるのでしょうが」

後輩の菊池が、訳知り顔で惣左衛門を翻意させようとした。

「亡くなられてから既に五年も経っております。最早遠慮は無用でありましょう」

「だから、さようなことではないと申しておろう」

結局、四半刻近くも押し問答を繰り返した挙句、惣左衛門は一人で帰途についた。

もともと北町奉行所内では『謹厳実直』と見なされていた惣左衛門だが、この出来事以来『煮ても焼いても食えぬ石部金吉《いしべきんきち》』との評判がすっかり定着してしまった。今では惣左衛門の前で女遊びを話題にすることは、冗談ですら厳禁という暗黙の了解ができているほどだ。

今も惣左衛門は廓内に足を踏み入れることに大きな抵抗を感じ、凝然として佇み続けていた。しかし、背後から松吉が怪訝《けげん》そうな視線を投げかけているのに気づき、一つ溜め息をつくと、大門を抜けて初めて吉原の土を踏んだ。

正面に吉原の敷地の中央を真っ直ぐに貫く仲《なか》の町《ちょう》という通りが延びている。時刻はまだ昼八つ（午後二時頃）で、昼見世に訪れる客は少ないため人通りはまばらだった。

手前右手には四郎兵衛《しろべえ》会所《かいしょ》があり、会所の若い者が通りかかる女たちに「女は切手〳〵」と声を張り上げている。遊女の逃亡を防ぐため、会所が発行した通行許可証である大門切手を検《あらた》めているのだ。

まず惣左衛門は左手に建っている面番所《めんばんしょ》に足を向けた。面番所には町奉行所の隠密廻り同心が二人ずつ昼夜交代で詰め、日々吉原の治安維持に当たっている。吉原は定町廻り同心の本来の領分ではないから、当然一言話を通しておかねばならない。

「木島《きじま》様。お久し振りでございます」

惣左衛門が入っていった時、先輩の木島という同心が手鏡をかざしながら顎鬚《あごひげ》を抜いていた。

「おお、戸田か。墨堤《ぼくてい》の花見以来だな。今日はいったいどうした。そうか、石部金吉のお主もとうとう宗旨替えをしたというわけか。敵娼《あいかた》をまだ決めておらぬなら、飛び切りの女を紹介してやるぞ」

「いえいえ、お役目で参ったのでございます」

惣左衛門は苦笑しながら、吉原を訪れた理由を木島に説明した。

「実は、芳三《よしぞう》という無宿者の行方を半年前から追っております」

芳三は両国《りょうごく》の見世物小屋で呼び込みをしていたのだが、巧みな弁舌を駆使して米相場へのうまい投資話があると偽り、たった三月の間に五件もの詐欺を働いていた。惣左衛門は慎重に内偵を進めていたが、芳三は勘働きがいやに良いようで、ある日突然江戸から姿を晦《くら》ませてしまったのだ。

上州《じょうしゅう》辺りに逃げ延びたとの噂で惣左衛門は大いに切歯《せっし》扼腕《やくわん》したが、昨日耳寄りな知らせが届いた。江戸者は麦飯が食べられないためか、芳三がいつの間にか江戸に舞い戻り、ここ吉原の丸屋に居続けしているというのだ。

「ほう。丸屋と言えば指折りの大籬だ。丸屋に居続けとは豪勢なものだな」

大籬とは、何百という見世が軒を連ねる吉原の中でも、わずか数軒しかない最高級の格式を誇る妓楼《ぎろう》である。

「あいわかった。好きに取り調べよ。こう見えて、何かと多忙なものでな」

木島は欠伸《あくび》をしながら惣左衛門に告げた。

惣左衛門は面番所を出ると、この一件の担当でないことを地団駄踏んで悔しがった菊池に書いてもらった地図を片手に、丸屋に向かった。七夕が間近に迫っているため、短冊や色紙などがつけられた青竹が町のあちらこちらに飾られている。屋根の上にも数え切れないほどの竹が空高く立てられ、吹き流しが晩夏の風に揺れていた。七夕は吉原でも重要な年中行事であり、紋日《もんび》の一つとなっている。

仲の町の両側には引手茶屋がずらりと櫛比《しっぴ》しているが、遊女を買うのが目的ではないのですべて素通りし、最初の四つ角で右手に折れた。横丁に入ってすぐの所が江戸町《えどちょう》一丁目であり、丸屋を始めとする大籬が軒を並べている。

丸屋は早々に見つかった。しかし惣左衛門は、犬の影像に似た奇妙な紋を青地に白く染め抜いた暖簾《のれん》を眺めながら、しばらくの間入り口の前で足を止めていた。より正確に言うならば、二の足を踏んでいた。

惣左衛門の人生は、およそ愛や恋という言葉とは無縁だった。妻のお静すらその対象と見なしたことはなかった。だから、お静が亡くなってから吉原にも岡場所にも一切足を運んだことがないというのは事実ではあるが、その理由に関する菊池の推量はとんだ見当違いだった。今この時も惣左衛門を躊躇《ちゅうちょ》させている原因とは、亡妻に対する後ろめたさなどではなく、遊女たちに対する深い憐憫《れんびん》と同情だった。

この建物の中に幾人の遊女がいるかは知らないが、自ら望んでやって来た者など一人もいまい。親の借金や飢饉に伴う口減らしなど、止むに止まれぬ理由で苦界に身を沈める道を選んだ者ばかりだろう。実のところ、惣左衛門はそうした実例をごく身近に見知っていたのだ。

町奉行所に勤める同心はわずか三十俵二人扶持の微禄《びろく》であり、家計がはなはだ苦しい。そのため、八丁堀では庭の一角に家作を建てて賃貸収入を得ることが黙認されており、戸田家もその例に漏れなかった。

十二年前戸田家の店子《たなこ》は、永島町《ながしまちょう》で寺子屋を営む竹本春庵《たけもとしゅんあん》一家だった。春庵は元岡崎《おかざき》藩儒で、豊富な知識と懇切丁寧な教えが評判を呼び、春庵の寺子屋には近隣から多くの子らが詰め掛けていた。岡崎が戸田家の本貫の地であるというよしみで店子に選んだのだが、春庵夫婦はたいへん穏やかな人柄で、家賃の滞納など揉め事は一度も起こしたことはなく、良い店子に恵まれたと惣左衛門は満足していた。

永島町に所用があった際、惣左衛門は一度だけ春庵の講習を見学したことがあった。寺子屋では、教科書に往来物を用いて手習いを教えるのが通例である。しかし春庵は、平安時代の日記文学や『太平記』などの軍記物語を題材とした講義形式を採用していた。大人が聞いても相当難解な内容に思われ、年端もいかぬ子らに理解できるのかと惣左衛門は首を傾げた。だが春庵の時折冗談や地口を交えた軽妙な語り口は満座の興味を逸らすことがなく、講習は活気に満ち溢れていた。繁盛している理由はこれなのかと、惣左衛門はすこぶる感心したものだ。

春庵親子の順風満帆の暮らしが突如暗転したのは、それから間もなくだった。岡崎藩時代に面識のあった次郎兵衛《じろべえ》という献残屋《けんざんや》の手代に形だけでいいからと懇願され、渋々ながら春庵は借金の請人として爪印を押した。ところが、次郎兵衛はすぐに行方を晦《くら》まし、春庵は借金を肩代わりしなければならぬ羽目に陥ってしまった。実のところ、次郎兵衛は不行跡を理由に献残屋はとうに馘首《かくしゅ》されており、かつての知己を相手に幾度もこの手法で詐欺を繰り返していたのだ。

もちろん春庵自身も被害者ではあるのだが、請人になってしまっている以上、事情を知らなかったからといって借金返済の責任を免れることはできない。三十両もの大金を即座に耳を揃えて返す方法など、春庵はいささかも持っていなかった。ただ一つ、十三歳になる一人娘のお糸《いと》を吉原に身売りすることを除いては。

　惣左衛門はいたく不憫に思ったが、親子を助けてやれるほどの持ち合わせなど貧乏同心にあるわけもない。一家が戸田家の門を悄然《しょうぜん》と肩を落として出ていくのを、黙って見送るより他なかった。惣左衛門は庭に咲いていた花から数本を手折り、せめてものはなむけとしてお糸に手渡すことにした。

「息災でな」

　別れ際に惣左衛門がそう語りかけると、お糸は口を閉ざしたまま小さく頷いた。十三歳にして既に人生を達観——いや、諦観と言った方が正確か——してしまったようなその目の色を、惣左衛門は今でも鮮明に記憶している。

　吉原で暮らす遊女の中で、こうした類の不幸な過去を背負っていない者は一人としていないのではないか。廓内にあふれる媚態や嬌声の陰で、日々どれだけの涙が流されているのだろう。だがそんな内実は、惣左衛門ならずとも誰もが知っているはずのことだ。にもかかわらず、なぜ男たちは平然と金で遊女を買いに来るのだろう。

　女性を愛《いと》しむという経験をついぞ持ったことのない惣左衛門ではあるが、だからと言って女性を単なる欲望の捌け口にしても良いとは皆目思わない。同僚たちの顰蹙《ひんしゅく》を買おうとも登楼を断固拒否したのは、惣左衛門にしてみれば当然すぎる理由があってのことだったのだ。

　こうした訳で惣左衛門は目的地を目の前にして愚図愚図と迷い続けていたのだったが、客の

呼び込みをしていた牛太郎《ぎゅうたろう》がその様子を見て勘違いをしたらしい。ぐいと惣左衛門の腕をとって、

「いらっしゃいまし。さあ、ご遠慮なさらずにずいと中へ」

「いや、待て。違うのだ」

慌てて惣左衛門は来意を告げた。御用であることがわかると、泡を食った様子で番頭が出て来て惣左衛門に応対した。松吉は屋外で待機させておき、惣左衛門は伊平《いへい》と名乗ったその番頭の先導で内所の隣にある座敷に通された。もっぱら客間として使用される座敷のようだったが、一歩足を踏み入れた途端に驚倒させられた。

部屋の中には、舶来の調度品が溢れ返っている。床は畳敷きではあるようだが、全面が西洋式の緞通《だんつう》(後に聞いたところカーペットと言うらしい)に覆われ、そこに三四人は座れそうな横長の布張りの椅子(これはソファーと呼ぶそうだ)が置かれていた。壁に掛けられているのも掛け軸ではなく、欧羅巴《ヨーロッパ》か亜米利加《アメリカ》の街並みを油絵具を用いて描いた洋画だった。

まるで異人の家のようだなと思いながら惣左衛門が珍奇な品々を眺めていると、ほどなく一組の男女が部屋に入ってきて平伏した。

「手前が楼主の富蔵、これは女房の千でございます」

蚤《のみ》の夫婦という言葉があるが、富蔵とその妻ほどその表現がぴたりと当てはまる例もそうはないだろう。富蔵は体軀に似つかわしくない大きな才槌頭《さいづち》を持っていたが、背の高さはお千の肩くらいまでしかなかった。

惣左衛門は長椅子に腰掛けたが、下半身が椅子の中に沈み込んでしまうような奇妙な感触である。

「どうにも尻が据わらんな。異人はよくもこんなものに座れるものだ」

そうぼやきながら惣左衛門はこれも長さが横に五六尺はある卓（こちらはテーブルと言うらしい）の上に置かれた側面に取っ手が付いている湯呑（これはカップと呼ぶようだ）に口をつけたが、余りの苦さに思わず顔を顰《しか》めた。

「これは何という茶だ」

カップの中の真っ黒な液体を見ながら惣左衛門が問うと、

「茶ではなく、西洋の珈琲という飲み物でございます。慣れればたいへん美味しゅうございますよ」

富蔵は得意げな口調で答えた。美味どころかただただ苦いだけで、人が口にすべき代物とはとても思えない。どうやら富蔵はよほどの西洋かぶれのようだ。惣左衛門は部屋の中を見回しながら、

「これはお主の好みか」

「はい、いかがでございますか、この逸品の数々は」

亜米利加を始めとする諸外国と条約を締結して、日本が開国したのは三年前のことだ。それまでは長崎を通じてわずかしか入手できなかった西洋の貴重品が、今では堰《せき》を切ったように大量に流れ込んで来ている。

「金に糸目はつけずに、これはと思ったものは片端から買い集めたのでございます」

富蔵の隣でお千が苦虫を嚙みつぶしたような顔をして、したり顔の富蔵を冷ややかな目つきで見ている。亭主の金食い虫の趣味をあまり快くは思っていないらしい。この話題には深入りしない方が賢明なようだ。惣左衛門は早速本題に入ることにした。

「芳三という男が居続けをしているだろう。年齢は三十と一。左手の甲に大きな痣がある。御用で追っておるのだ」

東の間富蔵とお千は顔を見合わせていたが、

「はて、そのような者がおりましたかどうか」

すぐにとぼけた表情を作って、富蔵が大仰に首を捻った。見え透いた言い逃れに苛立った惣左衛門は、

「お上を愚弄するつもりか。お主らにとって芳三は景気よく金をばらまいてくれる上客なのだろうが、その金は無辜《むこ》の民から騙し取ったものなのだぞ。多少の金を惜しんで隠し事をすると今後のためにならんぞ」

と、脅しを掛けた。すると富蔵はあっさりと降参し、いかにもたった今思い出したというように、

「確かに仰《おつしや》るとおりの風体のお客様が居続けをしていらっしゃいます。ただ、名を芳三ではなく寅八《とらはち》と名乗っておりますので、お尋ねの者とすぐには思い至らなかっただけでございます。お上に対して空《そら》を使うつもりなど毛頭――」

惣左衛門はくだくだと言い訳を続ける富蔵を遮《さえぎ》り、

「さっさと案内致せ」

「かしこまりました。どうぞこちらへ」

富蔵の後について、惣左衛門は階段を上った。どの青楼も遊女たちの部屋は二階にあるのが通例である。途中で富蔵が後ろを振り返りながら、

「寅八、いえ芳三が馴染みとしている花魁《おいらん》は牡丹と申しまして、この見世のお職《しょく》でございます」

図に乗りおって。惣左衛門は眉をひそめた。大籬のお職を敵娼にした場合、揚代だけでも一晩に一両は下らない。それなのに、掠め取った金で何日も居続けというのだからいい気なものだ。

廊下の最奥右手の部屋の前で富蔵は足を止めると、障子越しに中に声を掛けた。

「花魁、いるかい。お客様がいらしたよ」

「どなたでござんすか」

鈴を転がすような声が、部屋の中から響いてきた。

「御番所の旦那様がお見えだ。開けてもいいかい」

「少うしお待ちくんなまし」

のんびりした口調で応えがあったが、同時に何やら人が慌ただしく動く物音がした。それを聞いた惣左衛門は舌打ちをすると、富蔵を押しのけてすばやく障子を開け放った。

二人の禿《かむろ》を両脇に控えさせて、花魁が部屋の中央に座っていた。金糸銀糸の縫い取りが目にも艶やかな仕掛けに身を包み、鼈甲《べっこう》の簪《かんざし》や櫛が横兵庫に結った髪にあたかも後光のごとく幾本も差さっている。

惣左衛門が中に踏み込むと、花魁ははっと息を呑んで目を見張った。そして、無言のまま惣左衛門の顔を見つめ続けている。不意の珍客に驚いたにしても少々奇妙な反応だったが、出し抜けに町奉行所町廻り同心が闖入《ちんにゅう》してくれば誰しも気が動転して当然かもしれない。とは言えそれも寸刻のことで、花魁はすぐに表情を元に戻すと、

「牡丹でござんす」

と名乗りながら、惣左衛門に深々と頭を下げた。年の頃はもう二十半ばほどだろうか、遊女としては若干とうが立っているが、それだけに威風辺りを払うといった貫禄を漂わせている。

重ね簞笥《だんす》や鏡台など豪華な調度品が所狭しと並べられた部屋の中には、牡丹と禿の姿しかない。しかし、つい先ほどまで誰か別の人物がいた気配が確かに感じられた。御番所と聞いてすばやく身を隠したに違いない。その証拠に煙草盆と並んで碁盤が畳の上に置かれており、対局途中だったと見えて盤上には碁石が並べられたままになっている。

「芳三はどこだ」

惣左衛門は語気鋭く牡丹に尋ねた。しかし、牡丹は惣左衛門を小馬鹿にするように首を傾げただけで、何も答えない。惣左衛門は部屋の中をぐるりと見回した。押し入れなど人一人が隠れられるだけの広さの場所はどこにもない。

「検めさせてもらうぞ」

お職の花魁ともなれば、居室は一部屋だけではない。惣左衛門は牡丹の返事を待たずに、奥の部屋に突き進んだ。だが、そこにも芳三の姿は見当たらなかった。もしや高く積まれた重ね布団の中に身を潜めているかとも思って布団を引っくり返してみたが、影も形もない。

「芳三をどこに隠した」

足音荒く戻って来た惣左衛門は、牡丹の正面に立つと上から見下ろしながら詰問した。芳三が逃げ出そうとする気配がした時、廊下には惣左衛門がいて目を光らせていた。また部屋の窓には遊女の足抜けを防ぐために連子《れんじ》がはめられており、髪置き前の小児でもなければ通り抜けることは不可能である。したがって、芳三が外に脱出する手立てはなかったはずで、まだこの部屋の中のどこかにいるとしか考えられない。

「そのような名前の殿方は知りんせん」

「ここでは寅八と名乗っていた男だ」

「知りんせんものは知りんせん。たとえ知っていても、お教えできんせん」

「なぜだ」

「ぬし様は、御番所の内緒事やお勤めでお知りになったことを外でぺらぺらとお喋りしなんすか」

意表を突かれて惣左衛門が返答に詰まっていると、

「遊女にも五分の魂がござんす」

牡丹は見得でも切るように、昂然《こうぜん》とした口振りで言い放った。

たとえ御用のお尋ねであろうとも、芳三の居場所を明かすわけにはいかない。もし明かせば自分の馴染みを裏切ることになる。吉原の花魁の意地と張りにかけて、そんな沽券《こけん》に係わるような真似は金輪際できない。牡丹の言い条を解説すればこんなところだろうか。

「稼業の上で知りえた秘密と客の利益はいかにしても守り抜く、か。見上げた心掛けと誉めてやりたいところだが、これは御用の取り調べだ。芳三は舌先三寸の詐欺を働いて、多くの町人から大金を騙し取ったのだぞ」

惣左衛門の言葉に、わずかに牡丹の表情が動いたようにも思えたが、

「わちきにはあずかり知らぬことでござんす」

と、その返事に変わりはなかった。

「お主の揚代はその金から払われているのだ。芳三を庇い立てするのは、詐欺の片棒を担いでいるのと同じことだぞ！」

頭に血が上った惣左衛門がそう大音声で怒鳴りつけても、牡丹は馬耳東風といった表情でそっぽを向いている。

「偉そうにご託を並べているが、要は金蔓《かねづる》を手放したくないだけであろう！」

華やかに見える花魁の生活も、内実ははなはだ厳しい。遊女になった時点で既に莫大な借金を抱えているのに、豪奢な衣裳や調度品はすべて自前で揃えなければならないなど、むしろ借金が増えてしまう仕組みになっている。そのため年中金策に汲々としており、一人でも多くの

馴染みを持ち駒として揃えておこうと腐心し続けているのだ。

だから、遊女たちに惻隠の情を抱いていた惣左衛門にすれば、仮に牡丹が金銭のために芳三を匿《かくま》っているのだとしても、牡丹の立場からすれば無理もないと斟酌《しんしゃく》してやるべきところなのだろう。しかし、今や惣左衛門の胸中を占めている感情はただ一つ、お上に盾突くこの花魁への怒りのみだった。

ところが、惣左衛門が歯ぎしりをしながら牡丹を芳三の一味として面番所に引っ張ってやろうかと考えたその時、牡丹が奇妙な台詞《せりふ》を口にした。

「香炉峰《こうろほう》の雪いかならむ」

「雪？」

今はまだ夏だ。雪など降るわけもないのに、いったい何を言い出すのだろう。

「拙者をからかっておるのか」

さらに怒りを募らせた惣左衛門は牡丹に詰め寄りかけたが、その時、

(待てよ)

不意に思い止まった。「香炉峰の雪」という言葉に微かな記憶があったのだ。遠い昔どこかで誰かに教わったような気がする。確か『源氏物語』、いや『枕草子』だったか――

もしや。惣左衛門は裏通りに面した側の窓に目をやった。風を入れるため他のどの窓も障子が開けられているのに、そこだけは簾《すだれ》が下りている。惣左衛門は急いで駆け寄ると、簾を素早く巻き上げた。続いて、閉じられていた障子も勢いよく開け放つ。

その窓にも連子が取りつけられていたが、窓と連子の間には奥行一尺ほどの地板がはまっている。地板の上には飾り棚のように花瓶を置いたり、猫が日向ぼっこをしていたりするのが普通である。しかし、今そこにいるのは猫ではなかった。男が一人、膝を抱えて窮屈そうに身を縮こまらせている。

「芳三だな」

左手の甲に痣のあるその男は、絶望の表情を浮かべながら頷いた。すっかり観念したようで、何の抵抗もせずおとなしくお縄に掛かる。

惣左衛門は芳三を引き立てながら部屋を出る時、牡丹の方を振り返り、

「なぜ?」

と、短く尋ねた。なぜ牡丹は芳三の居場所を自分に教える気になったのか。

「香炉峰の雪」とは、清少納言《せいしょうなごん》が書いた『枕草子』に載っている挿話である。ある雪の日、清少納言は主人の中宮定子《ちゅうぐうていし》に「香炉峰の雪いかならむ」と質問された。これは、白居易《はくきょい》の『白氏文集《はくしもんじゅう》』中の「香炉峰の雪は簾をかかげて看る」という詩を踏まえた問いで、清少納言の知識を試すためのものだった。定子の意図を正しく見抜いた清少納言はすばやく簾を上げさせたので、その場に居合わせた一同は清少納言の機知に大いに感心した、と伝えられている。

牡丹はこの挿話を引用して、簾を上げてみよと惣左衛門に示唆したのである。自分にはあずかり知らぬことと言っていたのにもかかわらず、芳三がどこに隠れているのかを惣左衛門に教えたのだ。

なぜやにわに心変わりをしたのだろう。それとも、『枕草子』という手掛かりを与えたところで、一介の町方同心になどわかるはずもないと見くびっていたのか。

牡丹は惣左衛門の問いには何も答えず、謎めいた微笑みを浮かべるばかりだった。

＊　＊　＊

「うーむ」

惣左衛門は鼻を擦りながら、長い唸り声を上げた。しばしの間盤面と向かいに座っている牡丹の顔とを見比べていたが、

「ありません」

ようやく自分の中押《ちゅうお》し負けを認めて、惣左衛門は頭を下げた。

「これで三連敗か。まるで歯が立たんな」

「いえ、そんなことはござんせん。あの失着さえなければ、ぬし様の大勝でござんした」

今二人がいるのは丸屋の二階、牡丹の部屋である。惣左衛門がここを訪れたのはあの日以来今日で四度目で、毎回一刻ばかりを牡丹と二人きりで過ごしていた。

といっても、同衾《どうきん》などは一切していない。それどころか酒を飲むことすらない。では、一刻もの間何をしているかと言えば、それは囲碁だった。

お職を張る花魁ともなれば、ただ春をひさぐだけの岡場所の私娼とは訳が違う。唄や三味線

はもとより、茶道・華道・和歌などあらゆる芸に通じており、囲碁や将棋などの遊戯も花魁が身につけるべき教養の一つであった。

丸屋を再訪した当初の目的は、芳三が居続けをしていた間にどれほどの金額を浪費してしまったかを調べるためだった。芳三は被害者に弁済できる手金などほとんど残っていないと主張しており、その供述の真偽を確かめる必要があったのだ。

惣左衛門は富蔵やお千の聴取を終えると、居続け中の芳三の様子を知るため、牡丹とも再び面会した。どうした風の吹き回しなのか、初対面の日とは打って変わり、牡丹は惣左衛門の尋問にごくごく素直に応じた。そのため調べは早々に終わったのだが、思いがけず惣左衛門はなお少時丸屋に留まることとなった。

惣左衛門が暇《いとま》を告げた時、牡丹が唐突に、自分は籠の鳥で外の世界のことを何も知らないので、町廻りの時に見聞きした最近の町中の様子を聞かせてほしいと言い出したのだ。惣左衛門にしても、遊女の生活の実態がいかなるものなのか関心がないわけではない。夜まで腰を据えていれば無用の誤解を招く恐れもあろうが、まだ日の高い内に短時間であれば構うまいと、牡丹と雑談をしていくことにした。

すると、牡丹は殊の外豊かな教養と、これも花魁の特別な技能の一つなのだろうが、実に巧みな話術を修得していた。初対面の悪印象もものかは惣左衛門は牡丹にすっかり魅了されてしまい、牡丹との会話は実によく弾んだ。そこで調子に乗った惣左衛門が、

「碁に関してはいささか腕に覚えがある。おそらく芳三などわしの足元にも及ぶまい」

とつい口を滑らせたものだから、では一局いかがかと牡丹が提案し、対局をすることになったのだ。ところが、牡丹の腕前は初段を有する惣左衛門をはるかに凌駕《りょうが》していた。おまけに対戦相手に花を持たせる気など牡丹はさらさら持ち合わせていないらしく、あえなく惣左衛門の完敗という結果に終わったのだった。

もちろん負けず嫌いの惣左衛門がそのまま退散するわけもなく、なおも対局は続き、結局丸屋を後にしたのは二刻近くも後のことだった。結果は惣左衛門の全敗に終わったが、この時のように昂揚した気分を味わったのは実に久方ぶりのことだった。

けれども惣左衛門は、再度丸屋を訪ねようなどという気はまるで起こさなかった。惣左衛門の信条からすれば当然のことだし、また牡丹の歓待の裏にはあわよくば惣左衛門を馴染みの一人にしてやろうという魂胆が隠れていることは歴然としていたからである。

するとその翌日、思いがけず牡丹からの手紙を携えた使いが惣左衛門を訪ねてきた。その手紙には、惣左衛門が巾着を忘れていったから取りに来てほしいと水茎の跡も鮮やかに認《したた》められていた。どうせ使いを寄越すのであれば巾着も一緒に持たせれば良いものを気の利かぬ女子《おなご》だと不満に思う一方で、牡丹の色香に惑わされて注意力が散漫になっていたのだろうかと自省せざるをえなかった。

このところ江戸市中では、『雷小僧』と名乗る盗賊が大店へ押し込む事件が続いている。惣左衛門は直接の受持ちではなかったものの、しばしば夜回りの手伝いに駆り出されていた。吉原くんだりまで何度も足を運べるほど暇ではないのだぞと腹中で毒づきながら、惣左衛門はやむなく丸屋に向かった。

その日は巾着を受け取ったらすぐに戻るつもりでいたのだが、性懲りもなくつい牡丹の口車に乗せられ、やはり一刻ほど対局に熱中してしまった。己の意志の弱さを大いに反省したものの、ここを訪れるのも今日が最後なのだからと自分に言い訳をしつつ帰途についた。ところが、あろうことか今度は煙草入れを置いてきてしまったのだ。

どうしたわけか、牡丹のもとを訪れるたびに惣左衛門はいつも忘れ物をしてしまう。そして、もう耄碌《もうろく》し始めてしまったのだろうかと少々憂鬱になりながらも丸屋に行き、結局は牡丹と囲碁を打ってから帰る。いつしかそんな繰り返しが、習慣のごとく惣左衛門の日常に定着してしまっていたのだった。

「よし、されば今度こそ」

すっかり熱くなった惣左衛門は勢い込んで碁笥《ごけ》を引き寄せたが、その時夕七つ（午後四時頃）を告げる鐘の音が聞こえてきた。

「おっと、いかん。長居しすぎたようだな」

慌てて惣左衛門は席を立った。暮六つ（午後六時頃）から夜見世が始まるため、遊女たちはそろそろ仕度を始めなければならない時刻だ。すかさず牡丹も立ち上がり、惣左衛門にそっと身を寄せてきた。牡丹の体から漂ってくるえも言われぬ芳香が鼻腔をくすぐる。

「もうお帰りでござんすか。今宵はゆるりとしていっておくんなまし。ぬし様が彦星、わちきが織姫でござんす」

牡丹が耳元で囁《ささや》いた。牡丹は惣左衛門が帰る段になると、いつもこうして甘い誘いの言葉を口にする。そして、それに対する惣左衛門の答えもいつも同じだった。

「貧乏同心の懐では花魁の揚代を賄えるわけもあるまい」

そう言って牡丹の体を静かに押し戻しながら、惣左衛門は微笑した。とりわけ今日は七夕、紋日である。揚代が普段の倍になるのではなおさら無理な注文だ。

惣左衛門は足早に階下に降りると、内所に向かって、

「邪魔をしたな」

と、声を掛けた。すると、惣左衛門が預けていた刀を手にしたお千が待ち構えていたように飛び出してきた。登楼する時は武士といえども帯刀は許されず、内所に預けなければならないのが吉原の定めである。刀を受け取り、玄関に向かおうと歩きかけた時、

「お待ち下さいませ」

お千が憂い顔で惣左衛門を呼び止めた。

「折り入ってお頼み申し上げたいことがございます」

「頼み？」

「実は亭主の富蔵のことなのですが……」

お千が申し出た依頼は、何とも奇妙なものだった。実は昨今富蔵が白犬様という怪しげな神に入れ込んでおり、それが原因で今夜富蔵の身に危険が迫っている。ついては惣左衛門に富蔵を護衛してもらいたいというのだ。

「白犬様……初めて聞くが、最近流行りでもしておるのか？」

無名の神仏に霊験あらたかとの評判がとみに立ち、人々が参詣に殺到する流行神《はやりがみ》という現象がある。柳川《やながわ》藩立花《たちばな》家の太郎稲荷《たろういなり》などがそのいい例だが、白犬様なる神はまったく耳にしたことがない。

「お聞き及びでないのは当然です。富蔵の単なる思いつきで、何しろ信者は富蔵ただ一人きりなのですから」

お千が苦々しげな口調で説明を始めた。

きっかけは、昨年英吉利《イギリス》公使のオールコックが幕府の反対を押し切って富士山に登ったことだった。外国人による富士山への初登頂である。オールコックは愛犬のトビーというスコッチテリアを登山に引き連れていた。ところが下山後熱海《あたみ》温泉に立ち寄った際、不幸にもトビーは間欠泉の熱湯を浴びるという事故により死んでしまったのだ。

その二十日ほど前、丸屋では小火《ぼや》騒ぎが起きていた。楼主の富蔵自らが消火を指揮したのだが、その際富蔵は両足に火傷《やけど》を負ってしまい、たまたまトビーの事故当日に療養のため熱海を訪れていた。そして、期せずしてまさに事故の瞬間その現場に居合わせたのだ。

その日以来富蔵は、自分はこの世における白犬様の預言者だと主張するようになった。死の直後にトビーの魂が白犬様へと昇華し、さらにその一部が分離して同じく火傷を負っていた自分に乗り移ったというのだ。火傷の後遺症に苦しむ富蔵は心気が不安定な状態になっており、トビーの死の光景が悪い影響を及ぼしてしまったのだろう。

すべてを白犬に捧げる生活が始まった。富蔵はまず、家紋を白犬の意匠に変えてしまった。入り口の暖簾に染め抜かれた奇妙な犬の紋がそれである。さらにトビーの姿を生写しにした白犬の大きな木像を作製させ、英吉利生まれの白犬様は我が国の物品を好まないという理由で高価な舶来品を買い揃えた。

挙句の果てには、専用の部屋で祈らないと御利益が薄くなってしまうとやらで、隠居した先代が亡くなるまで使っていた丸屋で最も日当たりの良い南面の座敷を祈禱専用に改装する始末。『祈りの間』と名づけたその部屋で、富蔵は毎日朝昼晩の三回ずつ白犬への祈りに半刻も費やしている。

「ところが富蔵が申しますには、先日白犬様からお告げがあったそうなのです。おまえはまだ信心が足りない、このままではおまえたち夫婦二人に恐ろしい祟りがあり、丸屋は近いうちに立ち行かなくなることだろう、と」

「……」

あまりに荒唐無稽、かつ突拍子もない話である。

「何でも今日七夕がそのトビーという犬が生まれた日なのだそうで、祟りを避けるためには夜通し『祈りの間』に籠もり、その生誕を祝う祈りを捧げ続けなければならないのだとか。お願いと申しますのは、今夜戸田様に富蔵のそばについていていただきたいのです」

「わしの職務の埒外《らちがい》だな」

にべもなく惣左衛門は断った。神仏のことは坊主や巫女《みこ》の領分だ。夜通しになるから体が心配だというのなら、呼ぶべきなのは医師だろう。定町廻り同心の惣左衛門がそばにいたところで何かの役に立つとは思えない。

「そう仰るのも当然のことと存じますが、実は先日このような文《ふみ》が庭に投げ込まれておりました」

お千に渡された文を広げると、ひどい金釘流で「死　富蔵　七夕　白犬　オールコック」と記されていた。差出人を特定されないために、おそらくわざと筆跡を変え、短い単語のみを書き連ねたのだろう。

「誰がこれを？」

「見当もつきません。この商売は人様の恨みを買うようなことも珍しくございませんが、富蔵はそのような阿漕《あこぎ》な真似はいたしておりません。ただ、もしや西洋かぶれと誤解されて、異人を嫌うお侍様たちに目をつけられているのではと心配なのでございます」

三年前に諸外国と結んだ条約により、居留地に限ってではあるが我が国にも外国人が定住するようになった。そのことを快く思わない攘夷《じょうい》派の武士たちは神州が穢されたと激昂し、外国人を殺害する事件を頻繁に起こしている。つい先々月にも、高輪東禅寺《たかなわとうぜんじ》の英吉利公使館が襲撃され、オールコックが間一髪で難を逃れるという事件が発生していた。

「この文は、七夕の日にオールコックと同じ目にあわせてやるという警告なのではないでしょうか」

オールコックの愛犬の魂が乗り移ったと唱え、異国の品々を買い集めている富蔵が攘夷派の標的とされることは確かにありうる。お千の心配はまったくの杞憂とばかりも言えない。

「ほんの些少ですが」

お千は惣左衛門の袂《たもと》にそっと包みを一つ滑り込ませた。

惣左衛門は迷った。最近剣術の腕をめきめきと上げている清之介《せいのすけ》は来月から高名な男谷《おだに》道場に通うことになっており、その月謝は決して安いものではない。そうでなくとも、開国以来諸《しょ》色高直《しきこうじき》が続き、何かと物入りで家計は逼迫《ひっぱく》していた。加うるに、そもそも町奉行所に勤めている者はこの種の付け届けを手渡されることは珍しくない、というより受け取るのが半ば慣例となっている実態もある。さらには、幸か不幸か今夜は『雷小僧』対策の夜回りには当たっていない。

惣左衛門の心の揺れを読んだかのように、お千は包みをもう一つ追加した。

「承知致した」

我知らず惣左衛門は承諾の言葉を口にしていた。数瞬の後、やはり返そうと思い定めた時には、お千の姿は既に惣左衛門の目の前から消えていた。

＊　＊　＊

内所から続く廊下を奥に真っ直ぐ進んだ突き当りが『祈りの間』だった。惣左衛門がお千に案内されてその部屋に入ったのは宵五つ（午後八時頃）過ぎだった。足を踏み入れた途端、惣左衛門は異様な光景に思わず目を見張った。

内所の隣の客間と同様、部屋の中はソファーやテーブルなど舶来の調度品で埋め尽くされていたが、それらに加えて四つの大きな屛風が正方形を形作るように立てられていた。その中を白い水干を身にまとった富蔵が、大きな御幣《ごへい》を振り回しながら踊るようにせわしなく動き続けている。お千が首を横に振りながら、大きな溜め息をついた。

惣左衛門は富蔵の方に歩み寄った。妙な形の屛風だと思っていたら、そばに行くと木で作られた衝立《ついたて》に紙を貼ったものであるとわかった。六枚の板が蝶番《ちょうつがい》で、それも屛風に用いられる紙のものではなく異人の住む洋館の窓や扉に使われている金属製の蝶番で、六曲一隻の屛風のように連結されているのだ。

衝立の高さは四尺くらいで惣左衛門の脇辺りまであるが、小柄な富蔵だとちょうど肩までの高さになる。そのため富蔵が衝立の中から首だけ覗かせている形になって、まるで才槌頭が宙に浮いているように見える。

「富蔵！」

惣左衛門は衝立に近づいて大きな声で呼びかけたが、何か御経か祭文のような言葉を一心不乱に唱え続ける富蔵は惣左衛門に気づく様子がまるきりない。三度目に名を呼んだところで富蔵がようやくこちらを振り向き、

「これは戸田様、お見苦しいところをお見せいたしまして」

と、息を弾ませながら言った。

「お千から頼まれて、今夜はわしがお主に付き添うことになった」

「かたじけのうございます。戸田様にお守りいただけるのであれば、大船に乗った気持ちで心置きなく祈りに打ち込むことができます」

「あれが白犬様か」

衝立で囲まれた空間の中央には、白い西洋犬の木像が鎮座していた。高さ長さとも二尺はあろうか。天井から吊るされた八間《はちけん》が放つ光を受けて、金剛石の目がきらきらと輝いている。

「さようでございます。生前のお姿を忠実に再現いたしました」

鼻をうごめかしながら富蔵は答えた。

衝立の中を覗きこんでみると、いずれの内側にも富士山の絵が貼られている。それぞれ富士とともに桜、新緑、紅葉、雪が描かれており、富士の春夏秋冬の姿を表しているようだ。

「変わった衝立だな」

「我が国の屏風では白犬様が満足なさいませんので、スクリーンという西洋式の衝立を模して作らせました」

「その割には、描かれている景色は英吉利のものではなくて富士山だが」

「白犬様は亡くなる直前に富士に登られておりました。そして、もとより富士は我が国の霊峰でございます。このように富士を描いた絵で東西南北の四方を取り囲まれることによって、白犬様の霊力が増大するのです。この衝立で囲まれた空間を『方霊場』と呼びまして――」

富蔵はとくとくと解説を始めた。目は憑かれたような光を帯び、語っている内容もおよそ正気から発したものとは思われない。惣左衛門は黙って富蔵の高説を傾聴している風を装い、一《ひと》頻《しき》り富蔵に好きにしゃべらせておいた。

しばらくの後、適当なところで惣左衛門は警備の確認を口実にして話を切り上げ、富蔵のもとから離れた。部屋の南側には障子があり、開けると縁側になっていた。昼間は日当たりの良さそうな庭が広がっており、その向こうには各妓楼の灯す無数の灯りが煌々《こうこう》と輝いている。かつて宝井其角《たからいきかく》が「闇の夜は吉原ばかり月夜かな」と詠んだとおりの光景で、天空の織女星と牽牛星も霞んで見えるほどだ。

もし本当に襲撃者がいるとしたら、この庭から侵入してくるに違いない。となれば、富蔵と庭とが同時に視界に入る位置で待機しなければならない。惣左衛門はそう判断したが、お千も同様に考えたのだろう、ちょうどそこに手回し良く座布団が敷かれている。

「では、よろしくお願いいたします」

お千は惣左衛門に深々と頭を下げると、内所に戻っていった。惣左衛門は障子を閉めると、

「ここで見張っておるぞ」

と富蔵に声を掛けてから、ソファーに座らずに済むのはありがたいことだと思いながら座布団に膝を折った。

よくよく考えてみれば、攘夷浪士が一介の亡八《ぼうはち》を相手に斬り込みを掛けてくることなどありえまい。例の投げ文はおそらくただの悪戯《いたずら》で、実際には何事も起こらないまま夜明けを迎えることになるだろう。一晩ただ座っているだけというのはいささか苦痛だが、それで思わぬ余禄

にありつけるのだから楽なものだ。

夜四つ（午後十時頃）になる少し前、お千が茶菓子が載った盆を持って入ってきた。カップの中身が珈琲ではなく、ただの緑茶であることに惣左衛門は大いに安堵した。お千は部屋を出ていく前に『方霊場』に近づくと、

「ほら、あまり根を詰め過ぎるから、こんなにずれてますよ」

と富蔵に文句を言いながら、しばし衝立をいじっていた。どうやら富蔵が祈りながら踊り回っているうちに、衝立と接触して位置が狂ってしまったらしい。富蔵はいったん動きを止めてお千に何か生返事をしたが、お千が立ち去ると、飽くことなく祈りの踊りを再開した。

実に異様な光景ではあったが、人はどんなに物珍しい事物でもいつしか慣れてしまうものらしい。度重なる夜回りで疲労が蓄積していたこともあって、惣左衛門は瞼《まぶた》が垂れそうになるのを次第に抑えられなくなっていった。

＊　＊　＊

お千は内所へと続く廊下の一隅にいた。掛行灯《かけあんどん》の灯りも届かぬ暗がりにもう半刻近くも身を潜めている。遊女の部屋がある二階は喧噪に満ちているが、階下はひっそりと静まり返って人気が絶えている。

もうそろそろ頃合だろう。お千は音を立てぬよう慎重に襖をほんの一寸だけ開けた。隙間に

顔を近づけ、目をすがめて中を覗き込む。相も変わらず富蔵は衝立の中で、踊り狂うように一心不乱に祈りを捧げている。あの小さな体で、よくも体力が続くものだ。

戸田の姿は『方霊場』に隠れて見えないから、思惑どおり戸田は今もお千が用意した席から動かずにいるのだろう。戸田の位置からは、衝立に遮られてお千が何をしようとしているか一切見えないはずだ。

お千は凶器を手にした。やや重量はあるものの、この種の得物はかねて扱い慣れているから何の支障もないだろう。

だが、あれほど富蔵を憎んでいたのに、いざとなると手が震えて取り落としそうになってしまった。何を弱気になっているのだ。元はと言えば、富蔵が元凶なのではないか。そして、これは丸屋の、鶴太郎の将来のために止むをえないことではないか。

しっかりとお千は凶器を握りしめ、富蔵にゆっくり近づけていった。富蔵の動きに合わせて慎重に狙いを定める。お千の額から頰に汗が幾筋もつたった。実際にはほんの一瞬間のことだったのだろうが、永遠とも思える時間が過ぎたようにお千には感じられた。

(駄目だ。やはりあたしには無理だ)

お千は凶器を下ろそうとした。だが、その刹那出し抜けに好機が訪れた。富蔵がお千の正面に来て、絶妙の位置で立ち止まったのだ。

(堪忍して下さい)

そうお千は心の中で詫びの言葉を唱えながら、満身の力をこめて凶器を突き出した。

「うがっ！」

確かな手応えを感じた。それと同時に富蔵の叫び声がお千の耳に届いたが、能《あた》う限り意識の外に押し出すよう努めた。

以前薬食《くすりぐ》いのため猪をさばいたことがあったが、その時と感触が似ている。そんな場違いな連想を頭に浮かべながら、お千は凶器をさらに深く押し込んでいった。

＊　＊　＊

異変は突如として起きた。

富蔵が奇妙な大声を上げた。

「うがっ！」

その時惣左衛門は不覚にもうたた寝をしかけていたところだったのだが、その声でたちどころに目が覚めた。富蔵に目をやると、それまで絶え間なく踊り続けていたのに、今は動きがぴたりと止まり、彫像のように立ち尽くしている。

思わず惣左衛門は腰を浮かせていた。何かよからぬことが起こった、起こってしまったのだ、そう直感した。

すると突然、はめられていた枷が外れたかのように富蔵は再び動き始めた。しかし、酔っ払いのようにふらついたかと思うと、すぐに衝立もろとも惣左衛門の方に倒れてきた。

「富蔵！」

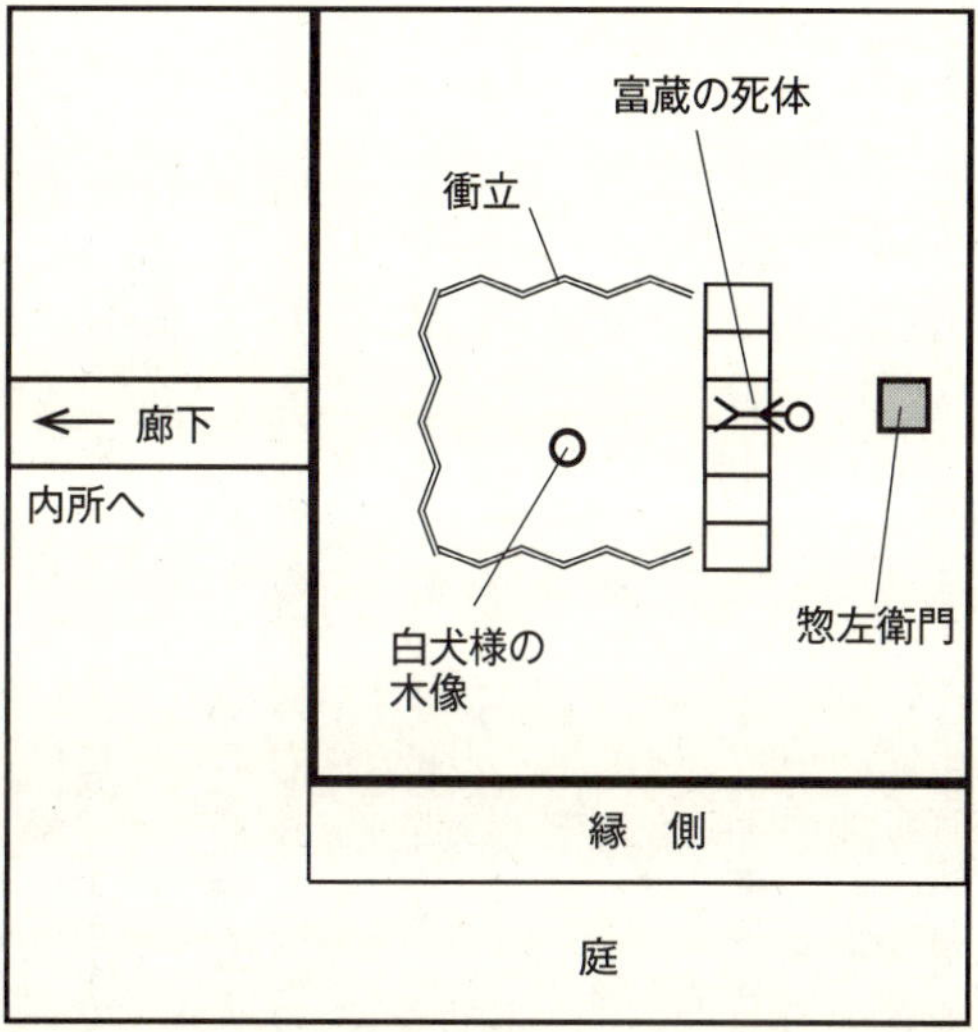

惣左衛門は富蔵を抱き起こした。富蔵の目はまばたきもせず大きく見開かれ、虚空を見上げている。腹部には何らかの刃物による刺し傷があり、白い水干が血で真っ赤に染まっている。口には血がいっぱいに溢れ、顎の方まで伝っていた。

富蔵が既に事切れているのは火を見るより明らかだったが、

「誰か！　早く医師を！」

大声で惣左衛門は呼ばわった。

「何かございましたか！」

青い顔をしたお千が、内所側の襖を開けて部屋に飛び込んできた。衝立越しにこちらを覗き込むと、大きく目を見張って息をのんだ。よほど慌てふためいているのか衝立を蹴散らすようにして倒しながら、富蔵のもとに急いで駆け寄った。

いったい何が起こったのだ。富蔵の亡骸《なきがら》にすがって泣き叫ぶお千を見下ろしながら、惣左衛門は懸命に頭を働かせようとした。

誰が富蔵を刺したのだ？　部屋の中には富蔵と惣左衛門以外は誰もいなかった。しかも富蔵は衝立に囲まれた『方霊場』の中に一人きりでいたのだ。誰かが近づいて刺すことなどできるわけがない。

白犬の祟りという言葉が、否応なしに惣左衛門の胸裏に浮かんだ。人の仕業でないというなら、よもやまことに祟りなのだろうか。惣左衛門は呆然としてその場に立ち尽くしていた。

＊　＊　＊

誰かに名を呼ばれたような気がして、惣左衛門は目を薄く開けた。

「父上」

廊下から清之介の声がしている。

「入ってもよろしゅうございますか。そろそろ灯りをおつけした方がよろしいかと」

気がつくと、先ほどまで夕日に赤く染められていた格子窓の障子がほとんど色を失っている。部屋の中は急速に闇に包まれようとしていた。

「うむ、頼む」

清之介が足音を忍ばせて行灯に近づく。暫時の後行灯から光が放たれ、月代も鬚《さかやき》も伸び放題になっている惣左衛門の横顔を照らし出した。このような雑事は本来であれば惣領の清之介がなすべきことではないが、惣左衛門の様子を見るために清之介が下女に代わって買って出たのだろう。

今年は秋の訪れが早いのか、虫が盛んにすだく声が庭から絶え間なく聞こえてくる。戸田家の庭はそれほど広くはないものの、惣左衛門が丹精込めて育てた数多の草花が植わっており、四季折々の様々な花々が見る者の目を楽しませていた。

今はそろそろ菊が咲き初める時季で、清之介と源之進には庭の手入れを怠らないようにとよくよく言い聞かせてあった。しかし、何分ここ数日間自身ではまったく面倒を見られていないので、どんな様子であるかは見当もつかない。おそらくは見るも無残な有様になってしまっていることだろう。

(今日でもう六日、いや七日になるか)

こうして終日一室に籠もって端座しているだけの日々が繰り返されると、次第に日数の感覚が失われてしまう。

清之介は灯りをつけ終えても、何か言いたげな表情をしてその場に控えていた。

「いかがした」

惣左衛門が問うと、清之介は唇を嚙みしめながら恨めし気な口調で、

「なぜに父上にかような御処分が――」

「その話は無用と申したであろう。もうよい、下がれ」

眦《まなじり》を決して惣左衛門は清之介を叱責した。清之介は項垂《うなだ》れたまますごすごと退出していったが、繰り言をつい口にしたくなるその心情も惣左衛門はよく理解できた。当の惣左衛門自身が、まさしく同じ疑問を強く抱いていたからである。なぜ自分が町奉行から差控を命ぜられ、謹慎せねばならぬ羽目に陥ったのだろうか、と。

（いったいどこでどう歯車が狂ってしまったのか……）

これでもう幾十度目になるだろうか、惣左衛門の心は自然とあの七夕の夜へと時を遡《さかのぼ》っていった。

＊　＊　＊

富蔵の一件は、発生時に現場に居合わせたという経緯から、面番所の隠密廻り同心ではなく、惣左衛門が指揮することとなった。だが、事件の一部始終を惣左衛門が目撃していたにもかかわらず、詮議は難航した。

何と言ってもやはり問題は、現場の『祈りの間』に富蔵と惣左衛門以外は誰もいなかったということだった。

「戸田様は存外しっかりと舟を漕いでおられたのでは」

惣左衛門の補佐役となった菊池が、冗談めかしながらも惣左衛門の見落としを示唆したが、

「いや、そんなことはない」

惣左衛門はその可能性を言下に否定した。

富蔵が刺されたと思しき時、確かに惣左衛門は半ば意識が薄れかけてはいたものの、完全に眠り込んでいたわけではない。その証しに、富蔵の才槌頭が右に左に動いている様子はほぼ絶え間なく惣左衛門の視界に入り続けていた。

だから、誰か部屋の中に侵入してきた者がいればいくら何でも気づかぬわけがない。ましてや富蔵に襲いかかるところを見逃すことなどありえなかった。下手人は忍びの技を身につけた者で、惣左衛門の目に留まらぬほどの速さで動くことができたなどという馬鹿げた想定でもしない限り、説明の仕様がなかった。

「うーん、そうなりますと……」

菊池はしばらくの間腕組みをして頭を捻った後、はたと膝を打って、

「であれば、そもそも下手人は部屋の中に入らなかった、とは考えられませんか。例えば槍のような長い得物を用いれば、部屋の外からでも富蔵を刺すことができるのではないでしょうか」

「ふうむ、なるほど」

菊池にしては上等な思いつきだと感心しつつ、惣左衛門はその妥当性を検討してみた。

八間が天井から吊るされていたものの現場はそれほど明るくはなかったため、惣左衛門の目が部屋の隅々まで完璧に行き届いていたわけではない。庭に面した障子がずっと閉じられたま

まだったことは断言できるが、廊下側の襖は衝立のせいで死角に入っていた。だから、少しの幅であれば、襖が開けられてそこから槍が差し込まれたとしても、確かに気づくことは難しかっただろう。

ありうるかもしれないと惣左衛門は賛同しかけたが、

「いや、やはり駄目だな」

と、すぐに否定に転じた。

吉原の中に槍や長刀《なぎなた》を持ち込むことは禁止されている。謀反人が吉原に入り込むことを防ぐためだ。そのことは、五十間道に立てられた高札に『鑓《やり》長刀門内へ堅く停止たるべきもの也』と明記されている。廓内で槍を持ち歩いているところを目撃されたら、たちまち見咎《みとが》められてしまう。

しかも、高さが富蔵の肩まである衝立が富蔵の周りをぐるりと取り囲んでいた。衝立に遮られて、部屋の外から刺し殺すことなど不可能だ。もちろん、いずれの衝立にも凶器を通せるような穴など開いていなかった。

「では、部屋の外から弓矢を放ったか、それとも刃物を投げつけたというのはどうでしょう?」

「それもありえんな。それなら富蔵の体に凶器が刺さったままになっているはずだ」

あるいは抜け落ちてしまったということも考えられなくはないが、それならば富蔵の死体のそばに落ちていなければならない。しかも、この場合でもやはり衝立が邪魔となることに変わりはない。

富蔵を殺した手立ての追求については、どうにも八方塞がりという有様だった。そのため、惣左衛門はひとまずその点は脇に置いて、富蔵を殺す動機を持つ者を検討してみることにした。

まずは白犬だ。白犬の祟りと書きたてている読売がいくつも出回っているが、生来不信心の惣左衛門はそんな迷信の類は一切信じない。そもそも、白犬の存在自体が富蔵の妄想の産物だ。

異人を毛嫌いする攘夷の志士を気取る連中の仕業だろうか。いや、連中であれば刀を振るって正面から切り込んでくるだろう。仮にも武士たる者が、何かの小細工を弄してあのような殺し方をするとは思えない。

となれば当然、下手人は富蔵の周囲にいるに違いない。そう考えた惣左衛門は、丸屋の内情を密かに探らせた。すると、丸屋の懐具合が相当深刻な事態に陥っていることがすぐに判明した。原因は白犬を狂信する富蔵が、例の木像の製作や舶来品の購入に桁外れの巨費を注ぎ込んでいることだった。お千や番頭の伊平が何度諫《いさ》めても富蔵は馬耳東風で、一向に了見を改めなかったという。

だとすれば、丸屋が破産してしまう前に富蔵を亡き者にしてしまおうと考える者がいても不思議ではない。惣左衛門は、白犬のことを口にした時のお千の苦々しげな表情を思い出した。

富蔵が刺された時、富蔵の身を案じるお千は夜が更けても床には就かず、内所にいて一人で帳付けをしていたと証言している。しかし、それを裏づける者は誰もいない。実はお千が下手人で、慌てて駆け付けてきた風を演じただけということも十二分に考えられる。そして、丸屋のことが理由であるなら、怪しいのはお千だけではない。伊平や息子の鶴太郎にも立派な動機があると言えるだろう。

状況が一向に進捗《しんちょく》しないことに焦りを感じたのだろう、菊池が意気込んで、

「連中を片端から大番屋に放り込んで、口を割らせてしまいましょうか」

と、牢問を提案してきた。即座に惣左衛門は菊池を一喝した。

「たわけを申すな」

確かに惣左衛門も容疑者を厳しく責め立てることはあるが、これはと目星をつけた者に対してのみである。無実かもしれない者まで一緒くたに大番屋に入れ、牢問を加えるような粗雑な吟味など一度もしたことはない。

「まだ時期尚早だ。何の証しもないのに、そこまで手荒な真似はできぬ。自白を強要したせいで万一捕違いが起きたらいかがする。そもそも犯行の方法が不明なのだから、白状させることなど到底叶わぬだろう」

もしも「私が下手人と仰るなら、いかにして殺害を実行できたのかお教え下さい」などと反論されたら、ぐうの音も出ない。それ以上牢問を続行することはできず、解き放すより他なくなってしまうだろう。

「常日頃からお主の振る舞いには細心さが欠けておる。今後はもっと慎重な取り調べを心がけよ」

「肝に銘じます。申し訳ございません」

惣左衛門に叱責された菊池は、小さくなって幾度も頭を下げた。

とは言え、牢問を除外してしまうと現状では打つ手が何もないのも事実ではある。惣左衛門は連日呻吟し続けたが、探索はそこでぴたりと足踏みをしてしまった。解決の目途が皆目つかないまま盂蘭盆会《うらぼんえ》が過ぎ、いつしか吹く風にも秋の気配が色濃く感じられるようになっていた。

＊　＊　＊

北町奉行の石谷因幡守《いしがやいなばのかみ》から惣左衛門が突然の呼び出しを受けたのは、その日も何の成果も得られぬまま奉行所を退出しようとしていた夕刻のことだった。

組織上定町廻り同心は町奉行の直属となってはいるものの、実際には町奉行と直接面談する機会など滅多にあるものではない。惣左衛門は不吉な予感を胸に抱えつつ石谷の前に膝行《しっこう》したが、呼び出された理由は果たして丸屋の一件だった。

「お主はたまたまその場に居合わせていたそうだな」

前置きなしに、石谷はいきなり本題に入った。

「はい。行きがかり上止むをえず」

自分が第一発見者となった経緯を惣左衛門は余すところなく詳細に説明した。ただし、お千から心づけを受け取った件については省略しておいたのだが。

惣左衛門の話を聞き終えても石谷は腕組みをしたまま口を噤《つぐ》んでいたが、やがていやにゆっ

くりとした口調で、

「お主は白犬とやらの仕業と思っているのか」

「蒙昧な町人どもならいざ知らず、拙者はさような戯言《ざれごと》は一切信じません」

「わしも信じぬ。であれば、冒頭から虚心坦懐に検討してみることとしよう」

石谷は二回ほど軽く咳払いをした。

「富蔵が死んだ時に部屋の中にいたのは富蔵とお主だけで、外から入ってきた者は誰もいなかった。富蔵は『方霊場』とやらの中にいて衝立で周囲から隔絶されていたから、部屋の外から槍や飛び道具を使うこともできなかった」

「仰るとおりです」

「にもかかわらず、富蔵は何者かに刺殺された。まことに不可解で、ありうべからざる事態だ」

「御意にござります」

「わしもさんざんない知恵を絞ってみたが、皆目見当がつかん。そこで、思い切って発想を転換してみることにしたのだ。この不可思議な状況を自明の前提として詮議を進めてきたわけだが、果たしてそこに疑問を差しはさむ余地はないのだろうか、と」

石谷の発言はさっぱり要領を得ない。惣左衛門が沈黙したまま首を傾げていると、石谷は少し癇立った色を見せながら、

「つまるところ、さような証言をしているのはお主だけということだ」

その言葉の意味を理解するのに、惣左衛門は多少の時間を要した。

「……よもや拙者をお疑いなのですか」

「葬儀を差し止めて、富蔵の死体が焼かれてしまう前に、ついていた刀の傷跡を精査させてみたのだ。すると、犯行に使われた刀は、身幅も重ねも普通のものより厚い刀であることがわかった。ちょうどお主が差している刀のように」

確かに惣左衛門の佩刀《はいとう》は、石谷が言ったような特徴を持っている。遠く戦国時代に十代も前の祖先が松平広忠《まつだいらひろただ》公から拝領したもので、当代の洗練された刀と比べると心持ち武骨の気味がある。

「悪いがお主の刀を検めさせてもらった。身幅や重ねの厚さが、富蔵の死体の傷跡とまさしく一致した」

「拙者の刀を？　いつでございますか？」

刀は武士の魂である。余程のことがない限り、自宅の外で刀を手元から離すことはない。いったいどうやって調べたというのだろう。石谷は気まずそうな表情を見せながら、

「湯屋だ」

と、やや小声で答えた。

八丁堀の町方与力と同心は、出仕する前に銭湯に立ち寄るのを常としている。いくら肌身離さずといっても、さすがに湯槽《ゆぶね》の中にまで刀を持ち込むことはない。石谷は惣左衛門が入浴している間に、脱衣場の刀掛けに置いてあった刀を密かに検見《けんみ》させていたのだ。

石谷の返事は惣左衛門を激昂させた。

「さような板の間稼ぎまがいの真似をなさるとは開いた口が塞がりませぬ。さほどまでに御自分の配下が信じられぬと仰《おお》せですか」

「板の間稼ぎとは何だ。慮外者《りよがいもの》、言葉を慎め！」

満面朱を注ぎながら石谷は怒鳴り返した。

「万事は調べのためだ、致し方あるまい。それより、このことをどう弁明するのだ？　偶然の一致で片づけるつもりか？」

「刀傷が合おうが合うまいが、そもそも拙者は一切あずかり知らぬこと、弁明も何もござりませぬ。あくまで拙者が下手人であると仰りたいのであれば、富蔵を殺めなければならぬどんな理由が拙者にあったのか御教示いただけませんか」

「お主は丸屋の牡丹という花魁に首っ丈で、足繁く通いつめていたそうだな」

「いえ、あれは――」

惣左衛門は反論しようとしたが石谷はそれを遮り、有無を言わせぬ口調で、

「大方お役目の続きだと称して、揚代を踏み倒していたのであろう。富蔵は最初は目を瞑っていたが、たび重なる無体に口を閉ざしてはいられなくなり、支払いを求めた。ところがそれに立腹したお主は、警護を依頼されて『祈りの間』とやらで二人きりになったことを奇貨として犯行に及んだのだ」

「……」

「それとも、こうも考えられるぞ。お主は牡丹を身請けしようと考えた。だが花魁の身請けともなれば大枚が必要で、用立てることなど到底叶わぬ。そこでお主は、町奉行所の権威を笠に着て、富蔵に多額の割引きを迫ったのだ。あるいは無償にせよとまで強要したかもしれぬな。富蔵が拒否したのは当然のことだが、お主はそれを逆恨みして、富蔵に意趣返しをしたのだ」

石谷のあまりに見当違いな見立てに、惣左衛門は呆れて口をきくことができなくなっていた。ところが、石谷はどう勘違いをしたものか、

「図星を指されて、何の申し開きもできぬようだな」

と勝ち誇ったような笑みを浮かべると、惣左衛門に声高らかに宣告した。

「当分の間、差控を命ずる」

たちまち惣左衛門の顔面が蒼白となった。差控は武士に対する刑罰の一つだ。出仕を止められ、自宅で謹慎しなければならない点は閉門や蟄居《ちっきょ》と同じだが、職務上の過失があった場合に科せられる軽い処分である。

「これでも特段の配慮をしてやったのだぞ」

確かに、本来であれば殺人を犯した場合の処罰が差控程度で済むわけがない。しかし、石谷の恩情に感謝する気など惣左衛門には毛頭起きなかった。

身幅と重ねがともに厚い刀は、この世に惣左衛門の佩刀ただ一本しか存在しないというわけではない。だから惣左衛門が下手人と断定するだけの決め手にはならないのだが、かと言って容疑が掛けられている者をそのまま吟味の責任者に据えておいたのでは、後日石谷はどんな責

任を問われるかわからない。

そこで、今少し証拠固めが進むまでとりあえず差控にして惣左衛門を一件から遠ざけ、推移を見守ることにしようと考えたのだろう。万が一惣左衛門が下手人でなかったとしても、誤って閉門や蟄居のような重い処罰を下してしまった場合に比べれば石谷の受ける傷は小さくて済む。いかにも打算に満ちた、自己保身のための判断だった。

人はあまりに怒りが募ると、かえって何の言葉も発することができなくなるらしい。しかし、惣左衛門の沈黙を石谷は処分の了承と解釈したようで、

「今日はもう退出せよ。追って沙汰のあるまで謹慎しておれ」

惣左衛門の腸《はらわた》は、激しく煮えくり返っていた。だが、ここで軽挙妄動すれば戸田家の存続に係わる事態にもなりかねない。惣左衛門は真一文字に口を結んだまま頭を下げると、憤怒で震える手足をかろうじて抑えながら退出した。

＊　＊　＊

番頭の伊平が怪訝な顔をしてこちらを見ている。お千は慌てて俯《うつむ》くと、袂で口元を隠した。帳付けをしながら気づかぬ間につい笑みを漏らしてしまっていたらしい。

「いかがなさいましたか」

探るような目つきをしながら伊平が尋ねてきた。

「何でもないよ。ただ、あんなことがあったのにそれほど客足が落ちていないから、つい安心してね」

お千は何とか取り繕ったが、伊平がそんな問い掛けをしてくるとは、よほど嬉しげな表情を見せてしまっていたのだろう。

（油断禁物。気を引き締めないと）

お千は強く自戒したが、そう思うそばからどうしてもほくそ笑んでしまうのを止められなかった。

一件の探索は、すっかり頓挫しているようだ。お千の企図したとおり嫌疑は戸田惣左衛門に向けられ、戸田は差控の処分を受けて自宅で謹慎しているという。万事が目論見どおりに進んでおり、お千が笑壺《えつぼ》に入るのも無理はない。

ただし、気掛かりが残っていないわけではない。あの晩『祈りの間』にあった白犬神の木像や衝立などは、今も片づけられることなく部屋の隅に置かれたままになっている。お千としては犯罪の証拠品はすぐにも処分してしまいたいところなのだが、一件が解決するまで部屋の中にあったものは何も外に持ち出してはならないと御番所から言いつけられていた。お上の指図に逆らって自ら疑惑の種をまくことは避けたいので、やむなく隅に片寄せただけにしてあるのだ。

そして、とりわけまずいのはあれだ。早いところ始末したかったのだが、あの夜は四郎兵衛会所の連中が思ったよりも早く駆けつけてきてしまったので、自重しておいた。ところが、その後も毎日戸田やその配下が見世の中をうろつき回っているせいでなかなか機会を見つけられず、そのままにしてあるのだ。事件当日と違って、今あれを持ち歩いているところを見られたら、いっぺんに怪しまれてしまうだろう。

だが、まあ焦ることはない。歳末の煤払いにでもならなければ、あんな所に隠してあると気づく者は誰もいないだろう。もう一月二月たってほとぼりが冷めた頃に、ゆっくりと片づければ良い。その時一緒に、あの忌々しい白犬の木像も盛大に燃やしてしまおう。

お千はあの木像がどうにも苦手だった。高価とはいえただの石ころのはずなのに、あの明るく輝く金剛石の目が、自分の心底や企みをすべて見透かしているような気がしてならないのだ。もしや本当にトビーの魂とやらがあの木像に乗り移っているのだろうか。

(駄目、駄目。そんな馬鹿げたことを考えては)

内心お千は自らを叱咤した。あれは富蔵のただの妄想だ。白犬の木像を前にすると落ち着かない気分になるのは、きっと心のどこかで罪悪感を覚えているためだろう。けれども、お千とて何も好き好んで犯行に及んだわけではない。万止《ばんや》むをえない事態だったのだから、気に病む必要などさらさらないのだ。

お千はしかつめらしい顔色を作ると、再び帳簿に向かった。

＊　＊　＊

清之介が再び自分の名を呼んでいる。惣左衛門の回想は、ちょうど憤然としながら奉行所を後にした場面で中断された。

惣左衛門が見聞きしたことはどんな細部までも忠実に再現したつもりだったが、今回もまた新しい発見は何一つ得られなかった。惣左衛門は失望の溜め息をつきながら、

「何用だ」

と、襖越しに廊下の清之介に尋ねた。惣左衛門の問いに対し、清之介は困惑しているような声色で、

「お客様がお見えです」

「客？」

惣左衛門は訝しんだ。もうそろそろ宵五つ（午後八時頃）の鐘が鳴る時分だろう。他家を訪問するにはいささか遅すぎる時刻だ。

第一、そもそも差控処分中の惣左衛門を訪ねたところで面会できるわけがないのは自明なことなのだから、客人など本来あるはずがない。もし唯一あるとしたら、親類縁者の誰かに不幸があったという知らせくらいだろうか。

（あるいは――）

惣左衛門はこの不意の来者の正体に思い当たった。もしや奉行所からの使いではなかろうか。

惣左衛門に代わって菊池が詮議の指揮をとることになったが、今のところ何の進展もないと伝え聞いている。惣左衛門が本当に下手人であるのか否か判断がつかず、石谷は相当に逡巡《しゅんじゅん》

しているのではないか。謹慎に入ってから今日で七日が過ぎるというのに奉行所から何の音沙汰もないのがその証左だろう。

振り上げた拳をすぐに下ろすわけにもいかないので当面このまま差控を継続し、いずれ折を見て嫌疑不十分という理由で処分を撤回する。石谷の思惑をそう推測して高をくってしまっている部分が、正直に言えば惣左衛門の心のどこかにはあった。

（だが、かような時刻の使者となれば……）

いやな予感がした。人目につかぬよう惣左衛門を奉行所へ召喚するためにやってきたのではないか。そして、そのことが意味するものは——

にわかに惣左衛門は緊張を覚えながら、

「いったい誰だ？」

と、清之介に問うた。だが、返ってきた答えは実に意外なものだった。

「牡丹と名乗る女が参っております」

「牡丹？」

惣左衛門は我が耳を疑った。知己の中に牡丹という名の女性は一人しかいない。

「よもや丸屋の花魁の牡丹ではあるまいな」

「どうやらその牡丹のようなのですが……」

清之介の返事を耳にした途端、惣左衛門は廊下に飛び出していた。小走りで玄関に向かう。

そんな馬鹿な——

だが、その馬鹿なことが現実に起きていた。地味な茶の小袖をまとった女が三和土《たたき》に立っている。髪は姨子《おばこ》結びで、差している簪は鼈甲ではなく質素な玉簪が一本のみ。どこから見ても町人の妻女としか思えないなりだが、それでもその女は見紛うことなくまさにあの牡丹だった。

惣左衛門は驚愕のあまり言葉を失った。

「なぜ……」

長い沈黙の後、ようやくその一言だけを喉から絞り出すことができた。吉原の遊女は皆、約二万坪という広大な籠の中の鳥だ。大門の外に出るには、身請けされるか年季が明けるのを待つより他ない。もし、それ以外に方法があるとすれば唯一つ——

「足抜けをしてきたのか?」

丸屋のお職として全盛を誇る牡丹が、なぜ足抜けなどしたのだろう。実は牡丹には情夫がいたのだろうか。身請けのための大金を揃えられない情夫と添い遂げるため、思い余って足抜けに及ぶ例は珍しくない。だがもしそうだとするなら、なぜ牡丹はさっさと情夫とともに身を隠さないで、惣左衛門のもとなど訪ねてきたのだろうか。

「足抜けをしたわけではございません。用が済み次第、すぐに吉原に戻ります」

吉原から外に出たためだろうか、牡丹は廓言葉を用いることなく惣左衛門に答えた。

「用とは、いったい……?」

「戸田様に是非ともお聞き届けいただきたいお願いがございます。御亭様《ごてさん》が亡くなられた夜の様子を私にお聞かせ下さいませんか」

牡丹の答えは、ただでさえ混乱している惣左衛門の頭をさらに混乱させた。なぜ牡丹があの一件のことを知りたがるのだ、また知ってどうするというのだろう。

「取り調べの最中だからという理由で、丸屋で働く私たちにもあの夜のことはほとんど知らされておりません。人伝《ひとづて》ではなく、現場に居合わせた戸田様の口から直接、何が起こったのかお伺いしたいのです」

惣左衛門の目をひたと見据える牡丹の瞳は、強い決意を宿して炯々《けいけい》と光っている。その力にたじろぎ、惣左衛門は我知らず差控中の禁を犯して牡丹を客間に招じ入れてしまった。

惣左衛門は座に着くと、これも本来差控中は遠慮しなければならない煙管《きせる》に手を伸ばした。ゆっくりと一服するとようやく幾分かの冷静さを取り戻し、

「それにしても、どうやって大門を通り抜けたのだ」

と、牡丹に尋ねた。

「丸屋に住み込んでいるお針の切手を借りたのです。今宵の相手には眠り薬を酒に混ぜて飲ませましたので、朝まで目が覚める気遣いはございません。もし何か手違いがあっても、妹分の振袖新造《ふりそでしんぞう》が対処してくれる手はずになっています」

「しかし、もし発覚すればただでは済むまい」

たとえ一時であろうとも何の許しもなく勝手に大門の外に出たのだ、足抜けに等しいと見なされるだろう。足抜けを試みた遊女は楼主から苛酷な折檻を受けるのが掟で、場合によっては死に至らしめられることもある。生き延びられたとしても最下級の切見世に落とされ、たった

百文の揚代で客をとり続けなければならないのだ。

「にもかかわらず、お主があの一件のことをそれほど知りたがる理由とは何だ？　ただの好奇心からというわけでもなかろう」

「戸田様に御亭様を殺害した嫌疑が掛けられていると伺いました。明らかに無実の罪だと存じます。微力ながら、戸田様をお救いするお手伝いをいたしたいのです」

「……」

　到底理解しかねる返事だった。牡丹は今、一歩間違えば命を失いかねないほどの危険を冒している。そうしてまで惣左衛門を助けなければならない義理など、牡丹は露ほども持たないはずだ。

「戸田様の御疑念はごもっともです」

　牡丹は惣左衛門の心中を読み取ったかのように、

「ですが、あまり時間の余裕がございません。そのことについては後回しにいたしたいと存じます。どうか私を御信頼いただき、騙されたと思ってお話し下さいませんか」

　牡丹は膝を進めて、惣左衛門に詰め寄ってきた。

「是非にお教え下さいませ」

　あたかも牡丹の意志が何かの形を成し、光背のごとく総身から溢れ出ているように見えた。その力強さ、真摯さに圧倒された惣左衛門は、知らず知らず首を縦に振っていた。

　余談になるが、この時牡丹に「勤めで知ったことを外でぺらぺらと話すのかとわしに説教したのは、当のお主ではないか」と皮肉の一つも言ってやれば良かったと惣左衛門が思いついたのは、ずっと後のことである。

「富蔵が刺された時、わしはついうとうととしてしまっていたのだが――」

「お待ち下さい。そもそもあの夜なぜ戸田様が御亭様に付き添われることになったのですか」

「帰りがけに玄関でお千に声を掛けられたのだ」

「お内儀《かみ》さんが戸田様に？」

意外そうな声を牡丹は上げた。

「ああ、夜通し富蔵を見張っていてほしいと頼まれてな」

事件の一部始終を惣左衛門は牡丹に語って聞かせた。既に数えきれないほど幾度も回想を重ねていたのでいささかも言い淀むことはなかったが、それでも語り終えるまでにはおよそ四半刻ほどかかった。しばらくの間牡丹はじっと俯いたまま何事か考え込んでいる様子だったが、やがて顔を上げると真剣な眼差しで惣左衛門を見つめながら、

「何か他にお気づきになられたことはございませんでしょうか」

「いや、これ以上は特に……」

惣左衛門は首を捻った。見聞きした限り、思いついた限りのすべてを牡丹に語り尽くしたつもりである。

「どんな些細なことでも結構でございます」

牡丹はなおも惣左衛門に食い下がり、返答を迫ってくる。

「戸田様をお救いするためには、下手人がどんな仕掛けを用いたのかを突き止める必要があります。何の手掛かりも残さずにあれだけのことをやってのけられたとは思えません。必ずどこかに目溢《めこぼ》れがあったはずです」

「と言われてもな……ううむ、はてさて――」

鼻を頻りに撫でながら、暫時惣左衛門は懸命に頭を絞り続けていたが、

「あ、そう言えば」

突然、ある光景が眼前に浮かんだ。

「何か思い出されましたか」

「富士が若干高かった」

「高い、とは？」

「富蔵は悲鳴を上げた後、衝立と一緒にわしの座っておる方に倒れかかってきた」

その時惣左衛門に近い側の衝立が倒れた。そのため、方形に富蔵を取り囲んだ衝立のうち、内所側に立てられていたものに描かれている雪景色の富士の絵が惣左衛門の目に入ったのだ。

「正確には、高いというより尖っていた。北斎《ほくさい》の赤富士のように。最初に見た時はあれほど尖ってはいなかったと思うのだが」

「その衝立は、屛風とはだいぶ異なる形をしていたのですね」

「ああ、六枚の板がつなげられているのだ。五か所の継ぎ目には、異人の使う蝶番が付けられていた。屛風でいえば六曲一隻に当たるのだろう」

「屏風に使われる蝶番は紙で作られていますが、舶来のものは鉄製なのでしたね」

「そうだ。他に違いと言えば、心棒というものがついていて、一方にしか曲がらないことだな。紙の蝶番でつないだ屏風は、表裏どちらにも曲げることが出来るが」

「その衝立に描かれていた富士山が普段より尖って見えたということは……」

牡丹の瞳の中に、白犬の木像と同様の輝きが宿った。獲物を追いつめつつある時に猟犬の目が放つ輝きであった。

＊　＊　＊

「すっかり秋の風でございますね」

開け放たれた障子から涼風が座敷に吹き込んでくると同時に、縁側からのんびりとした声がお千の耳に届いた。大事な話があるからと言ってお千を呼び出したくせに、先ほどから天気がどうだの庭の草花がどうだのといった話題をだらだらと続けるばかりで、一向に本題に入ろうとしない。

いったい何が目的なのだろう。この部屋を面会の場所に指定したということは、富蔵の一件について話し合うつもりだろうか。まさか事件の真相に気づいており、お千の焦りを誘おうとしてわざと愚図愚図しているのだろうか。

相手の出方が明らかになるまでは黙っているつもりだったが、しびれを切らしたお千はついに自分から口を開いた。

「で、いったい何の用だい、牡丹」

冷静を装い、努めてさりげない口調を心がけたが、言葉の端に苛立ちが混じってしまうのは避けられなかった。

「一人でこの見世を切り盛りしなきゃならなくなって、天手古舞《てんてこまい》なんだ。話があるなら早いとこ済ませておくれよ。それに、この部屋からはなるべく早く退散したいんだ。何しろここで富蔵があんな目にあったんだからね」

これはあながち嘘でもなかった。無論自ら進んで仕出かしたことなのだが、その現場に足を踏み入れ、己の罪の証しを直視させられるとなると、はなはだばつが悪い。視線を向けないようにしていたのに、お千はふとした拍子に白犬の木像と目が合ってしまった。

(お主の所業の一部始終を見ていたぞ)

金剛石の瞳がそう語りかけてきたような心持ちがして、お千は思わず顔を背けた。

「用というのは、その御亭様の一件です」

「富蔵の?」

やはりそうか。だが、お千はさも意外な話題だというように素知らぬ顔をしながら、

「あの人が死んだことがおまえに何の関係があるというんだい」

「事件の下手人が誰なのかを突き止めました」

「下手人だって?」

お千はことさらに語尾を上げ、驚いた声を出してみせた。

「じゃあ、富蔵が誰かに殺されたって言うのかい。あれは白犬の祟りだよ」

「いえ、祟りや呪いが原因ではありません。御亭様は何者かによって殺められたのです」

「殺された？　この部屋には、富蔵と戸田様以外誰もいなかったんだよ。ってことは、まさか戸田様の仕業なのかい？　じゃあ、お役目を外されて家に籠もりきりになったのはそのせいで――」

「いいえ、もちろん戸田様は下手人などではありません。戸田様が差控を命ぜられたのはあなたがそうなるように仕向けたからです。御亭様の命を奪ったのは、お内儀さん、あなたです」

「何を言い出すかと思えば、へそで茶を沸かしちまうよ」

お千は大袈裟に憤りの表情を作り、厳しい口調で牡丹を咎めた。

「あたしがなんで自分の亭主を殺さなけりゃならないんだい」

「御亭様が高価な舶来品の購入に大金を費やしたため、この見世はかなりの左前に陥っています。このままでは近々立ち行かなくなる恐れがあるほどで、これ以上傷口を広げないために御亭様殺害という暴挙に及んだのです」

「馬鹿らしい。あの時あたしは内所で帳付けをしていて、この部屋には一歩も入っちゃいないんだ。冗談も大概にしておくれ」

「確かにお内儀さんは犯行の際、この部屋の中に入ることはありませんでした。しかし、内所にいたというのは偽りです。内所に通じる廊下の暗がりに身を潜めて機会を窺っていたのです」

「廊下にいたのに、どうやってあの人を刺し殺すことができたというんだい」

「長い槍のような物を用意したのです。廊下からでも御亭様の体に届くだけの長さ、十尺ほどもある得物を使えば、犯行は十分可能となります。その場面を見られないようにするため、戸田様の席は廊下側から『方霊場』をはさんで反対の位置にあらかじめ用意しておきました。もちろん、ソファーに座るのを好まない戸田様が席を移すことはないと織り込み済みでした」

いちいち正鵠を射た牡丹の指摘に内心焦りを感じながらも、お千は鼻を鳴らして牡丹を嘲った。

「吉原の御法度を忘れたのかい。高札に書かれてあるとおり、吉原に槍や長刀は持ち込めないんだよ。でも、ただの刀じゃ長さが足りない。いったい何を使ったって言うんだい」

「そのご質問には後ほどお答えいたします」

牡丹は回答を保留した。いや、保留したのではなく、回答ができないのだ。すなわち、まだ真相を完全には摑みきれていないのだ。そう見て取ったお千は嵩にかかって、

「おまけに、あの人の周りを衝立がぐるりと取り囲んでいたんだ。衝立が邪魔をして、部屋の外から刺し殺すことなんかできるわけがないじゃないか」

その問いに答えることなく、牡丹は部屋の向こう側の壁に目を向けた。そこには例の四つの衝立が折り畳まれた状態で立て掛けてある。牡丹は衝立に歩み寄ると、その中から雪景色の富士が描かれているものを引き出した。

それを見たお千の心の臓が、激しく跳ね上がった。まさか牡丹は気づいているのだろうか？

「廊下側に置かれていたこの衝立に描かれている富士の絵が奇妙だったと、戸田様は私に仰いました。御亭様が刺された時のことで、初めて見た時と比べると山頂がいやに尖っているように見えたそうです」

事件発生後に戸田と言葉を交わす機会は牡丹にはなかったはずだが、という疑問がお千の頭に浮かんだ。しかし、お千がそれを口にする前に牡丹はすばやく衝立を開くと、絵が描かれている面をお千の方に向けた。

「しかしご覧のとおり、この富士の絵は特に山頂を尖らせて描かれているわけではありません。なのになぜ、その時に限ってそのように見えたのでしょうか？　答えは、衝立の置き方にあります。お内儀さんは四つ頃にこの部屋に入ってきた時、乱れた位置を直すふりをして衝立を通常より深く折り曲げた状態にしておいたのです。こんな具合に」

牡丹が実演すると、確かに富士山の姿は通常より尖って見える形に変化した。衝立を開いた状態で正しい山容になるように描かれているのだから、折り曲げればそう見えるのは当然だ。

「御亭様を取り囲んでいた衝立には、このように舶来の鉄で出来た蝶番がついています。この形式の蝶番は、心棒を支点にして心棒のある側にしか曲がりません。そのため曲げた時に、心棒の太さに応じて板と板の間に隙間ができるのです。凶器を刺し入れるのに十分なだけの隙間が」

牡丹が手にしている衝立の中央には、実際に幅半寸ほどの隙間が空いている。

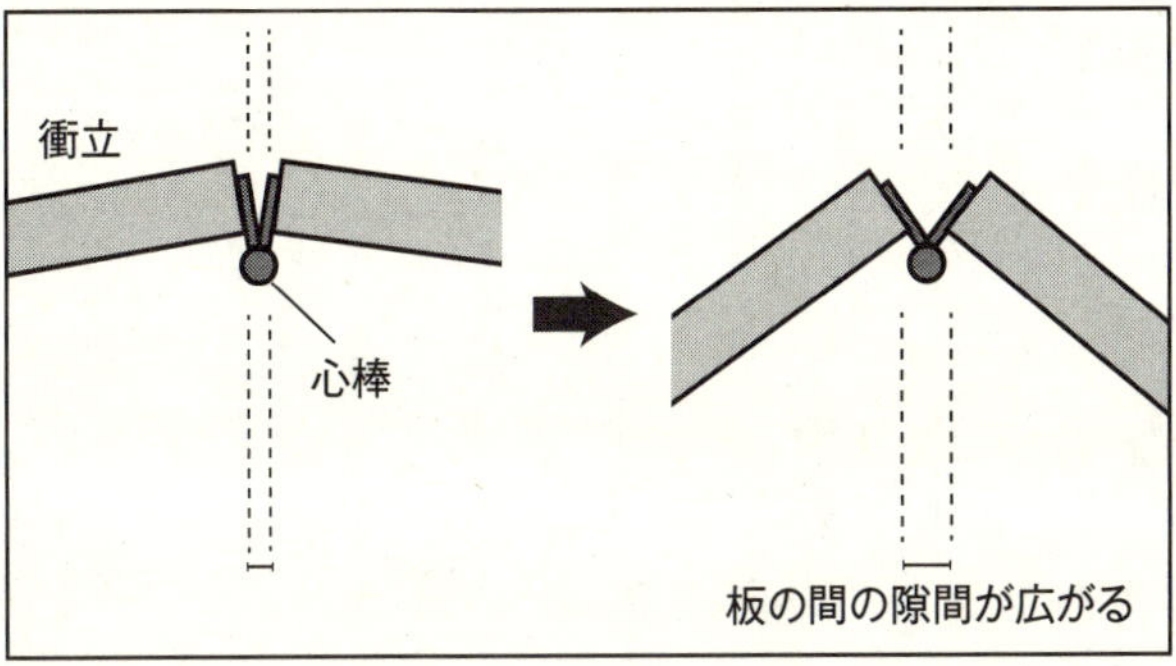

「こうして隙間を作っておきさえすれば、衝立は犯行の障害物とはなりません。これが、お内儀さんが衝立の外側にいながらにして御亭様を刺殺することができたからくりです。富士の絵が不自然に見えてしまうという欠点がありますが、六枚のうち深く折り曲げるのは中央の二枚だけにしておけば、不自然さはさほど目立ちません。そのため、すぐ近くにいた御亭様もお内儀さんが衝立に細工を施したことにお気づきにならなかったのです」

今やお千は、自分の顔から血の気が残らず失せていることを容易に自覚できた。

「そして犯行後、お内儀さんは部屋に飛び込んできて御亭様の御遺体を目にした時、ひどく狼狽したため誤って衝立を倒してしまったという風を装ったのです。そうしてしまえば衝立がどのように立てられていたのかなど、後からは誰にも確かめようがありません」

「……」

お千には何一つ抗弁できることがなかった。すべて牡丹の言うとおりだ。よもやこの仕掛けが見抜かれようとは思ってもみなかった。御番所にどう思われることになろうと、衝立など何か適当な理屈をつけて早いところ処分してしまえばよかった。そうお千はほぞをかんだが、今となっては後の祭りだった。

しかし、このまま黙って引き下がったのでは、自ら罪を認めたことになってしまう。お千は懸命に反論を試みた。

「みんなただの想像じゃないか。何か手証《てしょう》でもあるのかい。あるならお見せなさいよ。それに、どんな刃物を使ったのか、さっきの質問の答えもまだ聞かせてもらってないよ」

「お内儀さんは戸田さまの呼びかけを耳にして、内所から急いで駆けつけて来たふりをする必要がありました。そのため、凶器を遠くまで運び出す余裕はなく、この部屋の近辺に隠さざるをえませんでした。そして、犯行を可能にするだけの長さのある凶器を隠せる場所は自ずと限られています」

牡丹は内所に通ずる廊下に歩み出ると、

「おそらく片づける時機を逸してしまい、付いた血を拭っただけでまだこの辺りのどこかに——」

そう言いながら、壁に付けられている長押《なげし》を見上げた。そして、背伸びをするようにして長押に手を伸ばした。

「おやめ！」

お千は叫んだが、牡丹はその声をあっさりと無視した。長押には壁との間に幅二寸ほどの細

長い空間がある。牡丹はその中をあちらこちら探っていたが、ほどなく、

「ありました」

と声を上げて、何か長い棒状のものを両手で抱えるようにして長押から取り出した。それは竹竿だった。牡丹が推測したとおり長さは十尺ほどもあり、その先端には抜身の刀が取りつけてあった。

「これが先ほどの御質問に対する答えです。確かに吉原に槍は持ち込めません。そこで、槍の代わりにこの竹竿を用いたのです」

不意にお千は喉元を締め上げられるような息苦しさを覚えた。陸《おか》に打ち上げられた魚のように喘ぎながら、

「でも……槍ではなくたって、そんなに長い竹竿を持ち歩いていたら人目を引いて、怪しまれちまうじゃ——」

「ええ、もちろん仰るとおりです。それが七夕の日以外であるならば。

そう、七夕に限れば話は別なのです。みなが競って短冊を飾りつけた青竹が、吉原の至る所に無数に立てられています。万一この竹竿を見られても何の不自然さもないし、記憶に留められてしまうこともありません」

「女には重過ぎて、人殺しに使えるわけなんか……」

「お内儀さんはかつて『巴御前』と異名をとったほどの長刀の名手です。これだけの長さがあっても、使いこなすことはさして困難ではなかったでしょう」

「刺された傷の痕が、戸田様の刀の形と一致したっていう話じゃないか」

「お武家様でも登楼する時は刀を内所に預けなければなりません。戸田様が私の部屋にいる間に、戸田様の刀を写して書き留め、刀鍛冶に同じ型のものを作らせたのです。誰に依頼したかも突き止めてあります。神田鍛冶町《かじちょう》の佐吉《さきち》さんですね」

お千は強い眩暈《めまい》を覚え、足元がふらついた。お千の企みはすべてが白日の下に晒されてしまった。最早万事休すだ。

（もう終わりだ、お千）

そう宣告する白犬の冷ややかな声が、お千の頭の中で木霊《こだま》した。激しい絶望がお千を襲ったが、その時牡丹が口にした言葉がかえってお千を開き直らせた。

「直ちに御番所に自訴して下さい。そうすれば、もしやお情けで罪一等減じられることがあるかもしれません」

自訴しろだと？　冗談じゃない。たかがこんな遊女風情に、すべてをおじゃんにされて堪るものか。いい気になりやがって。丸屋のため鶴太郎のため、唯々諾々とお縄につくわけになどいかないんだよ。

帯の間からお千は短刀を取り出した。牡丹から話したいことがあると伝えられた時、もしやこんなこともあろうかと用意しておいたのだ。ここまで知られたからには、もう牡丹を生かしておくわけにはいかない。

短刀を両手で腰に構えると、お千は牡丹に突進した。牡丹は目を大きく見開いたが、不意を突かれたためか竹竿を手にしたままその場で棒立ちになっている。

（残念だったね、覚悟しな）

心の中でお千は牡丹に引導を渡した。しかし、切先があとわずか一寸で牡丹を捉えようとした瞬間、お千は背後から羽交い絞めにされ、身動きが取れなくなった。続いて、耳元で男の声が怒鳴る。

「神妙にせい、お千！」

全身から一気に力が抜け、お千は廊下に膝から頽《くずお》れた。

「お主の予想どおりだ、警戒していて正解だったな。大事ないか」

「ありがとうございます、菊池様」

お千は泣き叫ぶこともなく、おとなしく後ろ手に縄を掛けられながら、頭上で交わされるそんな会話を聞くともなしに聞いていた。お千の頭の中はただ真っ白となり、どんな考えも感情もまるで浮かんではこなかった。

その時ふと遠くから誰かに視線を向けられているような気がして、お千は顔を上げた。『祈りの間』に通じる襖が開けっ放しにされている。そのため部屋の中にある白犬の木像が、真っ直ぐお千を見据えている恰好になっていたのだ。

さぞかしいい気味だと溜飲を下げているのだろう、そうぼんやりと思いながらお千は白犬に目をやった。だが、もう白犬はお千に何も語りかけてはこない。

お千は無論知る由もなかったが、元来スコッチテリアは穴熊や狐を狩猟するために飼育されてきた犬種である。そう、狩りの時間は終わったのだ。今はただ金剛石の目が冷たい輝きを放つばかりだった。

＊　＊　＊

翌日差控の処分が解けた惣左衛門は早々に勤めを切り上げると、押っ取り刀で丸屋に駆けつけた。惣左衛門は牡丹に会うなり、両手を畳について深々と頭を下げた。

「礼を言うぞ」

「お止め下さいまし、戸田様」

牡丹は吉原の中にいても、惣左衛門と会話する時にはもう廓言葉を用いようとはしなかった。

「いや、どんなに礼を申しても申し過ぎることはない。お主の助力がなければ、おそらく富蔵殺しの罪はわしに着せられていたことだろう。すべてはお主の献身のおかげだ」

そこで再び頭を下げた後、惣左衛門はずっと胸の中に抱き続けていた疑問を牡丹に尋ねてみることにした。

「あの時後回しにした質問に、是非とも今答えてほしい。なぜ命の危険を冒してまで、わしのことを助けようとしてくれたのかを。お主がわしに惚れているからなどと勘違いするほどお目出度くもないのでな、さっぱり見当がつかんのだ」

「かつて戸田様からいただいた御恩をお返し申し上げるためです」

「恩？　何かお主に恩を掛けたことなどあったろうか」

牡丹の答えが何のことを指しているのか見当がつかず、惣左衛門は戸惑った。

「ここに来る以前、私の名はお糸と申しました。御記憶にございますでしょうか」

「記憶？　すると、わしは吉原に勤める前のお主に会ったことが……？」

「戸田様はもうお忘れでしょうね。私たち一家が戸田様の家作を立ち去る時、戸田様は『息災でな』と仰りながら、庭に植わった花を手折って下さいました」

「お糸……そうか、お主は春庵先生の娘の！」

たちどころに十二年前の別れの場面が脳裏に浮かんだ。惣左衛門はまったく気づかぬうちにお糸との再会を果たしていたのだ。

だからここを初めて訪れた日に惣左衛門の顔を目にした牡丹があのような驚きの表情を見せたのかと納得がいったが、それと同時に他にもすとんと腑に落ちたことがあった。なぜ牡丹が花魁の掟に背いて芳三の居場所を惣左衛門に明かしたのか。その際、なぜ『枕草子』を謎掛けに用いたのか。

「あの時の春庵先生の御講義は『枕草子』だったのか」

「はい、香炉峰の雪の段でございました」

「道理で聞き覚えがあったわけだ」

父の春庵が詐欺にあったために、牡丹は吉原に身を売らなければならなくなった。だから芳三が同様の詐欺を働いて多くの無辜の人々を苦しめていると知ったからには、どんな上客であろうとも芳三をそのまま放っておくわけにはいかない。さりとて花魁として職業上の倫理は守らなければならず、馴染みをおいそれと町方の手に引き渡すのも躊躇《ためら》われる。

牡丹は板挟みになって悩んだが、かつて惣左衛門が春庵の講義を聞きに寺子屋を訪ねてきたことを記憶していた。そこで、『枕草子』を引用して芳三の隠れ場所を暗示することにより、事の正否を惣左衛門に委ねたのだ。

「戸田様が父の講義の内容を覚えていらっしゃるかは五分五分だと考えたのです。戸田様をお試しするような不遜な真似をいたしまして申し訳ございません」

「お主と別れた日のこともずっと忘れてはおらんかったぞ。だが、恩を返すとはどういう意味だ」

花を幾本かお糸にやったのは間違いないが、それが命懸けの恩返しの対象になるほどのことだとは思えない。

「丹精込めて育てていらしたでしょうに、戸田様は何ら躊躇する素振りも見せずに花を手折って下さいました。何の花だったか覚えていらっしゃいますか」

「はて、確か色は白だったが、種類までは……」

「牡丹でございました」

遠くを見るように牡丹は少し目を細めた。

「あの時、私の行く手はまったくの闇に閉ざされてしまっておりました。真っ黒に塗りつぶされた視界の中で、牡丹の花の白さがどれほど輝いて見えたことか。また、戸田様は別れ際に

『息災でな』と仰って下さいました。あの牡丹の花と戸田様のお言葉とが、つらく苦しい吉原での暮らしの中で今日に至るまで私の生きるよすがとなっております。牡丹という私の源氏名も、そこからつけたものです」

「……」

惣左衛門は返す言葉もなく、ただ項垂れるより他なかった。十二年間苦渋を味わい続けたために、お糸は記憶の中の惣左衛門を実態以上に美化してしまっている。そのように想い続けてもらうほどの価値など、自分にはいささかもないのだ。

あの時確かに惣左衛門はお糸に強い憐憫と同情を覚えていた。しかし、お糸をこの手で救い出してやろうなどとは欠片《かけら》も考えなかった。無論どう足掻《あが》いてもそんなことは実現不可能とわかっていたからだが、それにしても惣左衛門はお糸の以後の消息を尋ねようとすらしなかったのだ。

吉原には決して足を踏み入れないという信条にしても、同じく口先だけの綺麗事だ。遊女を金で買う客がいなければ、借金を返して足を洗うことがかえって不能となってしまう。また、吉原という苦界の存在を公認しているのは幕府であり、惣左衛門はその幕府に仕えることによって禄を食《は》み、生きているのだ。己の存念などただの偽善であり、お題目に過ぎない。

またしても自分の心が抱える大きな瑕疵《かし》を思い知らされ、惣左衛門は暗然とした。そんな惣左衛門の動揺を見て取ったのだろうか、

「それほどまでに私は戸田様をお慕い申し上げておりましたのに、戸田様は私のことをすっか

り忘れになっておいでしたのでひどく落胆いたしました」

牡丹は悪戯っぽく微笑むと、からかうような口調で言った。思いもかけぬ不意打ちに狼狽した惣左衛門は慌てて手を振りながら、

「そ、それはだな、お主があまりに美しく変貌していたからであって、致し方のないことだ」

「ぬし様はお口がたいそうお上手でござんす」

にわかに廓言葉に戻って、牡丹は朗らかに笑った。

「いや、これは決して世辞などではないぞ」

惣左衛門は急いでそう弁解すると、決まりの悪さを隠すために煙草を吸おうとした。ところが、いくら懐をまさぐっても見つからない。つい先ほどまで確かに持ち歩いていたはずなのに、またどこかに置き忘れてきてしまったのだろうか。すると出し抜けに牡丹が、

「お探しの物はこれでございますか」

と言いながら、煙草入れを差し出した。それは紛れもなく惣左衛門のものであった。なぜ牡丹の手に、と頭を捻ったその刹那、疑問が氷解した。そうか、いつも「今宵はゆるりと」などと言いながら身を寄せてきたのは――

「花魁が身につけるべき技能の中に巾着切りがあったとは、ついぞ知らなんだ」

「ですが、こうでもしなければ二度と足を運んでは下さいませんでしたでしょう?」

牡丹はそう言うと、満面に無邪気な笑みを浮かべた。

その時、やにわに窓の外から高い鳴き声が聞こえてきた。そちらに目をやると、連子ごしに

鳶《とんび》が空高く舞い上がっていくのが見えた。

しばしの間、惣左衛門は澄み渡った空を悠然と飛び続けるその姿を眺めていたが、

(次はわしの番だ)

ふとそんな思いが惣左衛門の胸間を過《よぎ》った。今こそ言葉ではなく、行動が必要な時なのだ。今度は自分がいかなる犠牲を払おうとも、牡丹を救わなければならない。牡丹を吉原という籠から解き放ち、あの鳶のように思う様羽ばたかせてやろう。惣左衛門は固く決意した。

それと同時に、もしかしたら自分はようやく答えを見つけることができたのかもしれない、惣左衛門はそう思い至った。とうとう自分は巡り会うべき女性に巡り会えたのではないか、と。

気がつくと、牡丹も窓外に目を向けている。二人は無言のまま、大空のかなたに姿が消えてしまうまで鳶を見つめ続けていた。

恋牡丹

（はてさて、どうにも女子《おなご》というものは――）

このところ戸田清之介は、そう首を傾げてばかりいる。何を考えているのか、どう接したら良いのかがさっぱり分からないのだ。

その遠因は、清之介が女気に乏しい中で育ったことにあった。二人兄弟で姉妹はいないうえに、まだ八歳の時に母を失った。そのため、身近な女性といえば大年増の下女くらいしかいなかったのだ。

もっとも、清之介は十五歳になると無足見習として北町奉行所に勤め始め、お役目を通じて何人もの女性と接するようにはなった。しかし、そのことがかえって清之介の戸惑いに拍車を掛けた。亭主を事故に見せかけて殺した女房。三人の子を自ら手にかけた母親。次々と密通を繰り返す大店《おおだな》の内儀《おかみ》――

当人たちにはそれなりの言い分があったが、到底納得できるものではない。不信感や幻滅を感じたのは無論だが、それよりも女性はいかにも理解しがたい不可解な存在という思いを清之介は強く抱くようになっていた。そして今日の前に立っている娘も、そうした咎人《とがにん》たちとはまったく毛色が異なるものの、清之介を大いに戸惑わせる女子の一人であった。今日も清之介の顔を見るなり、

「戸田様！」

と、往来の真ん中にもかかわらず突然大きな声で挨拶をしてきたので、清之介は目を白黒させた。

「あ、ああ、これはおみき殿」

鳩が豆鉄砲を食ったような顔で清之介はそう答えながら、どうやら今日はきんぴら娘の方らしいなと判断した。

何しろ日によって見せる表情がまるで違うのだ。清之介はこの生駒屋《いこまや》の一人娘がまだ幼い頃から見知っているのだが、もともとは物静かで落ち着いた性格だった。それが十三歳を迎えた今年の初め頃から妙にお転婆な振る舞いをする日が増えてきて、そうかと思うと次に会った時には一転して普段の淑《しと》やかさに戻っている。年頃の娘心はかくも移ろいやすいものなのだろうかと、清之介は当惑すること頻《しき》りだった。

「今日は芝居見物にいらっしゃったのですか」

まずい所で会ってしまったと焦るあまり、清之介はついひどく間の抜けた質問を口にしていた。二人が立っているのは猿若町《さるわかちょう》にある中村座《なかむらざ》の目の前である。時は昼八つ（午後二時頃）、弥生狂言の初日を迎えて通りは人の波で溢れていた。縁台に立った木戸芸者が役者の声色を使って大声で客を呼び込んでいる。

天保《てんぽう》の改革の折、猿若町には中村座・市村座《いちむらざ》・森田座《もりたざ》の江戸三座が集められ、以来芝居町として大いに賑わっていた。猿若町に芝居を見に来たのかなどとは、聞くまでもない愚問である。

箸が転んでもおかしい年頃というにはまだいくらか若いが、清之介の慌てぶりがよほど面白かったのか、口に手を当ててくすりと笑いながら、

「はい、幕間に茶屋で休んできたところです」

茶屋で着がえてきたのだろう、今日に備えて新たに仕立てたと思しき鶯《うぐいす》色の地に刺繍《ししゅう》の桜の花をあしらった艶やかな振袖に身を包み、桃割れに結った髪には銀のびらびら簪《かんざし》が揺れている。背後には生駒屋の女中らしき若い娘たちが数人つき従っていた。

「正月の春芝居は見られずに残念な思いをいたしましたので、今日が来るのをずっと待ち遠しく思っておりました」

声が弾み、頰は桃色に染まっている。芝居町の華やいだ雰囲気が若い娘の心持ちを浮き立たせているのだろう。

歌舞伎は江戸における最大の娯楽とされており、貴賤を問わず老若男女が猿若町に押寄せたが、中でも生駒屋のような裕福な家の娘たちにとって芝居見物は法外な大枚を費やす一大行事である。芝居茶屋での飲食代や楽屋への祝儀など諸々の掛かりを合わせると、たった一日の見物にもかかわらず十両にもなると言われるほどであった。

「弥兵衛《やへえ》殿はいらっしゃらなかったのですか」

「はい、父はどうしても外せない所用ができまして……今日はきっと清之介様にお会いできるだろうと一日千秋の思いでございました」

小ぶりで形の良い唇から投げ掛けられた言葉に、清之介は絶句した。見目良い瓜実顔《うりざねがお》には、

明らかに清之介をからかう表情が浮かんでいる。そして、さらに追い討ちをかけるように、

「芝居をご覧になるのもお役目のうちでございましょう？　お疲れ様でございます」

「ああ、その……そう……」

清之介はしどろもどろになった。赤面して困惑する定町廻り同心と美しい町娘との取り合わせを、行き交う人々が好奇の眼差しで眺めながら通り過ぎていく。清之介はますます焦ったが、そんな様子を見て悪戯《いたずら》っぽく笑うと、

「では、お先に参ります」

芝居茶屋の男に案内されて、生駒屋一行は中村座の中に入っていった。

「誰だ、あれは。たいそう美しいが、とんだお転婆だな」

清之介の隣に立ち、黙って二人のやり取りを見ていた菊池忠市郎が呆れたような声を上げた。

「待てよ、前にどこかで見かけたことがあるぞ。確か名は――」

「ええ、菊池様もお聞き及びでしょう、あれが亀島町《かめしまちょう》の米穀問屋、生駒屋のおみきですが……」

力なく清之介は首を振った。女子と話をするのはどうにも不得手だ。気を引くために洒落たことを言わねばなどと心が逸《はや》るからではなく、ただ普通に会話するだけでも一苦労なのである。

その時、不意に一人の女性の顔が清之介の脳裏に浮かんだ。

苦手と言えば一番苦手なのは、何と言ってもあの女子だ。何を話し、どのように振る舞えば良いものか、見当もつかない。あのように何の前触れもなく忽然《こつぜん》と登場されても困るではないか――

「おい、何をしている、我らも入るぞ」

ついぼんやりと埒《らち》もない考えに耽ってしまっていたらしく、菊池が苛立たしげに清之介を促した。清之介は急いで菊池の背中を追った。桟敷《さじき》番に案内されて二人が着いたのは、二階の西側桟敷にある役桟敷とかお役穴と呼ばれる席である。衣装が華美過ぎはしないか、不穏当な台詞《せりふ》がないかなど芝居の内容を検分するのも定町廻り同心の役目である。そのため、同心たちがいつ来ても座れるように常時空席を設けてあるのだ。

清之介が場内を見回してみると、向かいの東側桟敷席も舞台から遠く離れた向う桟敷もすべて数多の老若男女で埋まっている。同じ西側桟敷でここから向う桟敷寄りに三つ離れた席に、生駒屋一行が座っているのが見えた。身を乗り出して階下を見下ろしても、平土間から羅漢台に至るまでぎっしり鮨詰めで、大入り満員である。

「やれやれ、大した賑わいだな」

菊池が熱の入らない声で言った。菊池には男女一人ずつの子がいるが、娘の加絵《かえ》が芝居にめっぽう夢中になっているらしい。しかし菊池自身はさほどの関心は持っていないようで、いつだったか加絵が顔見世に連れていけとうるさいので閉口しているとか、役者の錦絵を見て大騒ぎしてはしたないなどと、清之介に苦い顔をしてみせたことがある。

一方、清之介は母の影響を受けて、幼い頃から大の芝居好きだった。そのため、出仕するようになって役桟敷の存在を知った時には狂喜したものだったが、新米の立場ではさすがに一人で訪れるのは躊躇《ためら》われる。そこで、腰の重い菊池ら先輩の同心を「お役目でございますぞ」など仕事にかこつけて誘っては、猿若町にしばしば足を運んでいたのだった。

ほどなく柝《き》の音とともに幕が開き、思わず清之介は舞台の方に身を乗り出した。今日の演目『恋衣廓春雨《こいごろもくるわのはるさめ》』は昨年実際に吉原で起きた心中事件を題材に採った新作の世話物で、この弥生狂言が初演となる。めまぐるしい展開と奇抜な演出がいささか鼻についたものの、座頭の坂東彦三郎《ばんどうひこさぶろう》と立女形《たておやま》の岩井紫若《いわいしじゃく》の華麗な演技は満場の客たちを引きつけて離すことがなかった。

とりわけ終盤の心中の場面では誰もが息を凝らすようにして舞台を見詰め、やがて小屋のあちらこちらからすすり泣きや嗚咽《おえつ》を堪える声が聞こえてきた。清之介も目頭が熱くなり、唇を嚙んで俯《うつむ》きかけたが、

（おっと、いかん）

と、すぐに居住まいを正した。よもや気づかれはしなかったかと横目で菊池の方を窺ったが、菊池は退屈したように欠伸《あくび》を嚙み殺しているだけだった。

「もう七つ（午後四時頃）の幕間だ。そろそろ行くとしよう」

芝居好きではない菊池は何の感銘も受けなかったのだろう、立ち上がりながら飽き飽きしたような声で清之介を促した。芝居はまだ日暮れまで続くのだが、菊池にそう言われれば仕方がない。

後ろ髪を引かれる思いの清之介は、席を立つ時に場内をぐるりと眺め回した。生駒屋一行のいる桟敷席も目に入ったが、生駒屋の女たちは皆、袂《たもと》に顔を押し当てて泣いているばかりだった。

＊　＊　＊

「そうか、さすがは彦三郎、やはり一頭地《いっとうち》を抜いているな」

惣左衛門は赤らんだ顔を綻ばせながら頷《うなず》くと、手にした杯を一気に干した。

「わしは明々後日に行くつもりだが、これは大いに楽しみだ」

その夜、清之介は隠居した父、惣左衛門のもとを訪れていた。今度の芝居を惣左衛門より先に見ることがあったら、その感想を伝えに来るよう言いつけられていたのだ。清之介の久方ぶりの訪問に惣左衛門はたいそう上機嫌な様子で、酒もだいぶ進んでいる。

「父上、あまり過ごされますとお体に……」

惣左衛門の病が癒えてからまだ日が浅い。父の体を心配して清之介がそう言うと、たちまち惣左衛門の目つきが変わった。

「この程度で何だ。酒を飲むのはお前や源之進がここに来た時くらいで、普段はろくに飲んでもおらん。そもそも、お前は近頃さっぱり顔を見せんではないか。源之進は親孝行者だ、十日に一度は訪ねてくるぞ」

戸田家の家督は清之介が継ぎ、源之進は今も部屋住みとして八丁堀の役宅でともに暮らしている。

「父上にお知らせすべきことも特段ございませんでしたゆえ、つい――」

「たわけめ、何も話がなくとも時折は挨拶に足を運んできて当然であろう。そうは思わんか、お糸」

「御無理を仰《おつしや》いますな、旦那様」

惣左衛門の傍《かたわ》らに座っているお糸と呼ばれた女性が、取り成すような口調で答えた。

「なにぶんここ橋場《はしば》は江戸の外れ、お役目で御多忙の清之介様には足を運びたくとも運ぶ暇などございませんでしょう」

「さて、どうだか。目の上のたんこぶがいなくなったと大いに羽を伸ばして、この老いぼれのことなど——おお、そうか」

そこで惣左衛門はぽんと手を打つと、

「女ができたか。女子になどまるで興味がないような顔をしておったくせに、まったく油断のならんやつだ」

「いえ、決してさようなことは……」

「しらばくれるな。白状せよ」

「ささ、旦那様、もう一献いかがでございますか」

お糸が二人の話に割り込むように惣左衛門に徳利を差し出して、

「若手の中では成駒屋《なりこまや》がたいそうな人気のようでございますね」

「そうだな、だが最早人気だけではないぞ。この前の評判記でも上々吉だったから、人気に実力が追いついたようだな」

話題が歌舞伎に戻ると、惣左衛門の機嫌はすぐに直った。清之介を追及することなどすっかり念頭から消えてしまったようで、清之介は安堵の息を漏らした。以前の惣左衛門は芝居になど欠片《かけら》も関心を持っていなかった、いやむしろ毛嫌いしていたくらいなのに、変われば変わるものだ。だが惣左衛門が変わったと言うなら、それは趣味に限った話ではない。

惣左衛門は若い頃『八丁堀の鷹』という異名をとったほどの辣腕《らつわん》の定町廻り同心で、幼い清之介にとっては父といえども安易には近寄り難い空気を総身にまとっていた。ところが、隠居する二、三年前から妙に物腰が柔らかくなり、とりわけ橋場に移ってからはすっかり好々爺《こうこうや》然とした雰囲気になってしまっている。もちろんそうした変貌自体は決して悪いことではないのだが、誰が惣左衛門をそうさせたかと言えば――

清之介はさりげなく上目遣いでお糸の様子を窺おうとしたが、その時ちょうどお糸が清之介にも酌をしようとしてきたので、目がぴたりと合ってしまった。動揺した清之介は急いで惣左衛門の方に顔を振り向けて、

「そう言えば、今日中村座には生駒屋のおみき殿も来ておりました」

「そうか、もう芝居なぞ見るような年頃になったか。近頃よく徳右衛門《とくえもん》殿の所を訪ねているようで、この近くでも何度か見かけたぞ。母親譲りの器量好しだ、皆の予想どおりになったな」

幼い頃からおみきの美貌は近隣の評判で、末はいかほどの美姫になるかともっぱらの噂になっていた。生駒屋は八丁堀組屋敷に隣接する亀島町にあり、おみきの名は八丁堀にも広く伝わっていたのだ。

「先日道端で立ち話をしたのだが、今度の芝居は徳右衛門殿も楽しみにしておられた」

徳右衛門とは生駒屋の先代の主人、すなわちおみきの祖父である。猿若町から半里ほどしか離れていないため芝居を見に行きやすいという理由で惣左衛門は橋場に居を構えたのだが、たまたま生駒屋の寮も同じく橋場にあり、二年前から隠居した徳右衛門が住んでいるのだった。

二人は隠居する以前からの相識《そうしき》だった。亀島町はかつての惣左衛門の、そして今の清之介の廻り筋である。生駒屋のような大店は、日頃から町方の与力や同心に付け届けを欠かさない。何かあった時に大事になる前にうまく片づけてもらうためで、惣左衛門は定町廻り同心を務めている間長らく生駒屋とそうした関係にあった。清之介がおみきを幼い頃から知っているのは、そうした生駒屋とのつながりも理由の一つだった。

しかし、隠居してからの惣左衛門と徳右衛門の間にはほとんど交際はないようだった。生駒屋の寮は総泉寺《そうせんじ》のそばにあってここからそれほど遠いわけではなく、二人とも同じく芝居見物を趣味としているのだから少しは行き来があっても良さそうなものだが、やはり隠居前に置かれていた立場の違いが障りとなっているのかもしれない。

「世間では芝翫《しかん》の方が彦三郎より上手との声もありますが、父上はどう思われますか」

「うむ、確かに所作事なら芝翫だろうが、彦三郎の口跡の良さは水際立っておる。一概にはどうこう言えまい」

その後も芝居談義を交えながら酒宴が続いたが、しばらくして惣左衛門が厠《かわや》に立った。途端に室内は静かになり、近くの森をねぐらとする梟《ふくろう》の鳴き声がいやに大きく響いて耳につく。

お糸と二人きりでとり残される恰好になった清之介は床の間の掛軸や牡丹《ぼたん》の花が差してある青磁の花瓶にさも興味ありげに目をやりながら、黙って杯を口に運び続けた。お糸も何も話しかけてこようとはせず、二人の間には深い沈黙が横たわった。

半年前胸を病んだ惣左衛門は勤めを続けることが難しくなり、跡目を清之介に譲って橋場に引き込んだ。惣左衛門の趣味と言えば現役の時は園芸と囲碁くらいのものだったが、隠居してからは歌舞伎・俳諧・釣りなど多方面に手を伸ばして悠々自適の日々を送っている。おかげで今ではすっかり本復し、それはそれでたいへん喜ばしいことなのだが、同時に清之介がまったく思ってもみなかった事態も発生していた。年明け早々、突然一人の女性が惣左衛門とともに暮らし始めたのである。それがお糸であった。

惣左衛門はすべてを秘密裏に進め、それまでお糸の名などおくびにも出していなかったから、知らせを受けた清之介は驚愕し、押っ取り刀で橋場に駆けつけた。すると、惣左衛門は涼しい顔をして、清之介をさらに仰天させる事実を告げた。お糸は吉原で花魁《おいらん》を勤めていたというのだ。

「父上、今、な、何と……」

清之介は二の句が継げなくなった。惣左衛門は十年以上も前に妻を病で亡くして以来ずっと独り身を通し、色恋沙汰の噂など凡《およ》そなかった。もちろん悪所通いなどとは一切無縁で、同僚からは石部金吉《いしべきんきち》と陰口を叩かれるほどだったのだ。それなのに遊女を後添《のちぞ》えに迎えるというのだから、開いた口が塞がらない。

しかしながら、よくよく考えてみれば思い当たる節がないではなかった。清之介の想像も交えると、ことの経緯は以下のようになる。

三年前、惣左衛門は人殺しの嫌疑をかけられて、差控の処分を受けた。その事件が起きた吉原の妓楼《ぎろう》でお職《しょく》を張っていたのがお糸だった。お糸は惣左衛門の無実の罪を晴らすために奔走し、謹慎中の惣左衛門を夜更けに訪ねてきたこともある。その時清之介はお糸と顔を合わせているのだが、今思い返してみると何とも不可解な話だった。吉原の遊女が好き勝手に廓外に出られるはずがないし、その時のお糸の風体はどう見ても町人の妻女のものだったからである。

ともあれお糸の尽力で一件は解決し、それを切っ掛けに二人は恋仲になった。

その直後、戸田家が代々受け継いできた家宝が忽然と姿を消した。神君家康《いえやす》公からの拝領と伝わる肩衝《かたつき》などで、いかに勝手向きが苦しい時でも決して手放すことのなかった貴重な品々であったが、惣左衛門がお糸の身請けのために残らず売却してしまったのだ。しかし、花魁ともなれば身請けには何百両という莫大な費《つい》えが必要であり、それだけでは到底足りるものではなかった。惣左衛門は札差《ふださし》や親類の間を奔走して七所借《ななとこが》りに努めたが、結局工面することができず、お糸が二十七歳になって年季明けを迎えるのを待たねばならぬことになった。

そうして二年以上が過ぎ、今年になってようやくお糸を妻として迎え入れることができたのだが、昨年の秋に惣左衛門が清之介に家督を譲ったのはその下準備であったようだ。惣左衛門が肺の病を患ったのは事実であり、決して仮病ではなかった。しかし、実のところ出仕を続けられないほど重篤だったというわけではなく、元遊女が現役の町廻り同心に輿入れしてくるというのはいかにも外聞が悪いので、病を得たのを奇貨としてさっさと隠居を決めてしまったというのが真相らしい。

さらに清之介を驚かせたことには、これは酔った惣左衛門が口を滑らせたのでつい最近知ったことなのだが、実は清之介は幼い頃にお糸と面識があった。お糸一家はかつて戸田家の家作に住まっていたのだ。

同じ敷地内で暮らしていたのだからお糸とも常日頃何かしら交わりがあったはずだが、何分清之介が五、六歳の時の話なので、その辺りの記憶はどうにも曖昧模糊《あいまいもこ》としている。しかし、一つだけ心底から鮮明に浮かび上がって来た出来事があった。

ある年大川の川開きで花火見物に出かけた折、清之介は惣左衛門らとはぐれて迷子になってしまった。泣き出したくなるほどの心細さだったが、武士の男子が人前で涙を見せるわけにはいかない。歯を食いしばって必死に堪えていると、不意に一人の少女が清之介の眼前に立った。お糸であった。春庵一家も同じく花火を見に来ていて、お糸は群衆の中に一人ぽつねんと佇む清之介の姿を目に留めたのだ。

その時お糸とどんな会話をしたのか、その後どういう行動をとったのか、何故だか清之介は一切覚えていない。ただそれがお糸であると気づいた瞬間、清之介の視界すべてが滲《にじ》んで何も見えなくなってしまったことだけは明瞭に記憶している。

あの時の礼でも言おうか。気づまりな静寂に耐えかねた清之介はそう思いついたが、あまりに唐突過ぎる話題だろうと開きかけた口を閉ざした。

輿入れ以来清之介は三度お糸と会っているが、何しろ交わした言葉といえば時候の挨拶程度しかないのだ。それどころか視線が合うことすら極力避けていた。所詮は其《そ》れ者上《しゃあが》り、などと侮蔑しているわけではない。何か如何《いかん》ともし難い行く立てのためにやむなく苦界に身を沈めたのであろうから、お糸の過去を云々するつもりは毛頭なかった。

お糸を前にすると清之介がいつも押し黙ってしまうのは、単にどんなことを話せば良いものかわからないからだった。この女性とどれくらいの距離を保ち、どのように接するべきなのかいまだに計りかねているのだ。

目の端で清之介はお糸の顔をそっと覗き見た。切れ長の涼しい目元。高く通った鼻筋。整った富士額。吉原にいた頃は入山形に二つ星の花魁だったというのも頷ける美貌だ。だが、お糸が持っているものはそれだけではなかった。えも言われぬ謎めいた雰囲気を身にまとい、清之介には未知の世界の香りを漂わせている。不用意に近づくことはまかりならぬ、そんな気がしていた。

清之介はお糸を母と呼ぶ気にはとてもならなかったが、お糸にしても自分と七つしか年の違わぬ清之介を息子と見なしてはいまい。だとすると、では清之介のことをいったいどう思っているのだろう。

「私の顔に何かついておりますか」

いつしか自分でも気づかぬうちにお糸をじっと見つめてしまっていたらしい、お糸が艶然《えんぜん》と微笑みながら清之介に問いかけてきた。

「いや、その――」

照れ隠しに慌てて杯を口に運んだところへちょうど惣左衛門が戻ったので、清之介はほっと息をついた。惣左衛門は首を傾げながら、

「総泉寺の方に人だかりがして、何やら騒がしいな。清之介、何か存じておるか」

「いいえ、これといって何も」

「そうか……まあ良い、そろそろ一局打つとしようか」

惣左衛門は目を輝かせて、お糸に碁盤を持ってくるように命じた。

「この間はつい油断したせいで不覚を取ったが、今日はそうはいかんぞ」

まったく気が進まなかったが、清之介はやむなく碁盤に向かった。清之介は幼い頃から惣左衛門に囲碁の手解きを受けてきたが、今の実力は清之介の方がはるかに上で、十局打てば十局とも清之介が中押《ちゅうお》し勝ちできるほどその差は開いている。

清之介に負けた時の惣左衛門の機嫌の悪さといったらないのだが、手合割などは無論拒否するし、花を持たせようと手を抜くと、

「子に情けを掛けられるほど老いてはおらぬ」

などと怒り出すのだから始末が悪かった。際どい勝負に見せ掛けるよう匙加減に注意しながら、塩梅《あんばい》よく勝ったり負けたりを繰り返さなければならない。今日も清之介は慎重に目算しながら対局を進め、追落しに気づかぬふりをしてわざと六子を献上するなど苦心を重ねた。その甲斐あって首尾良く接戦を演じつつ二目勝ちを収めることができたが、気疲れすることはなは

だしかった。

「うーむ、惜しかったな」

　未練ありげに盤面から目を離さぬまま、惣左衛門は残念そうに呟いた。すると普段ならここですぐに再戦を挑んでくるのだが、今日はどうした風の吹き回しか、

「そうだ、次はお前が清之介と打ってみろ」

と、出し抜けにお糸の方を振り返った。

「旦那様、お戯《たわむ》れはお止め下さいませ」

お糸は笑顔で惣左衛門の言葉を軽く受け流したが、惣左衛門はそれを無視して、

「清之介、一度お糸と打ってみろ。わしなどよりずっと強いぞ」

惣左衛門の言葉は誇張ではあるまい、と清之介は考えた。吉原の花魁は和歌や茶道などありとあらゆる教養を身につけていると聞く。とすれば、囲碁についてもお糸の腕前は余程のものであろう。

「父上、その儀はなにとぞ御容赦を」

即座に清之介は断った。

「なんだ、女子に負けるのが怖いのか」

「いえ、決してさようなことはないのですが……」

嘘ではなかった。相手の棋力が自分より上であるなら負けるのは当然で、怖くも恥ずかしくもない。清之介がお糸との手合いを忌避した理由はただ一つ、碁盤を挟んだだけの接近した間

隔でお糸に面と向かい合いたくなどないということだけだった。

「良いから、早く打て。父からの申し出を子であるお前が聞けぬと申すか」

質《たち》の悪いただの酔漢のように、惣左衛門はなおも執拗に清之介に迫ってくる。お糸を相手にして平静な心持ちで碁など打てるわけがない。何と言えば父は諦めてくれるだろうかと清之介は苦慮したが、その時にわかに玄関の方から戸を何度も強く叩く音が響いてきた。

「何だ、こんな遅くにいったい」

思いがけぬ横槍に惣左衛門は眉をひそめたが、

「お待ちください。あれは松吉では」

清之介は自分の名を呼ぶ声を聞きつけた。内心安堵の吐息を漏らしながら、すばやく立ち上がって玄関に向かう。松吉は清之介に代が替わっても小者として戸田家に仕え続けているが、御用ではない橋場への訪問には同道させていなかったのだ。戸を開けると、そこに立っていたのははたして松吉であった。

「一体どうした。但馬屋《たじまや》の件で何かあったか」

但馬屋の件とは、清之介が現在探索を手がけている家尻切《やじりき》りのことである。大きな進展でもあり、いち早く知らせに飛んできたのかと思ってそう尋ねると、松吉は肩で大きく息をしながら、

「それどころではございません、生駒屋のご隠居が殺されたと至急の知らせが」

「なに、徳右衛門殿が！」

「はい、ご隠居ばかりでなく寮番の源七《げんしち》も同時にやられていて、押し込みの仕業らしく部屋の中は滅茶苦茶な有様とのこと。すぐにお出で下さい」

月のない夜であった。清之介は惣左衛門夫妻への別れの挨拶もそこそこに外へ飛び出し、漆黒の闇の中を生駒屋の寮に向かって走り出した。

＊　＊　＊

「それにしても、ひどい荒らされようだな」

菊池がそう言いながら吐息をついたので、清之介も改めて部屋の中を見回した。畳の上には煙管《きせる》やら書付やら種々雑多の物が放り出され、文机《ふづくえ》や屛風は横倒しになっている。障子や襖《ふすま》にはいくつもの穴が開き、織部床にかけられた掛軸は下半分が引きちぎられていた。掛軸に書かれた躍るような独特の書体を見ながら、清之介は菊池に尋ねた。

「これは鵬斎《ほうさい》でしょうか」

「そうだな。勿体ないことをするものだが、押し込みはこれが鵬斎の書だとは気づかなかったのだろう」

亀田《かめだ》鵬斎は文化《ぶんか》文政《ぶんせい》の頃に書と詩文で名声を得た儒学者で、大田蜀山人《おおたしよくさんじん》に「書は鵬斎」と謳《うた》われたほどの能筆である。

橋場を廻り筋とする平井《ひらい》という同心が別件の捕物で手が離せないため、代わりにこの事件を担当することになった菊池が夜明け過ぎに到着した。菊池の手による検分が終わったので、既に徳右衛門と源七の死骸は運び出されている。しかし畳の上にはあちらこちらに血の赤い染みが残り、昨夜に比べればだいぶ弱くなってはいたが今もなお鼻をつく臭いが漂っていた。部屋の真ん中に転がっていた高さが一尺ほどもある白磁の壺を菊池は拾い上げた。その側面にこびり付いた血と髪の毛を見ながら、

「二人ともこれで頭を割られていたわけだな。これはもともとこの部屋にあったものなのか」

「はい、以前徳右衛門殿が肥前《ひぜん》に赴いた折に買い求めたものだそうです」

そう答えてから、清之介は手にした文箱《ふばこ》を菊池に差し出して、

「これが違い棚の物入れの中にしまってあったそうなのですが、普段から文の束の下に隠してあったという十両ほどの小判がなくなっております。このところあちこちの寮で起きている押し込みの手口によく似ているように思われますが」

生駒屋のある亀島町は清之介の廻り筋であるから、本来であれば清之介が平井の代役となってもおかしくはなかったのだが、清之介は本勤になってまだ日が浅いため菊池の補佐役に回ることになった。けれども、父の住む橋場で起きた、父の知人が被害者となった一件である。ぜひとも自らの手で下手人を挙げ、父に胸を張って報告に行きたいものだと、清之介は胸中勇み立っていた。しかし、菊池は文箱を受けとって中を検《あらた》めながら、

「さように決めつけてしまうのは早計だぞ」

と、清之介の過剰な意気込みをたしなめるように言った。

「押し込みに見せかけようとした例なら今までにもあった。今回もそうかもしれん」

「不審な点が何かございますか」

「凶器がもともとここにあった壺というのがいささか気になる。押し込みが匕首《あいくち》の一つも持ってこなかったのだろうか」

「空き巣が盗みに入ろうとしただけで、家人を傷つけるつもりはなかったから匕首は持っていなかった。ところが思いがけず徳右衛門殿たちに出くわしてしまい、やむなく手近にあった壺を使った——とは考えられないでしょうか」

「無論ありうる話ではあるが……」

菊池は清之介に釘を刺すような口振りで、

「いずれにせよ思い込みは禁物だ。吟味にはいかなる予断も排して臨まねばならんことを肝に銘じておけ」

菊池が詮議に臨む姿勢はすこぶる堅実で慎重なもので、かつて惣左衛門に厳しく叱責されて以来そうなったという噂だ。しかしどうやら薬が効き過ぎたらしく、良い方に解釈すれば『石橋を叩いて渡る』とも言えるが、正直なところ町方同心としては優柔不断のように清之介の目には映る。自分の意見が取り上げられず、清之介は若干の不満を覚えた。

なおしばしの間菊池は部屋のあちらこちらを調べていたが、目ぼしい物は見当たらなかったらしく、少し渋い表情を作りながら振り向いて、

「源七の女房のお初《はつ》は家を空けていたのだったな」

「はい、お初は朝早くから駒形町《こまがたちょう》で宿屋を営んでいる里を訪ねていました。お初の母親が風邪をこじらせて数日前から具合が優れず、見舞いと看病のためでした。お初がこちらに戻ってきたのは宵五つ（午後八時頃）で、徳右衛門殿と亭主の死体を見つけて泡を食って自身番に駆け込んだというわけです」

「生きている二人が最後に見られたのはいつだ？」

「源七についてははっきりしませんが、昼八つ（午後二時頃）過ぎに徳右衛門殿が縁側で盆栽を弄《いじ》っているのを通りかかった棒手振《ぼてふ》りが見かけております」

「いつ殺しがあったのかもう少し絞り込みたいところだが、三刻とはずいぶんと幅があるな。その間ここに出入りした者はおるのか」

「生駒屋の番頭で、喜助《きすけ》と申す者が訪れてきておりますが、留守だったので会わずに帰ったと申しているようです」

「妙だな。使いを出さずに番頭が自ら来るとはよほど大切な用事でもあったのか……」

そう呟きながら菊池は、畳の上に点々と続く血の痕をたどって隣の部屋に足を踏み入れた。

「それにしても、この部屋は——」

豪華な雛壇の前に立つと、菊池は首を捻った。この雛壇の前に徳右衛門は俯《うつぶ》せに倒れていたのである。そこには一際大きな赤黒く固まった血溜まりが残っていた。

「徳右衛門殿はここまで逃げてきたところで力尽きたわけですね」

清之介は雛壇を指差しながら、

「椀を摑んでいたのは単なる偶然でしょうか」

徳右衛門の右手には雛壇に飾られていた椀があり、その中には蛤《はまぐり》が入っていた。蛤は殻が対の片割れとしか合わさらないことから、女性の貞節の象徴として雛祭りに供える風習がある。

「何かの手掛かりを残そうとしたのだとは考えられませんか」

「今の時点では即断できん。倒れた時にたまたま手にしただけかもしれないからな。それよりも気になるのは――」

菊池は難しい顔をしながら腕を組んだ。

「この寮には年頃の娘など住んではいないはずだろう」

「はい、徳右衛門殿と寮番夫婦だけのはずです」

「だが、それなら雛壇など置くわけがあるまい」

雛壇だけではない。その隣には大きな鏡台があり、美々しい振袖が掛かった衣桁も置かれていた。明らかに若い女が使っていたと見て取れる部屋である。

「徳右衛門は密かに女でも囲っていたのか――いや、雛人形を飾るくらいならもっと年若のはずだ」

「そのあたりの事情はお初が存じているでしょう。呼んでまいりましょうか。主《あるじ》と亭主の死にひどく取り乱し、今は寝込んでしまっておりまして、話を聞き出すのは難儀かもしれませんが」

「ふむ、そうであれば後回しにするしかないか……」

「その件について申し上げたいことがございます」

その時、二人の後ろに控えていた辰次《たつじ》が話しかけてきた。辰次は菊池が手札を与えている岡っ引である。

「先ほど聞き込んできたのですが、ここ一、二年この家に孫娘のような年頃の若い娘がしばしば出入りしております。見かけた者が徳右衛門にあれは誰かと尋ねると、遠縁の娘が出養生《でようじょう》に来ているとの答えだったそうです」

「ああ、それなら遠縁の娘ではなくて、おみきのことだろう」

父の言葉を思い出して清之介は頷くと、菊池に言った。

「徳右衛門殿にはおみきと申す十三になる孫娘がおります。昨日菊池様も中村座でお会いになられております」

「ああ、あのきんぴら娘か」

「近頃しばしばこちらを訪ねてきていたそうですから、出入りしていたという娘はおみきに間違いないかと思われます」

「とすると、この部屋はおみきがやってきた時のためのものか」

と言いながら、菊池は衣装簞笥《だんす》を開けた。

「それにしてはいやに着物や帯がたくさんあるな。まるでここに誰か住んでいたかのようだが――」

「もう一つ気になることがございます」

再び辰次が口をはさんだ。

「昨日の夕七つ（午後四時頃）に、その日頃から出入りしていた娘がここから出ていくのを、向かいにある近江屋《おうみや》の寮の清六《せいろく》という寮番が目撃しております」

「昨日？」

清之介は眉根を寄せた。昨日のその時刻には猿若町で芝居見物をしていたのだから、ここに来られるわけがない。

「別の娘と見間違えたのであろう」

「それが、清六は先月もその娘が生駒屋の寮に出入りするのを見ており、たいそう器量の良い娘だと気に留めていたから間違いはないと……加えてその娘はびらびら簪を挿しておりましたが、銀で出来た高価そうなもので、先月と同じ簪だったのをはっきり覚えていると申しております」

「びらびら簪……？」

清之介は菊池と顔を見合わせた。

「確かに昨日おみきは銀のびらびら簪を挿していました。ただの偶然でしょうか」

「うむ……辰次、その娘がどのような恰好をしていたかわかるか」

「海老茶色の小袖を着ていたそうです」

「ならば、他人の空似だ。おみきが着ていたのは鶯色の振袖だったからな」

菊池は釈然としないような顔つきをしながらも、そう清之介に言った。

「誰もが挿しているとまでは言えないが、びらびら簪は格別珍しいものでもあるまい」

「おみきでないとすると誰なのでしょうか」

「まだ何ともわからんが、おみきに似ていたのであれば徳右衛門が言っていたとおり縁戚の娘かもしれんな。まずは人相書きを作らせるとしよう。国恒《くにつね》を呼んで来い」

国恒とは歌川《うたがわ》派に属する若手の浮世絵師で、菊池の廻り筋である福井町《ふくいちょう》に住んでいる。通常の人相書きは人物の特徴を文字で書き連ねてあるだけのもので、似顔絵は描かれていない。しかし数年前、揉め事を起こして師匠から破門されたため国恒が困窮していると知った菊池が、小遣い稼ぎをさせてやるつもりで国恒に似顔絵を描かせて人相書きに添えてみたところ、たちまち検挙に至ったという例があった。それ以来北町奉行所では国恒の似顔絵が事件の探索には必須の手段となり、今では似顔絵描きが半ば国恒の本業と化しているほどだ。

「我らはこれから生駒屋に行くが、お主はここに残って国恒が来たら清六のところに案内せよ」

辰次にそう指示を出すと、菊池は足早に玄関に向かった。清之介は逸る気持ちを抑えながら、菊池の後に続く。外に出ると澄み渡った青空の下に緑豊かな田園風景が広がっていたが、天気が崩れかけているのだろうか、清之介たちの目指す江戸市中の方角には黒い雲が垂れ込めていた。

降って湧いた葬儀の準備に生駒屋は大童《おおわらわ》だった。店の者たちが慌ただしげに行き来し、「ぐずぐずしないで早く運びなさい」「それは納戸にしまっておけと言っただろう」などと小僧や女中たちが叱られる声があちらこちらから聞こえてきた。

主人の弥兵衛自らが菊池と清之介を先導し、長い廊下を幾度か曲がって一行は奥座敷に入った。奥座敷は良く手入れされた広い中庭に面しており、表向きの喧騒とは無縁の静けさに包まれている。

弥兵衛の妻のお篠《しの》が茶を運んできたが、菊池は口をつけることもせず、すぐさま詮議を始めた。

「近頃の徳右衛門殿の暮らし振りはいかがであった。何か変わった出来事はなかったか」

「別段これといって何もなかったかと……」

弥兵衛は恰幅の良い、いかにも大店の主人然とした風体であったが、事件がよほど応えているのだろう、目の下に隈ができ、表情にも生気がなかった。

「誰かと軋轢《あつれき》があったり、恨みを買ったりというようなことは?」

「もちろんございません。いえ、少なくとも私は存じません」

「寮には十両も置いてあったというが、誰かに支払うためのものだったのではないか。それとも、おみきはたびたび徳右衛門殿のもとを訪れていたそうだが、おみきへの小遣いだったのか。それにしてはいささか多すぎる額だがな」

菊池の皮肉めかした問いに、弥兵衛は顔を紅潮させて、

「もしもの場合に備えて普段から用意してございましたもので、小遣いなどでは……いえ、仰るとおり確かにおみきはよく橋場を訪ねておりました。幼い頃よりたいそう祖父になついておりましたから、たまには小金をやることもあったでしょうが……」

「若い娘の部屋があったが、するとおみきが使っていたというのか」

「はい、何分遠い所にございますから、時折帰りが夜遅くなってしまった場合に泊まるためなどに利用しておりました」

「まことか。実は妾《めかけ》とともに暮らしておったのではないか」

「いえ、まさか。滅相もございません」

「だが、昨日おみきと同じ年頃の娘が寮を訪れていたようだ。誰だか存じておるか」

どういう訳か菊池の問いに弥兵衛は狼狽を隠しきれない表情になり、口籠もるように答えた。

「いえ……存じませぬ」

「おみきとよく似ていたらしいが、親類の娘などに心当たりは?」

「一向にございませんが――あの、押し込みの仕業だったのではないのでしょうか」

「そうと決まったわけではない。吟味に余計な口出しは無用だ」

菊池は弥兵衛を一喝した。

「おみきはおらんのか。話を聞きたい」

「申し訳ございません。祖父の死にはなはだ心を痛めて按配が悪く、あいにくと臥せっておりますが……」

「是非とも聞きたいことがある」

弥兵衛の態度に不審なものを感じ取ったのだろう、菊池は強い口調で迫った。弥兵衛はなおも躊躇《ちゅうちょ》している様子だったが、到底断りきれないと踏んだらしく、

「少々お待ちください」

と言うと、自らおみきを呼びに立った。

しばらくしておみきが現れたが、足元が覚束《おぼつか》ないらしく、弥兵衛に支えられるようにして着座した。病とは偽りではないようで顔色がひどく優れず、清之介と目が合っても無言のまま硬い表情を崩さなかった。

弥兵衛に退出するよう菊池が告げると、弥兵衛は不満げな色を見せた。しかし、すぐに何も言わずに立ち上がると、おみきを心配そうな眼差しで一瞥《いちべつ》してから部屋を出ていった。

「お主は近頃橋場の寮をしばしば訪れていたそうだな」

菊池はおみきに舌鋒鋭く問いかけた。

「最後に徳右衛門殿に会ったのはいつだ。その時の様子はいかがであったか」

「十日前でございますが、特に変わりはございませんでした」

「生駒屋の親類の中にお主と同じ年頃の娘はおらぬか」

「いえ、おりません」

「だとすると、徳右衛門殿はお主を遠縁の娘だと近隣の者に偽っていたことになるぞ」

「それは初耳でございます。なぜそのようなことを……」

おみきは首を傾げた。

「嫁入り前の娘が何度も訪ねてくるのは外聞が悪いとでも考えたのかもしれません」

「何ゆえそれほど頻繁に徳右衛門殿のもとを訪ねていたのだ」

「珍しい到来物をいただいた時にお裾分けをしたり、新しい番付をお持ちして次にかかるお芝居の話をしたり……これといった用事は特にございませんでしたが」

「芝居と言えば、昨日は朝から中村座に出かけておったのか」

「はい、七つ半には家を出ておりました」

芝居は一日がかりで見物するのが普通で、早朝から来場するのはもちろん、前日から芝居小屋の近くに宿泊しておく場合すら珍しくないほどだった。

「途中で小屋を抜け出ることはなかったか」

「ございません。いえ、もちろん幕間には茶屋の平松屋《ひらまつや》に行って食事を取ったり着替えたりいたしましたが、その時以外は桟敷席を離れはしませんでした」

「ずっと女中たちと一緒にいたわけだな」

「はい、私どもの家では女中であってもみな等しく生駒屋を支える家族と考えております。芝居に連れていく場合でも平土間に別の席を取るのではなく、桟敷席でともに見させてやる仕来りなのでございます」

具合が悪そうではあったが、受け答えはしっかりしていた。矢継ぎ早に問いを発してきた菊池が、そこで口を噤《つぐ》んだ。何しろ菊池自身の目撃がおみきの申し立てを裏づけているのだから、それ以上追及の仕様がないのだろう。菊池は次に何を尋ねるべきか少し迷ったような表情をしていたが、そこでふと思いついたように、

「お主のような娘らは皆、やれ成田屋《なりたや》だ、やれ高麗屋《こうらいや》だと大騒ぎしておる。芝居とはそれほど面白いものか」

と、苦笑しながら問うた。おそらく頭の中では娘の加絵のことを思い浮かべて、芝居に夢中になる若い娘の気持ちがどのようなものなのか、この際同じ年頃のおみきに聞いてみようとでも考えたのだろう。

「もちろんでございます」

「わしにはさっぱりわからんな。以前見たものもそうだったが、芝居というのはなぜあのように荒唐無稽な筋書きばかりなのだ。昨日の芝居をお主はどう思った」

「それは――たいそう面白いと存じましたが……」

「話があちらこちらに飛んでわしにはさっぱりだった。例えば、花魁が桜の下でいきなり泣き始めたが、あの場面はいったいどんな意味だったのだ」

するとおみきは顔を伏せて、押し黙ってしまった。ただでさえ優れない顔色がいっそう青ざめている。

「いかがした」

菊池が声を掛けても、おみきは無言のままだ。

(妙だな、様子がおかしい)

清之介の直感が警告を発した。同じ疑問を抱いたのだろう、おみきを問いつめようと菊池が身を乗り出した時、

「もうよろしいでしょうか。気分が優れませんので」

おみきが機先を制するように訴えた。

菊池は躊躇いの表情を見せた。おみきの顔からは血の気が失せ、今にも倒れこんでしまいそうにすら見える。一方でおみきは何か隠し事をしているようだが、何を隠しているかは今のところ判然としない。尋問を強行しても、おみきを追い込むことは難しいかもしれない。ここはいったん引いた方が得策だと菊池は判断したのか、

「下がって構わぬ」

と、おみきの退出を認めた。

続いて呼ばれたのは番頭の喜助だった。瘦せぎすで実直そうな面立ちをしている。

「その額の傷はいかがした」

菊池は喜助の顔を見るなり、厳しい口調で尋ねた。喜助の額には、小さいものの最近できたと思われる赤い傷跡がついている。

「ご隠居様の訃報を聞いて慌てて廊下を駆けていたところ、前をよく見ていなかったために頭

を柱にぶつけまして……生来の粗忽者《そこつもの》にて、お恥ずかしい限りでございます」

「番頭のお主がわざわざ橋場まで足を運ぶからには、よほど重要な用事があったのであろう。にもかかわらず、徳右衛門殿が不在だからといってそのまま帰ってきたというのはいかにも解せぬ。その傷は徳右衛門殿と争った時についたものではないのか」

「とんでもないことでございます」

喜助は目を丸くして、激しく首を横に振った。

「あれはもう二十余年も前のこと、私は博奕《ばくち》に溺れて身代のすべてを失い、渡し船の上から海に身を投げようといたしました。その船に居合わせたのが、お伊勢《いせ》参りに行かれる途中のご隠居様でございます。ご隠居様は『生まれ変わったつもりになって生駒屋で働いてみないか』と言わはって、私を助けて下さりました。ご隠居様に従って江戸に出てきた私は、それ以来全身全霊を尽くして生駒屋のために働いてまいりました。その私が大恩あるご隠居様をなぜ――」

顔を真っ赤にした喜助は、食ってかかるようにまくしたてた。興奮したためだろう、言葉に上方《かみがた》なまりが交じっていた。

「もう良い、わかった」

菊池は手を上げて宥《なだ》めるように言った。

「徳右衛門殿とは面会できぬまま帰ったというのだな」

「はい、寮に着いたのは七つ過ぎだったと存じます」

喜助はようやく冷静さを取り戻した様子になって答えた。

「錠は下ろされていませんでしたので、玄関に入って案内を請いました。しかし家の中は静まり返り、人の気配がございません。ご隠居様が源七夫婦をお供に散歩に出かけるなどして、日中家を空けるのは珍しくございませんから、てっきりお留守なのだとばかり……今思えば既にご隠居様の身に凶事が起きていたのかもしれませんが、もちろんその時はそのようなことは考えもいたしませんでした」

「昨日お主が訪ねることを徳右衛門殿は存じていたのであろう。それなのに不在なのは妙だとは思わなかったのか」

「お年のせいか、近頃ご隠居様も物忘れをなさることがたびたびございました。正直に申しますと『おや、またか。困ったものだ』とは思いましたが。勝手に中に上がるわけにもまいりませんので、そのうちお戻りになられるだろうと考えてその場で待つことにいたしました。そして半刻ほど待った後、仕方なくそのまま帰ったのでございます」

「半刻も式台でただ座って待っていたというのか」

「一度庭に回って縁の方から声をお掛けしました。しかし何の返事もございませんでしたし、障子が閉まっていて中の様子は見えませんでした」

「中には上がらなかったと言うのだな。その証しはあるのか」

「それは無理でございます。その間誰とも顔を合わせませんでしたから」

「橋場まで出かけておいて、用が足せないにもかかわらずそのまま黙って帰ったというのか。合点がいかぬな」

「もう七つ半近くになっておりましたし、ご隠居様と直にお話ししたいことでしたので日を改めようと思ったのでございます」

「直に話したいこととは何だったのだ」

「実は近々暖簾《のれん》分けをしていただき、自分の店を構える予定になっております。つきましては、あれこれ今後のことをご隠居様にご相談申しあげたいと考えたのです。何しろご隠居様は命の恩人、手前にとっては神仏にも等しいお方でございましたから」

喜助の言い条を内心で検討しているのだろう、菊池は口を閉ざしたまま喜助の顔をじっと見据えていたが、不意に質問を変えた。

「ちょうどお主が訪ねた頃のことだが、若い娘が寮から出てくるのを見かけなかったか」

「いえ、特に気づきませんでしたが」

清六が娘を目撃したのが夕七つ（午後四時頃）、そして喜助の到着が夕七つ過ぎ。入れ違いだったとすれば喜助の話に不審はないが、菊池は念を押した。

「確かか。びらびら簪を挿した娘だぞ」

「びらびら簪でございますか……」

喜助はしばらく首を傾げて何事か思案している風だったが、

「もしやご隠居様がお嬢さまに買って差し上げた――」

と言いかけて、そこで口を閉ざした。妙に落ち着かない表情をしている。

「おみきのことか」

菊池が問うと、喜助は図星を指されたようにひどく取り乱した表情になって、

「いえ、びらびら簪なら確かにお嬢様がお持ちです。しかし、昨日お嬢様は朝から芝居見物にお出かけでございましたから……」

そう、そのとおりだ。清之介は眉を曇らせた。だからおみきではありえない。そんなことは今さら言われなくともとうにわかっている。だが、それなのに——墨を落としでもしたように黒い染みが心の片隅に浮かぶのを清之介は感じていた。

＊　＊　＊

夕刻清之介は菊池とともに奉行所を退出し、八丁堀の組屋敷へと帰途についた。

「生駒屋親娘《おやこ》の態度、どうにも腑に落ちませぬ」

清之介は先ほどから胸に抱いていた疑問を菊池に投げかけた。

「うむ、少なくとも二人がすべてを真っ直ぐに申しているわけではないのは確かだろうが……」

相変わらず菊池の物言いは慎重だった。その歯切れの悪さに清之介は軽い苛立ちを覚えた。

「具合が悪いというのは嘘ではなさそうでしたが、最初はおみきが病で臥せっていると言って会わせようとしませんでした。おみきを庇おうとしたのではないでしょうか」

「何か隠し事をしているのは間違いないだろう」

と菊池は頷いたものの、それに続けて清之介を諭すような口調で、

「しかし、忘れてはおらんか。中村座にいたおみきには、半里ほども離れた所にいる徳右衛門を殺《あや》めることはできなかった」

むろん忘れてなどいない。菊池の指摘に清之介は口を噤まざるをえなかった。

「やはりびらびら簪の娘はおみきとは別人と考えるしかあるまい」

「では、いったい何者でしょうか。弥兵衛は心当たりがないと申しておりましたが」

「徳右衛門はその娘と住まっていたのかもしれんな。孫のような娘を囲っていたなどとは体裁が悪いので、おみきが訪ねた時のための部屋だと弥兵衛は白を切ったのだ。弥兵衛らが妙に狼《うろ》狽《た》えていたのも、そのことを隠そうとしていたからと考えれば説明がつく」

「そうすると、その娘が徳右衛門殿と何か悶着を起こして――」

「それはどうだろうか。何しろ老人とはいえ大の男が二人も壺で殴り殺されているのだからな」

「若い娘には難しいということですか」

「そのとおりだ。もちろん、それだけで下手人が男だと決めつけてしまうのは早計だが。顔見知りのために徳右衛門が油断していたのであれば、娘でも犯行は不可能とまでは言えないからな。だが生駒屋の中から下手人を探すのであれば、番頭が最も疑わしいだろう」

「喜助が、ですか？　喜助の申すことには一応筋が通っているように思えましたが……」

「徳右衛門を殺める機会に最も恵まれていたのは喜助だ。何しろその時刻に寮にいたのを自分で認めているし、ずっと玄関にいて中には上がらなかったと言うがそれを見た者もいないのだからな」

菊池の見立ては少しばかり単純すぎるように清之介には思えた。

「もしそうなら、清六が見た娘は此度の一件とは係わりがないことになります。それなのになぜ名乗り出てこないのでしょうか」

「いざこざに巻き込まれるのを嫌い、姿を晦《くら》ました――というところだろうか。我ながらいささか釈然とせんがな」

その時菊池の役宅に着いたので、菊池は清之介の肩を叩き、

「まあ、そう焦るな。今日のところはまだ小手調べだ。根を詰めすぎても、かえって良い結果は出ないぞ」

「菊池様、一つ愚見がございます」

菊池の方針はあまりに手ぬるいのではないか。そう考えた清之介はこのまま別れる気にはどうにもなれず、

「もう少し踏み込んだ詮議をしてもよろしいかと存じます。いかがでしょう、生駒屋親娘を大番屋に放り込んで、口を割らせてみては」

と、後先も考えずに口走っていた。

「勝手なことを申すな。まだ時期尚早だ」

清之介の提案を耳にした途端に菊池は色を損じ、激しい口調で清之介を叱責した。

「思い込みは禁物だと先ほども申し聞かせたであろう。さようにずさんな吟味をしようものな

ら、そなたの父上からは大目玉を食らったものだぞ」

菊池の激しい剣幕に清之介は慌てて何度も頭を下げたが、菊池の怒りは収まらないようだった。憤然とした様子で玄関に入って行く菊池の後ろ姿を深々と腰を屈めながら見送ると、清之介は悄然《しょうぜん》として自宅に戻った。

清之介は着替えをしている時も食事を取っている間も、ずっと徳右衛門殺しのことを考え続けた。菊池への不用意な発言については大いに反省していたが、だからと言っておみきに対する疑念まで捨てたわけではない。中村座にいたおみきが下手人であるはずがないというのは道理だが、おみきと見紛うほど良く似た他人がたまたま事件当日に現場を訪れていたなどという偶然がありうるだろうか。心の中に広がった黒い染みを消すことは容易ではなかった。

よほど難しい顔をしていたのか、夜五つ半（午後九時頃）に帰宅してきた弟の源之進が部屋に入ってくるなり、

「兄上、どうかなさったのですか」

と、心配そうに問いかけてきた。

「いや、別段何も……こんなに遅くまで今日も聖徳堂《しょうとくどう》に行っていたのか」

聖徳堂とは、現在戸田家の家作に住んでいる儒者の塚本梅山《つかもとばいざん》が高砂町《たかさごちょう》で開いている私塾である。

「はい、先生がまだ腰を痛めて臥せっておられますので」

多くの俊英が集うと評判の聖徳堂の中でも源之進は秀才の誉れが高く、自他ともに認める一

番弟子である。梅山から厚く信頼され、病気や旅行などで梅山の都合が悪い時には代わりに源之進が教鞭を執るほどだった。

「学問も無論大切だが、剣術の稽古も怠ってはならんぞ」

剣術の腕前だけは、かろうじて清之介の方が上である。清之介は当主の威厳を見せながら釘を刺した。

「心得ております。ところで兄上、タマの行先がようやく決まりました」

源之進は胸元に抱いた三毛猫を優しく撫でながら言った。

昨年の秋、戸田家の飼い猫のトラが四匹の子猫を産んだ。子猫のうち一匹だけはトラのもとに残し、あとの三匹は親戚や友人に貰ってもらうことにした。ところが、顔の真ん中にぶちがあって器量が悪いためか、タマだけはなかなか貰い手が見つからないので苦慮していたところだったのである。

「つい昨日入ってきた塾生がいたのですが、駄目でもともと頼んでみたところ運良く色好い返事が得られました」

朗らかな笑みを源之進は零《こぼ》した。母親に似たのであろう、源之進は色白で端整な目鼻立ちをしており、武士というよりまるで歌舞伎の女形《おんながた》のようだ。父に似た大きな鉤鼻を持ち、不器量な清之介とは際立った対照をなしている。八丁堀に住む年頃の娘たちの中には源之進に思いを寄せる者が少なくないことを清之介は知っていた。

戸田家の跡式は長男の清之介が継ぎ、目下のところ源之進は部屋住みの立場にあるが、源之進を養子に欲しいとの声が上役や同僚から数多く清之介のもとに寄せられていた。娘たちはもとより、親の立場としても文武に秀でた源之進なら家の後継ぎとして迎え入れるのに申し分がないのだろう、いずれ源之進も八丁堀のどこかの家を継ぐことになるはずだった。

「いや、苦労いたしました。何しろ人と違い、犬猫は一時に何匹も産みますからね」

自分はタマに似ている、唐突にそんな考えが清之介の心を過《よぎ》った。たまさか自分は戸田家の長男に生まれ、そのおかげで家督を相続することができた。しかし仮に自分が次男であったら、どうなったことだろう。源之進のように容易に養子の口が見つけられるだろうか。答えは否だ。特に取り柄のない自分はタマのように行き先を探しあぐねて、ひどく難儀するに違いない——

「兄上……？」

気がつくと、源之進が気遣わしげな表情をして清之介の顔を覗き込んでいた。知らぬうちにずいぶんと長い間考え込んでしまっていたようだ。

「ああ、そうだな。それは手間を掛けたな」

清之介は生返事をしてお茶を濁した。源之進は普段と違う清之介の様子に察するものがあったのか、

「では、今宵はこれにて」

と、就寝の挨拶をすると早々に退出していった。

それからほどなくして、清之介も床につくことにした。これ以上いくら頭を捻ったところで何の成果も得られそうにない。だが、寝付きの良い清之介は即座に眠りに落ちるのが常なのに、

今夜に限ってはいつまでも目が冴えたままだった。

夕方から怪しい雲行きだったがとうとう降り出したらしく、雨戸を叩く雨音が響いてきた。それほど大きな音でもないのにいやに耳について、清之介の癇に障った。早く眠らなければ明日のお役目に差し支えてしまうと強く目を閉じた時、不意に一つの疑問が脳裏に湧き上がってきた。

（おみきはずっと中村座にいた？）

果たしてそうだろうか。清之介は夜着《よぎ》をはね上げ、がばと身を起こした。

（よもや——）

恐ろしい疑惑が激しく胸の中で渦巻いていた。下手人はやはりおみきであり、自分はおみきに利用されたのではないか。芝居好きである点を突かれ、知らぬ間におみきの犯行を隠蔽する手助けをさせられていたのだ。清之介は黒い染みの正体が何であるか、なぜそれが自分の心について離れなかったのかを悟った。額にはべっとりと脂汗が浮かんでいる。

いや、待て。清之介は己の心に待ったを掛けた。いつもの早合点ではあるまいか。清之介はおみきのことをいまだ襁褓の内から見知っている。おみきは大店の、それもたった十三歳の箱入り娘だ。しかもあれほど穏やかで淑やかな気性の持ち主なのだから、そんな陰謀を企てることなどあろうはずがない。

清之介は自分の思いつきを懸命に否定しようとした。しかし思考がひとりでに走り出してしまうことを抑えられず、おみきが下手人であるという仮説を検討してみずにはいられなかった。

（自分が芝居に目がないことは皆に知れ渡っている）

だから、清之介が弥生狂言の初日に中村座に来るであろうことは容易に想像がついたはずだ。おみきは清之介を入り口で待ち構え、偶然を装って声を掛ける。必要以上にはしゃいだ様子を見せて、小屋に入っていくところを印象づける。そしていったん桟敷席に着いたところを清之介に目撃させたうえで幕が開いた途端に席を立ち、橋場に向かったのだ。

ここで肝心なのが席の位置である。小屋を抜け出したことを清之介に気づかれてはならない。そこで、芝居が演じられている間清之介の視界に入らない席、つまり清之介が座る席と同じ側の桟敷にあって、かつ清之介よりも舞台から遠い席をおみきは確保したのだ。そうすれば、おみきが席を外しているのが清之介の目に入ることは決してない。いったん幕が開けば芝居好きの清之介の目は舞台に釘づけになり、わざわざ舞台から目を背けて舞台と反対の方向に首を振り向けることなどありえないからだ。

清之介が座る席は役桟敷と最初から決まっているのだから、どの席がこの条件に合致するかは事前にたやすく想定することができる。そして、茶屋を通して桟敷席を買う時に金子を弾みさえすれば、そうした自分の企みに都合の良い席を押さえることはいとも簡単な話だろう。

もちろん女中たちはおみきが途中で抜け出したことを知っているが、おみきはずっと中村座にいたと口裏を合わせるはずだ。というより、そう証言させるために何人も引き連れて行ったのだ。「家族同然だから」などとおみきはもっともらしいことを言っていたが、女中に主人の娘と一緒に桟敷席で芝居見物をさせてやるなどという厚遇は普通の商家ならあるわけがない。

上演の最中に抜け出せば当然桟敷番には気づかれるだろうが、心付けだけを活計《かっけい》にしている連中だから、口を封じることなど金次第でどうにでもなる。猿若町から橋場までは半里ほどだから、女の足でも行って帰ってくるのに半刻かそこらで済むだろう。駕籠《かご》を使えばなお早い。二人を殺害し、押し込みの仕業に見せかけるための工作をしても次の七つの幕間までには十分戻って来られる。そして、何食わぬ顔をしてずっと芝居を見続けていたかのように装ったという訳だ。

その証拠に、菊池に芝居の一場面について問われた時におみきはあれほど狼狽したではないか。『恋衣廓春雨』は今回が初演の新作で、事件当日が初日である。だからあの日に実際に芝居を見ていなければ話の筋を知ることはできず、中座していたおみきは菊池の問いに答えようがなかったのだ。

清六の見た娘の着物が違っていたことも容易に説明がつく。徳右衛門を殺めた時に返り血を浴びてしまったために、おみきは鶯色の振袖から海老茶色の小袖に着替えたのだ。小袖なら寮の衣装簞笥にいくらもあったではないか。なぜ同じ色の小袖を選ばなかったかと言えば、鶯色の振袖は今回の芝居見物のために新たに誂えた物だから同じ振袖が寮にはあるはずもなく、異なる色の小袖にせざるをえなかったのだろう。

中村座に戻った時に着物が違っていることを見咎《みとが》められる心配はない。桟敷席に座るような裕福な家の娘は幕間ごとに何度も茶屋で着替えるのが当たり前なのだから、気に留める者などいるわけがないのだ。

（だが、待てよ）

そこまで来て、ようやく清之介の思案はいったん歩みを止めた。

清之介は、帰り際に生駒屋一行のいる桟敷席に目をやった時の光景を思い起こそうとした。自分の考えが正しければ、その時おみきは海老茶色の小袖を着ていたはずだ。だが、そこで清之介は首を傾げた。ちらりと見ただけなのでしかとは覚えていないが、顔に押し当てていた袂の色は鶯色だったような気がする。覚え違いだろうか。清之介は必死に記憶を呼び起こそうとした。

間違いない、確かに鶯色だった。とするとおみきは着替えなどしていない、つまり橋場の寮になど行かずにずっと中村座で芝居見物をしていたことになる。清之介は全身から力が抜けていくような思いがした。

すべては自分の思い過ごしだったのか。何ともはや、とんだ早とちりだ。幼い頃からお前のような栃麺棒《とちめんぼう》は見たことがないと父によく叱られたものだが、いやはや粗忽にもほどがある——と安堵の吐息とともに苦笑しかけて、次の瞬間清之介は愕然とした。そう、清之介の見間違いではない、確かに鶯色の振袖を着ている娘はいた。しかし、あれはおみきではなかったのだ。

おみきは橋場で着替えなどに手間取ったために、七つまでに中村座に戻れなくなってしまった。しかし、そうした万一の場合に備えてもう一着鶯色の振袖を用意し、女中の一人に着させておいたのだ。その女中が泣いているふりをして袂で顔を隠していれば、たとえ幕間になって清之介が生駒屋の桟敷席の方に目を向けることがあったとしてもおみきがそこにいるように見せかけられるではないか。

清之介はおみきが女中たちを連れてきていた真の理由を悟った。単に自分はずっと席を離れなかったと証言させるためだけではなく、身代わりをさせるために自分と同年輩の娘が必要だったのだ。

細部に至るまで周到に練り上げられたおみきの企てに、清之介は背筋が凍るような思いがした。最早おみきの仕業であることに微塵《みじん》も疑いはない。そして今や清之介には、徳右衛門が摑んでいた椀の意味もはっきりとわかっていた。

それは偶然などではない、徳右衛門は下手人が誰かを知らせようとしたのだ。自らの血で畳や壁にその名を書くのは簡単だが、下手人がそばにいて消されてしまう恐れがあったためにそうはできなかった。そのため徳右衛門は咄嗟に智恵を振りしぼり、雛壇に向かったのだ。

徳右衛門の目当ては実は椀ではなく、白酒の入っている徳利だった。ところが瀕死の徳右衛門は最上段にあった徳利を摑むことができず、結果として四段目の椀に手がかかってしまったのだ。では、徳右衛門は徳利で何を指し示したかったのか。白酒は雛飾りに御神酒《おみき》として供えられている。まさにおみきの名そのものだ。

「清之介様にお会いできるだろうと一日千秋の思いでございました」

とは、よくも言ってくれたものだ。清之介は己の迂闊《うかつ》さを呪った。菊池にこの事実を伝える気にはとてもならない。おみきの目論見どおり自分が証人にさせられたばかりか、芝居に誘ったせいで菊池にも側杖を食わせてしまったのだ。

悔しさのあまり清之介は一睡もできず、輾転反側《てんてんはんそく》を繰り返した。これから何をなすべきなのか呻吟し続けたが、皆式《かいしき》答えが得られぬまま夜が明けた。清之介は鈍く痛む頭を抱えながらのろのろと支度をし、足を引きずるようにして家を出た。雨は上がっていたが、空には低い雲がどんよりと垂れ込めている。

清之介が奉行所に着くと、菊池が一枚の紙を手にして近づいてきた。菊池と目を合わせられず、清之介は思わず顔を伏せた。昨日の別れ際のやり取りなど気にも留めていない様子で、菊池は清之介に話しかけてきた。

「人相書きができたぞ」

差し出されたその紙を見た刹那、清之介は顔色を失った。そこに描かれていたのは、まさしくおみきの肖像であった。

「まことにおみきと瓜二つだが、やはり他人の空似だろう。おみきが七つに中村座にいたのは間違いないからな」

違う。清之介は心の中で叫んでいた。これはおみき本人なのだ。今や一点の疑問の余地もない、徳右衛門を殺めたのはおみきだ。

清之介は腹を決めた。と言うより、後がない土壇場に追い込まれて決めざるを得なかったというのが実際だったのだが。清之介はこれから何をなすべきか即座に決意し、すっくと立ち上がった。

「本日は町廻りを取り止めて、これから但馬屋に参ります」

清之介は菊池に告げた。但馬屋は先日家尻切りにあった薬種問屋である。清之介の表情にただならぬものを読み取ったのか、菊池が少し怪訝《けげん》そうな顔をしたので、何か言われぬうちに清之介はすばやく奉行所を後にした。

「若旦那様、但馬屋においでなのでは？」

海賊《かいぞく》橋を渡ろうとした時、後ろについている松吉が問いかけてきた。但馬屋のある福島町を訪ねるには、海賊橋を渡ると方角違いである。

「これから生駒屋へ向かうぞ」

菊池の手を借りることなしに、清之介は自力のみでけりをつけるつもりだった。手柄を独り占めにしたいからというわけではない。おみきにやすやすと手玉に取られたあげく、菊池におめおめ助けを求めるわけにはいかなかった。独断専行の誹《そし》りは免れまいが、要は武士の面目のためだ。たとえどのような手段を使っても、自分の手でおみきに縄を打ってみせる。そう清之介は思い定めていた。

勢い込んで清之介が亀島町の木戸を潜《くぐ》ると、葬儀を控えた生駒屋は当然暖簾を下ろしていたが、店先にちょうど弥兵衛夫婦とおみきが立っていた。しかし、もう一人大店の主人とおぼしき押出しの良い男がそばにいて何やら話し込んでいる風だったので、清之介は踵《きびす》を返すと、すばやく自身番に身を滑り込ませた。

「おや、旦那様、こんな刻限にいかがなさいましたか」

出し抜けに現れた清之介の顔を見て、番人の新次郎《しんじろう》という男が目を丸くした。定町廻り同心が江戸市中を巡回する道筋は毎日一定しており、その順番どおりに自身番を巡回していくのを常としている。普段なら亀島町を訪ねるのは八つ半（午後三時頃）だから新次郎が驚くのも無理はない。清之介は新次郎を目で制して黙らせると、表通りに面した腰高窓の障子を細めに開けて、生駒屋の様子を窺った。

おみきたちの話はまだ続いている。葬儀が行われるのは今日の昼八つ（午後二時頃）からのはずだったが、男はそれに先立って弔問に訪れた客なのだろう。徳右衛門の思い出話でもしているのか、なかなか立ち去ろうとしない。清之介は気が急いたが、その時ふと考えついた。おみきが下手人であると確信はしていたものの、今の段階では何の決め手もない。いくら厳しく問いつめても、昨日のように知らぬ存ぜぬでのらりくらりとかわされればそれまでだ。

「松吉、猿若町だ」

清之介は自身番を飛び出した。おみきと対決する前に、何の言い逃れもできないようおみきの足取りを完全に明らかにしておかなければならない。まずそのための証しを集めることが先決だと清之介は気づいたのだ。

猿若町は相も変わらず人の群れでごった返していた。松吉を小屋の真正面にある芝居茶屋の平松屋に向かわせると、清之介は中村座に飛び込んで桟敷番頭の勝三《かつぞう》という男を呼び出した。

「いいえ、そんなことはございませんでした」

おみきが芝居の途中で抜け出したのではないかと清之介が問うと、勝三は即座に否定した。

「幕間でもないのに桟敷席から離れるお客様がいらしたら、必ず目に留まるはずでございます」

「まことか。混雑していたため見落としたということはないか」

「正月の春芝居の時にもおみき様をお世話申し上げております。お顔はよく存じ上げておりますから、そのようなことがあれば気づかないはずはございません」

勝三は困惑の表情を浮かべながら答えた。嘘をついているようには見えなかったが、清之介の目が節穴なのだろうか。何の収穫もないまま清之介はやむなく小屋を後にした。ちょうど松吉も平松屋から出てきたところだったが、松吉の答えも清之介の期待を裏切るものだった。

「おみきたち一行は七つの幕間に平松屋に戻ってくると、しばらく休憩してから生駒屋に帰って行ったそうです」

清之介は落胆した。橋場から帰るのが遅れたおみきは、時間の余裕がなかったため平松屋に姿を見せなかったのではないか。そして、もしそうであればその時一体どこにいたのかとおみきを攻め立てる有力な材料になる。そう清之介は期待していたのだが、これまた当てが外れてしまった。

しかし、と清之介は思い直した。だからと言って、そのことはおみきがずっと中村座にいたという証しにはならない。おみきが夕七つの幕間までに中村座に戻れなかったので、これもかねての手はずどおり、おみきを装った娘がそのまま平松屋でもおみきを演じ続けたのだろう。そして、遅れて平松屋に戻ってきたおみきと入れ替わり、その後一行は何事もなかったかのように帰途についたのだ。

　ぐずぐずしている暇などない。直ちに次の行動に移る必要があった。

「松吉はこの辺りの駕籠屋を当たってくれ。少しでも時間を稼ぐために、おみきは駕籠を使ったはずだからな」

　口早に清之介は松吉に指示を出した。

「それが済んだら生駒屋に戻っておみきを見張っていてくれ。葬儀の混乱に紛れてどこぞに雲隠れしないとも限らぬ」

　そして、自らは橋場へ向けて急ぎ足で歩き始めた。今のところおみきが目撃されたのは犯行を終えて寮から出てきた場面だけだ。しかし地道に調べて行けば、橋場へ向かう途中のおみきの姿を、いやうまくすると、おみきが寮に入っていくところを見た者が見つかるかもしれない。その時おみきが鶯色の振袖を着ていたのを覚えていてくれたらしめたものだ。

　清之介は今戸橋《いまどばし》で山谷堀《さんやぼり》を渡ると、大川沿いの土手の上を進んだ。対岸の墨堤《ぼくてい》には満開にはまだ幾分早いものの見渡す限り桜並木が連なり、大川には多くの花見舟が浮かんでいる。無論そんな風景を愛でている余裕など今の清之介にはあるはずもなく、雨上がりの道悪をひたすら歩き続けたが、その時にわかに思いついたことがあった。

　これまでいかに実行したのかという手立てを明らかにすることにばかり頭を悩ませていて、なぜおみきが今度の凶行に及んだのかという理由は等閑《とうかん》に付してしまっていた。大店の一人娘として生まれ、何の苦労もない恵まれた生活を送っているであろうおみきがなぜ――その時、清之介は菊池の言葉を思い出して愕然となった。寮の雛壇のある部屋で菊池はこう言ったのだった。徳右衛門は密かに女でも囲っていたのか、と。

(まさか徳右衛門は孫のおみきと――)

悪夢のような光景が清之介の脳裏に浮かび、身の毛がよだった。清之介は強く頭を振っておぞましい想像を振り払うと、橋場への道を急いだ。

昼過ぎに橋場に着いた清之介は、まず近江屋の寮番の清六に会いに行った。清六は胡麻塩頭の実直そうな老人であった。

「はい、七つ頃寮から出てくる娘を見ました。その四半刻ばかり前から薪割りのため庭に出ておりましたから」

「ならば、その娘が寮に入るところも見ていたのではないか」

「まことに申し訳ありませんが、それが見ておりませんで」

「思い出してくれ。大切なことなのだ」

恐縮した様子の清六に清之介は迫ったが、清六の答えは変わらなかった。清之介は落胆したが、清六は生駒屋の寮をずっと注視していたわけではないのだから仕方のないことだった。それとも、おみきが来たのは清六が薪割りを始める前だったのかもしれない。

清之介は気を取り直して、寮の近辺で聞き込みを始めた。だがいくら時を費やしても、結果は捗々《はかばか》しくなかった。おみきらしき娘を見かけたという者は何人もいたのだが、どれも一昨日より前の話ばかりだったのだ。

（おかしい、こんなはずでは——）

清之介の焦燥は募った。清六の証言だけでは足りない。おみきが寮に向かって行くところ、できれば寮に入るところを見た者を探し当てなければならないのだ。

浅草寺《せんそうじ》の鐘が昼八つ（午後二時頃）を告げるのが聞こえてきた。朝に役宅を出てから何も口にしていないことに清之介は気づいたが、空腹などまるきり感じていなかったのでそのまま聞き込みを続けた。ようやくこれはと思える情報に出くわしたのは、それから一刻近くも後、今戸町《いまどちょう》の近くまで来た時だった。

一昨日おみきらしき娘を見たと証言する大工を見つけたのだ。清之介は胸を躍らせたが、詳しく話を聞いてみるとたちまち落胆した。見かけたのは明け六つ半（午前七時頃）のことだというのだ。その時刻ではおみきはちょうど中村座に着いた頃合いだろう。別の日と勘違いをしているか、ただの人違いに過ぎないかと思われた。

その後も、いくら足を棒のようにして歩き回っても何の成果も得られなかった。自然と肩を落とし俯き加減で歩くようになっていたため、清之介は総泉寺の築地塀《ついじべい》を曲がった角で出会い頭に人とぶつかってしまった。

「これは失礼した——」

と言いかけたところで、清之介は相手の顔を見て言葉を失った。

「おみき！」

「戸田様……」

今は葬儀の真っ最中のはずなのに、なぜこんな所に——訳がわからなかった。予想だにしなかった出来事に、一時清之介の思考は停止した。しかし次の刹那、清之介はすべてを理解し、思わず頭に血が上った。

つけられていたのだ。先ほど亀島町を訪れたとき、そんな素振りは露ほども見せなかったが、弔問客に挨拶をしながら目の端で清之介の姿を捉えていたのだろう。自分に探索の手が迫っていることを察知し、松吉が戻ってくる前に葬儀を抜け出して清之介の動きを探ろうと後を追ってきたのに違いなかった。

もはや躊躇している場合ではない。少々手荒い真似をすることになっても致し方あるまい。

「尋ねたいことがある。同道してもらうぞ」

そう言って詰め寄りながら手を伸ばしたが、その瞬間清之介が摑もうとした華奢《きゃしゃ》な手首がすばやく引き込められた。清之介の拳は空《くう》を摑んだだけに終わり、のみならず運の悪いことに、大きく踏み出した清之介の右足が大八車のつけた轍《わだち》の中でずるりと滑ってしまった。

尻餅をつきそうになった清之介は、足を踏ん張ってかろうじて転倒を免れた。目を離したのはほんの寸時だったが、そのわずかな隙が重大な失策を生む結果となった。体勢を立て直して顔を上げた時には、清之介の眼前には最早誰の姿もなかったのだ。

「待て、おみき！」

一目散に逃げて行く背中に向かって清之介は叫ぶと、間髪を容れずに跡を追い始めた。始めのうち二人の間の距離は五間ほど開いていた。しかし、必死に走ってはいるものの所詮は女子の足、みるみるうちに差は縮まっていく。清之介は目一杯手を伸ばした。もう少しで太鼓結びにした帯に指先がかかろうとした、その時だった。

二人はちょうど四辻に差しかかっていたのだが、右の方からやって来た何かが清之介に激しい勢いで突き当たった。前方に手を伸ばしていたため無防備になっていた横腹にまともに衝突された形となり、たまらず清之介は泥濘《ぬかる》んだ道の上に転倒していた。

(何だ、いったい)

清之介は横になったまま顔だけ上げて、清之介にぶつかって来たものを見た。年の頃七つ八つの少年が道に倒れ、大声を上げて泣いていた。その近くにもう一人同じ年頃の男児が真っ青な顔をして立っている。おそらく鬼ごっこにでも夢中になっていた子供たちの一人が、前も見ずに走っていたため清之介に行き当たったのだろう。

(そうだ、おみきは)

思い出した時には、既に手遅れだった。路上から逃亡者の姿はかき消えている。脇腹の痛みに耐えながら急いで辺りを捜索したが、今となっては見つけられるはずもなかった。

「馬鹿者!」

思わず清之介は怒鳴り声を上げたが、清之介の剣幕にかえって泣き声は大きくなるばかりだ。清之介は一つ大きな溜め息をついてから少年を立ち上がらせ、怪我はないかと尋ねた。なおしゃくり上げながらも少年が頷くと、

「もうよい。行け」

と、清之介は小さな声で告げた。そして、子供たちが去っていくのを見送った後も、しばしの間その場に呆然と立ち尽くしていた。

ふと正気に返ると、道行く人々が足を止めて何事かというように清之介の姿を眺めている。清之介は自分の巻羽織が泥だらけになっているのに気づくと、慌ててその場を離れた。定町廻り同心がこんな無様な恰好を人目に晒すわけにはいかない。大川沿いの土手まで来ると幸い辺りに人影はなく、清之介は体を投げ出すようにして土手に腰を下ろした。

今から生駒屋に向かっても無駄足に終わるだけだろう。あのまま生駒屋に戻るわけもあるまい。いずこかの隠れ家にでも姿を晦ましてしまうに決まっている。

その時夕七つ（午後四時頃）の鐘が鳴った。とうに奉行所に戻っていなければならない時刻だが、清之介は立ち上がることがどうにもできなかった。体は綿のように疲れ、心は惨《みじ》めな結果に打ちひしがれていた。

（何という不甲斐無さだ）

まんまとおみきの張った罠にかかり、殺しの片棒を担がされた。その失点を自分一人の力で挽回してみせると意気込んではみたものの、結局一日かけて何の収穫も得ることはできなかった。挙句の果てが、思わぬ不運があったためとはいえ、下手人を目の前にしながらみすみす逃してしまう大失態だ。

菊池の命令を無視した結果がこの不始末となれば、ただでは済むまい。清之介自身がお役御免になるのはもちろんのこと、下手をすれば戸田家は取り潰しの処分を受けるかもしれない。

清之介は己の度はずれた愚かさを痛感せざるをえなかった。

そうしてどれくらいその場に悄然として座り続けただろうか、いつしか日が西に傾いて辺りの風景を茜色に染めていた。三月とは言え空気はだいぶ冷え込んできている。今頃菊池は額に筋を立てていることだろう、さすがにそろそろ帰らなければ。そう頭の中で繰り返し考えるものの、依然として清之介は微動だにせず、ただ膝を抱えて俯いていた。するとその時、清之介の頭上から声を掛けてくる者があった。

「清之介様ではございませぬか」

顔を上げると、目の前にお糸が立っていた。白い牡丹の花束を胸に抱えている。清之介の目にその白さがいたく染みて、遠い昔大川で迷子になった夜と同様にお糸の姿が滲んで見えた。

＊　＊　＊

清之介の他に部屋の中には誰もいない。清之介は手酌で杯に酒を満たすと、一気に傾けて喉に流し込んだ。これが何杯目になるかは覚えていなかった。既に相当酔いが回っていたが、頭の芯は酔い切れずに醒めたままであることも自覚していた。

廊下に面した襖が開き、お糸が静かに入ってきた。清之介の真正面に着座すると、

「旦那様はお休みになられました」

そう言ったきり口を噤み、黙って清之介を見つめている。

（わからんな）

濁った目をお糸に向けながら、清之介はぼんやりと考えた。今自分の前に座っているこの女子は、いったい何を考えているのだろうか。以前からお糸は清之介にとって不可思議な存在だったが、とりわけ今日のお糸の行動は清之介には理解しがたいものだった。

あのような場所に供も連れずに一人でいたことや清之介の表情から、何らかの変事があったと容易に察せられたはずだ。だが、お糸は何も仔細を尋ねようとはせず、

「家に参りましょう」

とだけ言うと、清之介に背を向けてさっさと歩き始めた。どの面を下げて父に会えるだろう。清之介が躊躇していると、

「旦那様は両国までお出かけで、今しばらくお戻りにはなられません」

お糸は振り返って、清之介の心中を見透かしたかのように告げた。清之介は心ならずお糸に従ったが、亀のように遅々とした歩みだった。四半刻近くかけてようやく到着するとお糸はすぐに着替えと熱い茶を用意してきたが、その後は清之介を一人この部屋に残し、家事にでも忙しいのかそれきり姿を見せなかった。

半刻ほどしてようやく清之介の気分が多少なりとも和らいできた頃、惣左衛門が帰ってきた。惣左衛門は清之介の突然の来訪に何の疑念も抱かないようで、

「早速説教の効き目があったようだな」

と独り合点して、相好を崩した。そしてお糸に酒肴の用意を命じ、清之介の打ち沈んだ様子

には気づかないまま上機嫌で杯を重ねると、やがて寝入ってしまったのだった。

清之介もお糸も口を開こうとはしなかった。沈黙が支配する部屋に、行灯《あんどん》の灯芯が燃える音だけが響く。その時ふと、源之進は橋場に来た時にお糸とどのような会話をしているのだろうという疑問が清之介の心に浮かんだ。

愛想が良く万事にそつのない源之進は、若い女子と話す時にも臆するような素振りは皆目見せなかった。おそらく源之進はお糸を前にしても、清之介のように何をしゃべればよいのか当惑してしまうことなどさらさらないのだろう。

「もう辞めとうなりました。御番所でのお勤めは、拙者の手には負えませぬ」

我知らずそんな泣き言が口をついて出ていた。お糸とはろくに口をきいたこともないのに、なぜ胸中を吐露する気になったのか自分で自分の心の動きに驚いたが、投げやりな心境がそのまま清之介に語らせ続けた。

「戸田家の名を汚さぬように、さすが我が嫡男清之介よと父上に誉めていただけるようにと精一杯勤めてまいりましたが、どうやら荷が重すぎたようです。早呑み込みしたり意気込みが空回りしたりで、失敗が絶えません。己が御番所で先輩方にどのように噂されているのか、拙者はよく存じております。鷹が鳶《とんび》を産んだのだ、あのような若さで本勤となれたのは親の七光りに過ぎぬ、と」

空になった杯の底にぼんやりと目をやりながら、清之介はなおも続ける。

「剣術以外あらゆる点で源之進の方が優れているにもかかわらず、拙者が戸田家の家督を継げたのは単に源之進より二年早く生まれたからに過ぎません。拙者の嫁取りの話など影も形もないうちから、源之進には養子の申し込みがいくつも寄せられているほどです。戸田家は何の取り柄もない拙者ではなく、源之進が継ぐべきでありました」

清之介が語り終えてもお糸は黙ったまま清之介を見つめ続けていたが、やがて視線を床の間の花瓶に移した。そこには先ほどお糸が抱えていた白い牡丹の花が生けてある。

「覚えていらっしゃいますか。私は吉原にいた時、牡丹という名で勤めておりました」

お糸が穏やかな声で問うてきた。清之介は三年前の夜の出来事を思い起こした。確かにあの時お糸がそう名乗っていたことを記憶している。しかし、それが何の係わりがあるというのだろう。困惑した清之介が口を噤んでいると、お糸は再び清之介へ視線を戻してきた。三年前の惣左衛門と同様、その力強さに清之介は思わずたじろいだ。

「もとより自ら好んで選んだ道ではなく、数限りない辛酸をなめました。しかし、愚痴や不満を口にしてばかりいても詮ないことでございます。好むと好まざるとにかかわらず、人は生を受けた場所、与えられた立場の中で生きていくしかないのです。できうる限り精一杯の力を尽くしていればいつか必ず道は開ける、報われる時が来るのだ、そう信じて吉原での日々をただ懸命に生きておりました。

そして、天が私の願いを聞き届けてくださったのでしょうか、旦那様と巡り合うことができ、今の私があるのでございます。自身の来し方や旦那様への感謝を忘れないようにするため、毎日あのように牡丹を生けているのです」

「……」

「権現《ごんげん》様以来、戸田家は公方様から家禄をいただくことによって存続し、当主の方々はみな定町廻り同心としてお勤めをなさってこられました。公方様の天下はいつまで続くと清之介様はお考えですか」

「無礼ですぞ。絶えることなど未来永劫ありえません」

「であるならば、戸田家の御番所でのお勤めも未来永劫続くことになります。それがこの家に生まれた者に与えられた天命であり、その天命から清之介様は逃れられないのです。余分なことは何も言わず何も考えず、ただひたすら懸命にお励みなさいませ」

お糸の目は清之介のそれをひたと見据え続けている。

「畢竟《ひっきょう》、人は今いるその場所で最善を尽くすより他ないのです。そしてその結果としてなら、いかなる仕儀になろうとも思い悩む必要はございません。たとえ失敗したとしても、それは必ずや清之介様の将来への糧となることでございましょう」

そこでお糸は畳に両手をついて深々と頭を下げた。

「過ぎたことを申し上げました、お許し下さいませ。あまりにお悩みのご様子なので、つい差し出がましい真似をいたしました。されど――」

お糸は膝を進めて、清之介の方に体を寄せてきた。何か香でも焚きしめているのか、芳しい香りが清之介の鼻腔をくすぐった。

「お役目のこととて色々差し障りもございましょうが、よろしければ何があったのかお話し下さいませんか。私でもお力になれるやもしれません」

どうしたものかと悩んだのは、ほんの束の間だった。清之介は今回の一件について、すべてを包み隠さず一息に語っていた。中村座の前で生駒屋一行に出会ったこと。それは巧妙に仕掛けられた罠であり、おみきの掌《てのひら》でいいように踊らされたこと。菊池の命令を無視して探索を進めたものの、取り返しのつかない失策を犯してしまったこと——

清之介が話し終えても、お糸は何も言おうとはしなかった。眉根を深く寄せて何事か考え込んでいる。そんなお糸の姿は清之介に不安を抱かせたが、口を噤んで辛抱強くお糸の言葉を待った。室内が再び深い沈黙に包まれる。外の通りを按摩《あんま》の吹く笛の音がゆっくりと近づき、そして遠ざかっていった。それからお糸はようやく口を開いたが、出てきた言葉は清之介をひどく戸惑わせた。

「碁を打ちませぬか」

「碁……ですか？」

清之介の気を紛らせてやろうというつもりなのだろうが、そんなお糸の心遣いも今は煩《わずら》わしいだけだった。当然遠慮しようとしたが、清之介の返事を聞かないうちにお糸は手早く碁盤を用意すると、

「是非に」

と、清之介に迫ってきた。お糸の物静かではあるが有無を言わせぬ口調に気圧され、清之介は思わず碁笥《ごけ》を手にしていた。

清之介の黒番、お糸の白番で対局は始まった。不承不承お糸の要望に応じた清之介ではあったが、いざ碁を打ち始めてみると現実から逃避したいという願望が心の底にあったものか、清之介はいつしか対局に没頭していった。

序盤は静かな立ち上がりだった。三十手ほど打ったところで形勢判断をすると、右辺と上辺は黒の地と見て差し支えなく、清之介の方がやや優勢と思われた。

下辺の白地を打ち込みで荒らしてやろう、そう清之介が考えた矢先だった。お糸の次の一手を見て、清之介の頭に血が上った。逆に白が、右辺の黒の三間ビラキに打ち込んできたのだ。三間ビラキへの打ち込み自体は珍しくはないが、右辺はすべて黒の地であると見なしていただけに、清之介は自分がひどく見くびられたように感じた。

(生かしてなるものか)

白を封鎖して小さく生かすだけにすれば良いものを、清之介はすべてを殺してやろうと考えた。しかしその気負いが清之介の判断を誤らせ、失着を誘発した。お糸はその隙を見逃してはくれない。たちまち黒地が荒らされていった。

(強い――)

惣左衛門とは比較にならない実力だ。ほとんど時間を掛けていないのに、的確に急所を突いてくる。清之介は取り乱し、悪手を幾度も繰り返した。今や右辺が荒らされただけではなく、中央にも大きく白地を作られており、これ以上いくら打っても時間の無駄にしかならないのは明らかだった。

「ありません」

清之介は投了するしかなかった。お糸の中押し勝ちである。清之介が悔しさを押し殺しながら盤面を見据えていると、

「右辺はすべて黒の地である、そしてこれから白地を荒らしてやろう、そう清之介様は勝手読みをなさったのではないですか」

お糸が静かな声で語りかけてきた。

「そのため私の打ち込みに対して度を失い、冷静に対処できなくなってしまわれた。しかしながらこの浮世においては、たびたび、いえほとんどすべての場合において、物事は自分の予想どおりに運びはいたしません。甘い期待は不測の事態が起きた場合に、目標の達成を妨げるだけでございます」

清之介を打ち負かしてさだめし悦に入っているのだろうが、傷口に塩を塗るようなことをわざわざ口にして何が楽しいのか。清之介が顔を上げてお糸をねめつけようとした時、突如としてお糸は、

「悪事を企てる場合においても、同じことが言えるのではないのでしょうか。つまり、此度の徳右衛門様の一件についても」

と言って、話題を元に戻した。

「……どういう意味ですか？」

いったい囲碁と徳右衛門殺しとの間にどんな関係があるのだろうか。

「ご自分が芝居に目がない点を利用されて、知らぬ間に計略に加担させられたのではないかと清之介様はお考えなのですね。しかしその企てが成功するためには、清之介様が舞台から目を離さないことが絶対の条件です。何かの拍子に清之介様が振り向くことがあったら、どうするつもりだったのでしょう。たったそれだけですべてが水の泡です。少々自分に都合の良過ぎる目算ではないでしょうか」

「しかし、実際に芝居に夢中になっていて、幕が下りるまで生駒屋一行のいる桟敷席の方を見ることはありませんでした」

「それは結果としてそうなっただけであって、たまたまに過ぎません。いくら清之介様が無類の芝居好きだからといって、舞台から目を逸らしてはならないなどとあらかじめ定められているわけではありません。いくらそうあってほしいと願っても、自分の思惑どおりに相手が動いてくれるとは限らないのです」

「しかし、身代わりの女中が袂で顔を隠して座っていれば——」

「芝居の間中ずっと袂で顔を隠しているというのですか。清之介様がいつ振り向くかなど予想できないのですよ。その時涙を流すような場面でなかったらどうするのですか。あまりに不自然で、かえって清之介様の注意を引いてしまうことでしょう」

「ですが、そのように失敗を恐れてばかりいては何もなせません。あれこれ気を回さずに思い切ってやってみたら、たまさか成功する場合もあるのでは」

「もちろん、ありえます。しかし問題の焦点は、結果として首尾よく運ぶかどうかということではありません。私が申し上げたいのは、着手の段階において十中八九まで完遂できるという見込みでもない限り、実行に移そうという気はなかなか起こせないのではないかという点です。祖父殺しの咎人が受ける刑は本来であれば死罪、若年により罪一等を減じられたとしても遠島となります。清之介様が舞台から目を離すか離さないかというただ一点に自分の命運がかかってしまうのです。危険すぎると判断して、そのような無謀な試みは最初から諦めるのが自然ではないでしょうか」

「何か不都合が生じたら、途中で企てを変更なり中止なりすれば良いだけの話ではないですか」

「残念ながら、それは不可能です。芝居の最中に清之介様に身代わりを見破られたとしたら、その時点ではおそらく既に徳右衛門様の殺害に及んでいる段階、少なくとも橋場に向かって駕籠を飛ばしている段階でしょう。今さら変更も中止もできるはずがありません」

「……」

「清之介様は一つ一つの事実を積み上げたうえでおみき様が下手人であるという答えを導き出されたわけではなく、先に答えを決めてしまい、その答えに合うようにすべての事実を解釈しておられます。おみき様が下手人と思い込み、その思い込みに添わない事実は無視あるいは曲解なさっているのです。例を一つ挙げましょう。清之介様はあの日中村座に行かれると、おみき様あるいは生駒屋の誰かにお伝えになられていたのですか」

「もちろん伝えてなどおりません。しかし、私が弥生狂言の初日には必ず中村座に来ると容易に想像できたはずです」

「どれほど強く清之介様がお望みだったとしても、急なお役目などで突然中村座にお出でになれなくなる場合があるはずです。また間違いなくお出でになるとしても、それが八つになるか七つになるかなど前もってはわかりようがありません。清之介様がいらっしゃらなかったり、いらしたとしてもすれ違いになってしまったりしたら、定町廻り同心に自分の身の潔白の証しを立てさせるという目論みは根底から崩れてしまうではありませんか」

「それは確かにそうですが――」

「粗漏はまだ他にもございます。橋場からのとんぼ返りは不可能ではないでしょうが、そのような短時間に十三歳の娘が成人の男性二人を撲殺することがはたしてできたのかという点を清之介様は閑却なさっておられます」

「……」

「動機に関する検討も不十分です。徳右衛門様とおみき様が不道徳な関係にあったという推察は、橋場の寮には若い娘が一緒に住まっていたらしいということ以外に何の論拠もなく、まったく想像の域を出ていません」

最早清之介は兜《かぶと》を脱ぐより他なかった。

「では、いったいどのように考えるべきなのでしょうか」

「物事をただ素直に見れば良いのでございます。そうすれば、そもそもそのような企てなどなかった、徳右衛門様を殺めるため芝居を脱け出して橋場まで行った者など誰もいなかったという答えが自然に導き出されてくるはずです」

「おみきが下手人でないとすると――では、当初の見込みどおり押し込みの仕業だったのですか」

「徳右衛門様の部屋がひどく荒らされて、鵬斎の掛軸が引きちぎられていたと仰いましたね。なぜ下手人はそんなことをする必要があったのでしょうか」

「それはもちろん――」

金目の物を探すため、と言いかけて清之介は言葉につかえた。

「そうです。金目の物を探して簞笥や押入れを引っくり返すのはわかりますが、なぜ掛軸を破かねばならないのでしょうか？　まったく意味がありません」

「押し込みは鵬斎の書の価値がわからなかったのではないでしょうか」

「たとえそうだとしても、金目の物を探していたというのであれば、破くよりもむしろ持ち去るべきでしょう。質屋に持ち込めばいくばくかの値がつくかもしれないのですから」

「では、あのように荒らされていたのは見せかけなのですね」

「そう、下手人は徳右衛門様と近しい者で、最初から金の在《あ》り処《か》は知っていたのです。しかし、ただ金を盗むだけでは自分の素性が簡単に知れてしまいます。そこで押し込みが派手に荒らしたと見せかけようとしたのですが、つい勇み足でやらずもがなのことまでしてしまったのでしょう」

「しかしおみきでも押し込みでもないのなら、下手人は誰なのですか」

「それもことさら難しく考える必要はないのではないでしょうか。つまり、菊池様が仰っていたとおり、徳右衛門様を殺める機会に最も恵まれた者、その時刻に寮にいたと自ら認めている者です」

「番頭の喜助ですか！」

と、清之介は驚きの声を上げた。

「確かに疑いは濃いですが、しかし同時に下手人と断定できるだけの決め手もないのではないでしょうか」

「亡くなる前に徳右衛門様は、下手人は喜助であるとはっきりと指し示しておられます」

「雛飾りにあった椀のことですか。あれは、本当は徳利を摑もうとしていたのに誤って椀を――」

「何の証しがあってそのようにお考えになるのですか」

そうお糸に問われて、清之介は再び返答に窮した。先ほどお糸に指摘されたとおり、下手人はおみきであるという自分の思い込み以外に何ら根拠がないことに気づいたのだ。

「徳右衛門様は途中で力尽きたわけではなく、本当にお椀を摑もうとしていたのではないでしょうか。より正確に申し上げるなら、そのお椀の中に入っていた蛤を指し示したかったのです」

「蛤？……なぜ蛤が喜助のことを意味しているのですか」

「徳右衛門様はお伊勢参りの途中、渡し船から海に身投げしようとした番頭の喜助を助けられたというお話でしたね。江戸から伊勢に行くには当然東海道を通られたはずですが、その途中に海の渡し船はただ一か所しかございません」

「尾張《おわり》の宮《みや》と伊勢の桑名《くわな》を結ぶ七里の渡し……そうか、『その手は桑名の焼き蛤』か！」

七里の渡しは東海道における唯一の海上路で、伊勢湾北部を横断して宮宿と桑名宿とを結んでいる。清之介は喜助の言葉に上方訛りが交じっていたのを思い出した。喜助の在所はおそらく桑名なのだろう。徳右衛門は人口に膾炙《かいしゃ》した地口によって、下手人が誰か暗示しようとしたのだ。

お糸の推理はいちいち清之介を深く頷かせたが、しかしまだ納得のいかないことも残っている。

「七つ頃におみきが寮から出てきたという清六の証言はどうなりますか？　おみきがずっと中村座にいたというなら、そんなことはありえません。それとも清六が嘘を申したのでしょうか」

「いいえ、嘘など吐いておりません」

「しかし先ほど、芝居小屋を脱け出して橋場に行った者などいなかったと――」

「そのとおりです。しかし、清六が見かけたのは確かにおみき様だったのです」

お糸の言葉の意味がまるでわからない。煙に巻かれたような気分になって、清之介は沈黙した。その表情がよほどおかしかったのか、お糸が清之介を見てこの日初めてくすりと笑いを漏らした。牡丹の大輪のように艶やかな笑顔だった。

＊　＊　＊

「いや、それにしても――」

そう言ったきり、清之介は二の句が継げなかった。

一昨日詮議をした生駒屋の奥座敷を再び清之介は訪れていた。今自分の目の前には、二人の娘が座っている。二人の顔立ちは瓜二つとしか言いようがなく、いささかも区別がつかなかった。

「みきでございます」

「ゆきでございます」

十分な心構えをしたつもりでいたのだが、いざこうして二つの同じ顔が並んでいるのを目の前にするとどうしても驚きの方が勝ってしまう。尋ねたいことが山ほどあるのになかなか言葉が出てこず、清之介はようよう、

「なぜに……？」

と、一言だけの問いを絞り出した。

「隠し立てをいたしまして、まことに申し訳ございませんでした。なにとぞお許しください」

主人の弥兵衛が、妻のお篠とともに平伏して詫びを述べた。

「すべてを包み隠さず申し上げます。事の起こりはこの二人が生まれた時、いえ私が篠を嫁に

迎えた二十余年前に遡《さかのぼ》ります」

弥兵衛夫婦の仲は円満で、お篠はよく弥兵衛を助けて商売は大いに繁盛した。まさに順風満帆と言いたいところだったが、一つだけ悩みがあった。どうしたわけかなかなか子に恵まれないのだ。徳右衛門から早く孫の顔が見たいなどと急かされはしなかったものの、さすがに五年も経つと弥兵衛夫婦も焦り始めた。子宝が授かるように江戸市中のあちこちの寺社に足を運んで願掛けをしたが、一向にその甲斐もない。

お篠の甥を養子にしてはという案が持ち上がり、もう仕方がないと話を進めようとした七年目、お篠がようやく子を孕んだ。弥兵衛夫婦の喜びはこの上もないものだった。そして十月十日が過ぎ、待望の出産の日を迎えたのだが――

「いちどきに女子が二人生まれてまいりました。畜生腹だったのでございます」

この時代、双子や三つ子は犬や猫が多産であることになぞらえられ、『畜生腹』と呼ばれて忌み嫌われた。そのため双子の片方は直ちに捨てられたり、場合によっては間引かれたりする例も珍しくはなかった。

「けれども、一度は諦めかけた末にようやく授かった子でございます。捨てるに忍びず、ましてや命を奪うことなど到底できませんでした」

そこで、生まれたのは姉のおみきのみであると一同で口裏を合わせ、妹のおゆきは密かに橋場にある生駒屋の寮で育てることにした。その時はまだ徳右衛門は隠居しておらず、橋場の寮には寮番の源七夫婦のみが住んでいたのだが、たまたま源七夫婦は疱瘡《ほうそう》のため幼子を亡くしたばかりで、おゆきを育てられる条件がちょうど整っていたのである。

おゆきのことは、生駒屋の中でもごく一部の者しか知らない秘密となった。人別帳に入れられてもいないおゆきは、本来この世に存在するはずのない人間である。他人に姿を見られてはならないので、おゆきはなるべく家から外に出さないようにして育てられた。どうしても出かけなければならない時は、夜明け前に家を出て夜が更けてから戻ってくるといった具合に細心の注意を怠らなかった。

「だが、そのような綱渡りはいつまでも続くものではございませんでした」

長ずるにしたがい、おゆきがなぜ家に引き籠もってばかり暮らさなければならないのかと不満を持つようになったのだ。弥兵衛夫婦は商いの暇をぬって月に一度は橋場に出向いていたのだが、このおゆきの当然の疑問に対してひどく曖昧な答えしか返すことができなかった。

おゆきは自分が不義密通の末の子ではないかと思い悩むようになり、次第に反抗するような言動が目立ち始めた。加えて双子でありながらおみきとは正反対のお転婆な性格であったから、おゆきはしばしば昼間から外出してしまうようになった。その頃にはお目付け役の意味もあって隠居した徳右衛門が橋場でおゆきとともに暮らし始めていたが、徳右衛門が引き止めようとしてもおゆきは聞く耳を持たず、お構いなしだった。

当然近所の者に姿を見られてしまう事態がたびたび出来《しゅったい》したが、おゆきの名を出すのを躊躇った徳右衛門はその都度遠縁の子が出養生に来ているのだと言い繕わざるを得なかった。このままでは遠からず生駒屋の内緒事が白日の下に晒されてしまうのではないか。そう懸念した弥兵衛と徳右衛門は鳩首《きゅうしゅ》して善後策を練ったが、一向に名案が浮かばないまま月日が過ぎるのみだった。だがやがて、そのように悠長に手を拱《こまね》いてはいられない事態が発生した。北町奉行所定町廻り同心の戸田惣左衛門が隠居して、橋場に住み始めたのである。

「父の隠居が係わっているのですか？」

毛ほども予想していなかった惣左衛門の名を耳にして、清之介は面食らった。

「はい、惣左衛門様はみきの顔をご存じです。もし何度もゆきを見かけられたならば、なぜみきがこれほど頻繁に亀島町から訪ねてくるのかと不審に思われるかもしれません。そして、遠縁の娘が出養生に来ているという言い訳を耳にされたなら、なぜみきのことを遠縁の娘と偽るのかと疑念を抱かれることでしょう」

何か裏がある、かつて『八丁堀の鷹』と謳われた惣左衛門がそう考えて探索に乗り出したならば、いずれおゆきの秘密を探り当てられてしまうだろう。万止《ばんや》むをえず、弥兵衛と徳右衛門はとうとうおゆきに真相を明かすことに決めた。そうすればおゆきも自分の立場を理解して行動を改めるのではないかと期待したのである。ところが自分の出自を知ったおゆきは、是非とも血を分けた実の姉に会いたいと言っておみきとの面会を切望したのだった。

「いかにももっともな願いでございますし、この際おみきにも真実を打ち明けて、二人を引き合わせることにいたしました」

昨年の暮れにおみきとおゆきは、出生直後に別れて以来十二年ぶりの再会を果たした。二人は最初こそ驚き戸惑っていたが、やはり双子であるため馬が合うのか、すぐに意気投合した。

おみきは自分だけ大店の娘として父母のもとで安穏に暮らしてきたことをいたく恥じたが、だからと言って二人で亀島町に住むわけにはいかない。

そこでおみきが思いついたのが、おゆきがおみきと時折入れ替わって生駒屋で暮らすという案だった。弥兵衛と徳右衛門は仰天し、当然強く反対したが、二人は耳を貸そうとはしなかった。

双子だから姿形は瓜二つだし、おゆきがおみきとして振る舞うために必要な知識、例えばおみきの嗜好や交友関係についてはあらかじめおゆきに詳しく教えておけば良い。性格はいささか相異なるが、その程度なら発覚する恐れはないだろう。二人はそう主張して計画を強行したのだが、実際おゆきの正体が看破される事態は起こらなかった。

二人は悪戯でもするように頻繁に入れ替わりを楽しんでいたが、そのために使われたのがこの奥座敷だった。奥座敷は中庭を挟んで母屋から遠く離れ、普段は使用人が足を踏み入れる場所ではない。裏木戸から出入りすれば、店の者の目に触れずに入れ替わることは容易だった。奥座敷の次の間には、おゆき用としておみきの所持品と同じ振袖や装身具がふんだんに揃えてあった。例のびらびら簪はそのうちの一つだったのだ。

「確かに近頃、日によってまるで別の女子と会っているような気がしていたが、思い違いではなかったわけか……」

清之介は一頻り唸ってから、

「では三日前に拙者が中村座でお会いしたのは――」

「私でございます」

と、おゆきが答えた。おみきらしからぬお転婆な振る舞いをしていたのは、実はおゆきだったのだ。

「芝居も二人で交互に見に行くことに決めておりました。正月の春芝居はみきが見ておりましたので、今度は私の番だったのです」

「だからあの時、春芝居が見られずに残念だったと仰っていたのですね。中村座の勝三が正月にもお世話をしたと証言した時点で、矛盾に気づけたはずでした」

三日前の早朝、おゆきはお初を伴にして生駒屋を訪れ、おみきと入れ替わった。おみきは中村座で芝居を見物しているはずなのだから生駒屋に留まっていられないのはもちろんのこと、市中をぶらついていて姿を知り合いに見られるわけにもいかない。

「そこで雛祭りを祖父とともに祝おうと考え、日中は寮で過ごすことにいたしました」

暁七つ半（午前五時頃）生駒屋を出たおみきは、駒形町の実家に向かうお初と別れて橋場に向かった。明け六つ半におみきを見かけたという大工の証言は勘違いでも人違いでもなかったのだ。また、朝の時点で既に生駒屋の寮にいたのだから、おみきが午後に寮を訪ねてくるところを目撃した者などいくら探し回ったところで見つかるはずがない。

「すると、七つ頃寮から出てきたのはおみき殿だったわけですね」

「はい、その日の暮れ六つ（午後六時ごろ）までにはこちらに戻り、中村座から帰ってきたゆきと再び入れ替わる手はずになっていたのでございます」

海老茶色の小袖を着ていたのも、返り血を浴びて着替えたからというわけではなく、そもそも別人なのだから着ている物が違っていて当たり前だったのだ。

「おみき殿は事件について何もご存じではなかったのですか」

「はい、私が寮を離れる時、祖父は普段と変わらぬ様子でした。まさかあれが今生のお別れになるとは……」

おみきは目頭を押さえると、嗚咽《おえつ》を漏らした。

「では、おゆき殿が徳右衛門殿の御遺体を最初に見つけられたのですね」

「さようでございます。当然私も祖父の身に何が起きていたか知る由もございませんでしたから、駒形町から戻って来たお初と合流し、予定どおり橋場へ帰ったのですが……」

そこでおゆきは目を瞑ると、体を震わせた。宵五つ（午後八時頃）寮に着いたおゆきたちが目にした光景は予想だにしていないものだった。しばらくの間二人ともその場に座り込んで呆然としていたが、先に我に返ったお初がおゆきに寮から直ちに立ち去るよう勧めた。おゆきがこの場に残ったまま奉行所の詮議が始まれば、その存在が明るみに出てしまうからだ。

おゆきは断腸の思いで寮を離れた。当座の行き場所を探さなければならなかったが、既におみきが戻っている生駒屋を頼ることはできない。そこでお初の実家の宿屋に身を寄せたのだった。

「では、一昨日詮議のためこちらを訪ねた時に会ったのはおみき殿だったのですね」

おみきが頷いた。おみきは中村座に行っていないのだから、芝居の筋について菊池に問われた時に狼狽えてしまったのも無理はない。

「とすると、昨日生駒屋の店先で弔問客に挨拶していたのもおみき殿で、橋場で出くわしたのは――」

「私でございます」

おゆきが顔を赤らめながら頭を下げた。

「なにとぞ昨日の無礼な振る舞いをお許し下さい。当分の間一歩も外出はならぬと父からきつく申し渡されていたのですが、一人で部屋の中に引き籠もり続けているのはどうしても我慢できませんでした。祖父の葬儀に出席することが叶わぬならば、せめて祖父とともに長年暮らした家を訪ね、そこで祖父の冥福を祈りたいと、矢も盾もたまらず橋場に向かってしまったのでございます。ところがその途中、清之介様と偶然鉢合わせてしまい、あのような仕儀に」

そう言って、おゆきは再び深々と頭を下げた。尾行されていたなどというのは、清之介のまったくの思い違いだったのだ。冷静に考えてみれば、弔問客の相手をしていたおみきが清之介に気づいた様子はなかったし、尾行してきておいて正面から清之介と出くわすようなへまをするわけもあるまい。

こうした誤解は、今回の一件ではこの場面に限ったことではなかった。菊池にあれほど釘を刺されていたにもかかわらず、やはり自分は早合点や思い込みばかりを繰り返してしまった。とりわけお糸に指摘されたとおり、徳右衛門とおみきが道ならぬ関係にあったと決めつけた点などは汗顔の至りと言うより他なく、清之介は内心反省すること頻りだった。

「それにしても、あれほど先代から恩を蒙りながら、まさか喜助の仕業とは……」

弥兵衛が呻くように言った。清之介は頷きながら、

「主殺しです。磔《はりつけ》は免れません」

徳右衛門を殺害したのは、お糸の推理したとおり、番頭の喜助だった。今朝早く大番屋に拘引された喜助は、菊池の追及にあっさりとすべてを白状していた。

喜助は暖簾分けにあたって生駒屋から三十両を与えられる予定になっていた。しかし、一年ほど前から若い頃の悪癖が再燃して賭場に通い詰めになり、百両を超える借金を負っていたのだ。すぐに弁済はしたものの、一時しのぎに店の売上金を無断で拝借したこともあるほどののめり込みようだった。

「三十両程度では焼け石に水でございました」

喜助は力なく項垂《うなだ》れ、呟くように語り続けた。

そこで喜助は徳右衛門のもとを訪れ、すべてを正直に告白して助力を求めた。自分の店を持ったら、身を粉にして働いて五年以内に必ず返して見せるから、なんとか七十両ほど用立ててほしいと頼み込んだのだ。

だが徳右衛門はその申し出をすげなく断ったばかりか、

「三つ子の魂百までとはこのことだ。とんだ眼鏡違いだったな、黒鼠め。暖簾分けの話もなしだ、とっとと失せてしまえ」

と、喜助を激しく難じた。目を掛けて番頭にまで出世させてやっただけに、徳右衛門には裏

切られたという思いが強かったのかもしれない。

喜助は逆上し、おみきとおゆきのことを持ち出して徳右衛門を恐喝しようとした。番頭の立場にあった喜助は二人の秘密を知らされていたのだ。激昂した徳右衛門は手にしていた湯呑を喜助に投げつけた。湯呑は喜助の額に当たり、傷から流れ出た血で喜助の視界が赤く染まった。それから暫時の記憶が、喜助には一切ない。

我に返ると、喜助は部屋の真ん中に突っ立ち、手には白磁の壺を摑んでいた。なぜこんな物を持っているのだろうと考えた時、畳の上に血が飛び散っていることに気づいた。さらに畳に点々と続く血の痕を目で追っていくと、隣の部屋で徳右衛門が頭から血を流して倒れているのが見えた。

思いもよらぬ成り行きに呆然としていると、いきなり「この野郎！」と叫びながら喜助に飛びかかってくる者がいた。源七であった。納屋にいたはずだが、二人が争う物音を聞いて駆け付けてきたのだろう。壺をまだ手にしていたのが喜助には幸いした。体勢を崩しながらも咄嗟に壺を源七の頭に打ちつけると、源七はあっけなく畳の上に頽《くずお》れた。

「こうなれば乗りかかった船だ、もう後戻りはできない。最後までやり通すしかないと、その時肝を据えました」

橋場に行くと皆に伝えて生駒屋を出てきているから、このままでは真っ先に自分が疑われてしまう。そこで、近頃方々で頻発している金目当ての押し込みの仕業に見せかけることにした。徳右衛門がどこに手金を隠しているかは知っていたので文箱の中の十両は持ち去り、さらに押し込みが金の隠し場所を探して部屋の中を荒らし回ったように細工を施してから寮を出た。

当初はおみきに罪を被せるつもりなどなかった。しかし、詮議の席で当日おみきが寮を出るところを清六に見られていたのを知り、喜助は吟味を攪乱《かくらん》できるかもしれないと考えついた。そこで、菊池がびらびら簪を話題にした時にわざと動揺した素振りを演じてみたのだが、そのこともあって清之介は勝手に一人で早呑み込みし、おみきが下手人ではないかと思い込んでしまった。喜助にしてみれば、まんまと期待どおり、いやそれ以上の成果を上げたことになる。

喜助は薄い笑いを浮かべて、

「それにしても、手前が下手人であるとご隠居様が伝えようとしていたとは気づきもいたしませんでした。悪事は必ず現れてしまうものなのでございますね」

今もなお、大番屋では菊池によってさらに詳しい取り調べが続けられている。今日清之介は喜助の口書きの裏づけを取るために生駒屋を訪れたのだが、清之介の話を聞いた弥兵衛は「しばしお待ちください」とだけ言って席を立った。

半刻近くも待たされ、生駒屋は何か良からぬ細工でもしようとしているのかと疑い始めた頃、清之介はようやく奥座敷に通された。そして、そこに並んで座っている二人の女子を見た途端、長く待たされた意味をすぐさま理解した。弥兵衛は駒形町まで早駕籠を飛ばして、おゆきを迎えにやっていたのだ。

「ところで、おゆき殿はこれからどうなさるおつもりですか」

そう清之介が問うと、おゆきは澄んだ目で清之介を見つめ返しながら、

「こちらに移って、父母と姉とともに暮らします」

と答えた。弥兵衛がそれに続いて決然とした口調で言い切った。

「世間体を気にかけて、ゆきのことを隠そうなどした私どもの考えが浅はかでございました。誰に何を言われようとも、ゆきは私の、生駒屋の娘でございます。これから茨の道がゆきを待ち受けているかもしれませんが、そこから逃げることなくともに手を携えて歩んでまいります。それが私どもに与えられた天命でございますから」

＊　＊　＊

その日の夕刻、奉行所を退出した清之介は橋場へ足を向けた。事件の顚末《てんまつ》を惣左衛門とお糸に報告するつもりだった。

清之介は独断専行を町奉行直々に叱責されたが、公式の処分は免れられた。結果として下手人を捕まえるという成果を上げられたことが大きかったのだが、理由はそれだけではなかった。

菊池に対して真摯に詫び入ったのは無論のことだが、清之介は最後に、

「今後は衷心より誠意をもって相勤めまする」

と、一言付け加えた。それを聞いた菊池は、

「お主、何やら面構えが少し変わったな」

ためつすがめつ清之介の顔を眺めながら、そう呟いた。そしてその後、町奉行に「自分が監

督を懈怠《けたい》していたのだから、責任は自分にある」と清之介を庇って、懸命に取り成してくれたのだった。

清之介の早とちりが引き起こした混乱もすべて包み隠さず惣左衛門に伝えようと考えていたが、事件の解決にお糸の手を借りたことだけは明かすつもりはなかった。そうしてほしいと、お糸が強く望んだのだ。理由をお糸に尋ねたが、

「清之介様お一人の手柄である方が旦那様もお喜びになるでしょう」

と、にこやかに微笑むだけだった。

鳥越橋《とりごえばし》を過ぎたところで、清之介は偶然に路上で出くわした花売りから白い牡丹の花束を買い求めた。お礼の手土産を何かお糸に持参しようと考えたのだが、どうにも適当な物が思い浮かばず窮していたところだったので、つい思いつきで買ってしまったのだ。お糸は気を悪くするだろうかとの危惧がちらりと胸裏をかすめたが、そんなこともあるまいと考え直した。床の間の花瓶に生けられていた牡丹の花が、鮮やかな残像となって清之介の目に焼きついていた。

夕映えが茜色に染めた町並みの中を清之介は急ぐ。その腕の中で牡丹の花が軽やかに揺れていた。

雨上り

いやはや、何とも暑いですな。公方様の御世が引っくり返ってお天道様も涙雨、連日雨が降り続いてばかりで何とも閉口しましたが、たまに晴れると途端にこの蒸し暑さ、まるで蒸籠の中の饅頭のような有様で。はい？　饅頭と言うより、ゆで蛸そっくりだと仰《おっしゃ》る。これは一本取られました。拙《せつ》に引き換え、八丁堀の旦那様はさすがですねえ、巻羽織を涼しい顔で着こなされて。何とも粋でございますな。

歴《れっき》とした武士のくせに、なんで幇間《ほうかん》の真似をしているのかとお尋ねですか。いえ、真似じゃございません、これが本業でございます。このとおり、頭は丸めて髷《まげ》は結っておりませんし、大小も差さずに丸腰です。

さあて弱りましたね、両刀を捨てた理由を答えよと仰られても……自分で捨てたわけではなく、ちょいと悪い遊びが過ぎて親の方から捨てられたというのが実のところなのですが、かと言って頭を下げて武士の身分に無理にしがみつこうという気も起きませんでしたね。まあ、武家の世の中もそろそろ終わりだろうと、こちらから見切りをつけたということになりましょうか。

と言っても、累代の御恩まで忘れてしまったわけではございませんよ、実際あの日だって平《ひら》清《せい》で彰義隊《しょうぎたい》の面々と――いえ、今のはただの余談です、拙の身の上話などさておき、早速お吉《よし》の一件に移るといたしましょう。

両国東広小路の鶴屋《つるや》を訪れたのは四日前の、そう、八つ（午後二時頃）少し前でしたでしょうか。深川《ふかがわ》でちょっとした野暮用を済ませた後、あんまり暑くて喉が渇くものですから、大川の川面を眺めながら茶でも飲もうと——えっ、眺めていたのは大川じゃなく茶汲み女の尻で、良からぬ下心があったんじゃないかって？　いえいえ、もうそんな年齢ではございません。それに、旦那様みたような男前ならいざ知らず、拙のような人三化《にんさん》け七では相手になんぞされませんよ。

そもそも鶴屋は、他の店のように若い娘は置いておりません。浮世絵で評判のおりょうがいるのは鶴屋の隣にある梅屋《うめや》の方です。鶴屋の茶汲み女は大の字が二つも三つもつくような年増が一人、そう、例のお吉という女だけです。

音松《おとまつ》さんたちがやって来たのは、八つを四半刻ばかり回った頃でした。音松さんはお吉に茶を注文した後、連れの方としばらく言葉を交わしていました。何を話していたか、ですか？　ええ、すぐ隣の席に座っておりましたから、二人の会話は逐一聞きとれました。鶴屋に来る前に梅屋に寄ってきたらしく、おりょうのことを話題にしていました。音松さんはおりょうにだいぶ御執心のようでしたが、どうやら不首尾に終わったらしいですな。

そのうち音松さんが「すっかり大汗をかいちまった」「我慢できねえ。いっちょ大川で水でも浴びてくるか」などと言い出しまして、帷子《かたびら》を脱いで褌《ふんどし》一つになると川辺の方に歩き始めました。大山参りの垢離場《こりば》が近くにございますからね。そうしたら、それまで二人の会話を黙って聞いていたお吉が、音松さんの背後からすーっと近づいて、何の前触れもなく手にしていた盆でいきなり音松さんの頭を叩き始めたんです。

「いったい何しやがんでえ！」

振り返った音松さんは、お吉に向かって叫びました。しかし、お吉は大声で叫びながら、なおも凄まじい勢いで盆を振り下ろし続けます。音松さんは防戦一方といった感じで両手を上げて盆をよけながら、どんどん後ずさりしていきました。

すると運の悪いことに、一服中の金魚売りがそちらの地面の上に商売道具の盥《たらい》を置いておりましてね、音松さんはそれに蹴つまずいてあおのけにひっくり返ってしまいました。頭が地面に当たった時ゴツンと鈍い音がして、よっぽど打ち所が良くなかったんでしょうな、音松さんは「ぐっ」と一言うめいたきり動かなくなってしまいました。

お吉は突然気がふれてしまったとしか思えない様子で、まるで狐にでも取り憑かれているみたいでした。何だってまたあんなことを――音松さんがお吉に卑猥な言葉や何か脅すような文句を言っていなかったか、とお尋ねになりましたか？　そんなことはございません。音松さんがお吉に言葉を掛けたのは一度きり、最初に「茶を一杯くんな」の一言だけで、あとはずっとお吉には背を向けて連れの方と話し続けていました。

いったい何だってそんな妙なご質問を？　へええ、お吉は音松さんとまるきり面識がないのですか。音松さんを襲わなければならない理由が露もない。なるほど、だから考えられるとしたら、お吉が身の危険を感じて音松さんに必死の反撃をしたということくらい。で、音松さんがお吉に抱きついたり尻を触ったりしたといった真似を直にしていないからには、お吉に何かはなはだ邪《よこしま》で怪《け》しからぬ、不届き千万不埒《ふらち》極まることを話しかけたのではないか、そんな風に推考なさったというわけですね。

いやあ、さすがに八丁堀の旦那様ともなると、目の付け所が違いますな。幇間風情では頭の片隅にも浮かばない、実にご立派かつ天晴れでお見事な着想でございます。よくよく感じ入りました。しかしながら、お言葉を返すようで誠に恐れ入りますが、少々無理がございますようで。我田引水、牽強付会、堅白異同とでも申しましょうか。

いいえ、ケチをつけるつもりなど毛頭ございません。さようにご立腹なさいませぬよう。はい、もちろん拙は音松さんのそうした類の言葉を聞き逃していたのかもしれません。しかしそうだとしても、さらにいくつも無理な解釈を重ねなければ辻褄が合わなくなってしまうのではないのでしょうか。

どういうことかと申しますと——そんなにせっつかないで下さいませ。急いては事をし損じる、慌てる乞食は貰いが少ない、短気は損気でございます。旦那様の仰るとおりだとすると、こんな具合になってしまいますよ。

実はおりょうに対する執心は見せかけで、音松さんはお吉のような大年増を若い娘よりも好むという常人にはない変わった性癖を持っていた。そこでお吉を見かけて、二間も離れた所からお吉に背を向けたまま「姉さん、震いつきたくなるようないい尻だな」などといかがわしい言葉を投げかけた。

まだ七つにもなっていないから辺りは明るく、大勢の人通りがある。お吉はすぐ隣の店に助けを求めることも簡単にできるし、逃げ場所だって東広小路の中にいくらもある。それなのに、どうしたわけか身の危険を強く感じたお吉は我を忘れるほど取り乱してしまい、出し抜けに盆を得物にして反撃に打って出た――いかがでございましょう、どうにも道理に合わないとお考えにはなりませんか。

今「なるほど明察だ、感服した」と仰いましたか？　何ともったいないお言葉、身に余る光栄、恐悦至極に存じますと申し上げたいところですが、素人《しろうと》の言うことにそんなに感心なさらないで下さいよ。いやはや、公方様の御膝元にこんな頼りないのしか揃っていないから、みすみす大政を京都に返す羽目に……いや、今のはほんの独り言、どうかお気になさらないように。

ええ、お吉の叫んでいた言葉はよく聞き取れましたよ。「あたしだって」です。音松さんに盆を振り下ろしている間中、お吉は何度も繰り返し言っていました。「あたしだって、あたしだって」とね。

どんな意味かって？　拙にわかるわけがありませんよ。それを突き止めるのがお主らの勤めであろう。まったく情けない。そんな風に何でも他人《ひと》任せにするから、海舟《かいしゅう》めの口車に乗せられてあっさり江戸を薩長《さっちょう》の連中に明け渡すような大失態を演じたのであろうが。

いえいえ、これもただの独り言でございます。いやあ、暑い暑い。では、そろそろお暇《いとま》してもよろしゅうございますか。ちょいと大一番が控えておりまして、身辺の片づけやら挨拶回りやらで、天手古舞《てんてこまい》の有様でございましてね。

えっ、肝心なことを聞くのを忘れていた？　ああ、拙の名でございますか。証人がどこの誰だかわからなくてはお裁きが進められませんな。戸田様と仰いましたか、旦那様も相当の慌て者ですねえ。

元は土肥庄次郎《どひしょうじろう》と申しましたが、実名は両刀と一緒に捨てました。今は露八《ろはち》と名乗っております。はい、松廼家《まつのや》露八でございます。

＊　＊　＊

「御無事で何よりでした」

戸田清之介は惣左衛門夫婦に頭を下げながら、胸を撫で下ろした。

彰義隊と官軍の戦闘は上野のお山だけの局地戦に終わったと、『中外新聞』の別段は報じていた。だから、上野からは一里弱の距離しかないといえども橋場には戦火は及ばず、二人の身には何の災いもなかったはずだ。清之介はそう考えて懸命に気を静めようとしたものの、実際に二人の無事な姿を自分の目で確認するまでは安心などできるものではない。辻駕籠《つじかご》を拾い、酒手をはずんで急ぎに急がせたのだが、道すがら焦りが募るばかりでどうにも気が気ではなかった。

常と変わらず息災な二人の顔を見た途端、張り詰めていた清之介の緊張の糸が緩み、満身から力が抜けるような心持ちがした。

「気遣いは有難いが、さまで心配してくれずとも……」

惣左衛門は苦笑しながら答礼した。性分だから止むをえないとは言え、清之介の泡を食った様子に少々呆れ顔である。

「この辺りには彰義隊の敗残兵は一人も姿を見せなかったぞ。三河島《みかわしま》や尾久《おぐ》の方には大勢が逃げ延びて行ったようだが」

彰義隊は旧幕臣を中心として今年（慶応《けいおう》四年）の二月に結成され、拠点を上野寛永寺《かんえいじ》に置いていた。寛永寺で謹慎中の前将軍徳川慶喜《とくがわよしのぶ》を守護することを名目としていたが、むろん真意は新政府に対する抵抗にある。彰義隊はたび重なる解散命令にも応じず、業を煮やした新政府は、昨日すなわち五月十五日の未明、遂に彰義隊に対して攻撃を開始した。彰義隊は戦闘開始当初こそ健闘したものの、アームストロング砲などを擁する官軍の兵力に圧倒され、わずか一日で潰走することになったのだった。

「この後、江戸はいかがなりましょうか」

清之介が問うと、惣左衛門は途端に渋面を作って、

「これでようやく落ち着きを取り戻すことにはなろうがな」

と、苦々しげな口調で答えた。清之介は惣左衛門の心情を容易に察することができた。今おそらく江戸の住人のほとんどが、惣左衛門と同じ思いを抱いているであろう。

江戸に進駐してきた官軍は傍若無人な振る舞いを見せ、それに反発する彰義隊との対立は抜き差しならぬものとなっていた。江戸の人々は当然彰義隊を強く支持し、彰義隊の勝利を信じ

て疑わなかったのだ。

彰義隊が壊滅したことにより、新政府に反抗する勢力は江戸から消えた。人々の生活には往時のような安寧が戻ってくるであろう。無論それ自体は歓迎すべき事態なのだが、そのことは同時に、今後江戸の町が我が物顔でのし歩く官軍の兵士たちによって完全に掌握されてしまうことをも意味していた。

「十六代様の御処遇が気掛かりでなりませぬ」

「うむ、よもや江戸を去ってしまわれることはなかろうが……」

惣左衛門の顔に浮かんだ苦悩の色がいよいよ深くなった。

まだ六歳の田安亀之助《たやすかめのすけ》が徳川宗家を相続し、十六代当主となることは既に先月新政府から認められている。しかし、石高はどれほどで領地がどこになるかについては、未だ何の沙汰もなく、旧幕臣の間には大きな不安が広がっていた。江戸の支配権を確立した新政府にとって、徳川家の存在は統治の障害にしかならない。亀之助をどこか辺境の地に追いやってしまうことも十分に考えられる。

清之介は惣左衛門の斜め後ろに黙って控えているお糸をちらりと見やった。

十五年前にペリーが来航したことを切っ掛けに、幕府は開国に踏み切った。それ以来情勢は卒然として緊迫し、桜田門外《さくらだもんがい》の変や十四代将軍家茂《いえもち》の死去と長州《ちょうしゅう》征討の敗北など重大な事件が矢継ぎ早に起きていたが、それでも江戸の幕臣たちは幕府の存在そのものが揺らぐはずはないと、どこか楽観している面があった。

ところが昨年の秋、当時の将軍徳川慶喜公が大政を朝廷に返上し、突如として幕府が消滅してしまった。寝耳に水とはまさにこのことで、安閑としていた幕臣たちもそれでようやく目を覚ました。いささか遅きに失した感は否めないのだが、この国や自分たちの行く末について日日口角泡を飛ばして論ずるようになっている。

二人がこうした政事について話をしている間、常にお糸は静かに微笑みながら見守っているだけだった。女子《おなご》の分際をよく弁《わきま》えて、したり顔で嘴《くちばし》を入れてくるような真似をすることは決してなかった。

(なぜ、かようなまでに……)

お糸は昔日と変わらぬのだろう。最近お糸と顔を合わせるたび、清之介はいつも内心そう感嘆している。

生駒屋の一件以来、清之介は自分の手に負えない難事件が出来《しゅったい》すると、毎度のようにお糸に助力を求めていた。「さすがは『八丁堀の鷹』の伜《せがれ》だ」と下手人を検挙するたび清之介の評判は高まっていったが、実を言えばその名声の多くはお糸の功績とすべきものであった。

そうして橋場に通いつめるようになって四年になるが、もう三十を越したというのにお糸は初めて出会った時と同じ美貌を保ち続けている。清之介は惣左衛門と会話している最中でも、我知らずお糸に目がいって上の空になってしまっていることがしばしばあった。

「――し方あるまい。何によらず、物事には時節や時宜というものがある。そうは思わんか、清之介」

慌てて清之介は惣左衛門に視線を戻した。

「御意にございます」

「我らがいくらここで嘆いても論じても詮ないことだ。なるようにしかなるまい」

確かに町奉行所の一同心とその隠居した老父がどのような声を上げたところで、大勢に影響は一切ない。しかし、惣左衛門の口調に投げやりな響きが多分に混じっていることに清之介は少なからず不安を覚えた。

今年の正月に鳥羽伏見《とばふしみ》の戦いで旧幕軍は一敗地にまみれ、勢いに乗った官軍が大挙して江戸に攻め込んできた。しかし、前将軍の慶喜が恭順の方針を貫いたため、勝海舟《かつかいしゅう》と西郷隆盛《さいごうたかもり》の交渉の結果、一戦も交えることなく江戸の町は官軍の支配下に入った。

ただし、それまでの統治体制や機構が直ちにすべて変更されたわけではなく、新政府は町奉行所をそのまま存続させて治安維持に利用していた。そのため清之介は禄や職を失うこともなく、とりあえず戸田家が置かれた立場に今のところ変わりはない。しかし、あまりに短兵急な情勢の変化についていけないらしい惣左衛門はここのところすっかり老け込んでしまい、気がつけば頭には白い物がだいぶ目立つようになっている。お糸の話によれば、終日ただつくねんと過ごしているだけのこともたびたびあるようだ。

なんとか惣左衛門を鼓舞したいと考えた清之介は、

「そろそろ一局いかがですか」

と、提案してみた。

「うむ、そうだな……」

ところが、普段なら二つ返事で承知と答える惣左衛門が、今日は浮かぬ表情で言葉を濁した。

そこで清之介は、あえて惣左衛門をからかうような口調で、

「三子置でいかがですか。四子でもよろしいですよ」

「ふん、馬鹿を言うな。お糸、碁の仕度をせよ」

惣左衛門は憤然とした顔つきになって、お糸に命じた。

「生意気な口をききおって。叩きのめしてくれるわ」

普段どおりに戻った惣左衛門の表情を見て内心安堵の吐息をつきつつ、清之介は碁盤の前に腰を下ろした。

＊　＊　＊

清之介が橋場を出たのは、夜四つ（午後十時頃）を過ぎてからだった。夕食まで馳走になったため、すっかり遅くなってしまったのだ。本来なら町木戸は閉められている時刻だったが、どの木戸番小屋も人気がなく、自由に通ることができた。たがの緩み切った現在の江戸を象徴する光景だった。

昼間にはいったん小降りになっていた雨が再び本降りとなっている。清之介を除けば、人通りは皆無だった。泥濘《でいねい》に難渋しながら歩を進め、ようやく江戸橋《えどばし》手前の本船町《ほんふなちょう》に差しかかった

時である。

「待て、そこの男」

不意に大声で呼び止められた。と同時に数人の男たちが暗闇の中から現れ、たちまちのうちに清之介は取り囲まれてしまった。黒い筒袖に身を包んだ官軍の兵士たちである。

「かような夜更けに胡乱《うろん》な奴だ。何者だ、名を申せ」

清之介の正面に立っている集団の頭と思しき武士が、鋭い声で誰何《すいか》してきた。市中に逃げ込んだ彰義隊の残党を探索中なのだろう、血走った目で清之介を睨み付ける。

「北町奉行所定町廻り同心、戸田清之介と申す」

返事を聞いた途端、男は嘲るように鼻で笑った。

「何だ、不浄役人か。うろちょろと遅くまでほっつき歩くでない、怪我をするぞ」

「申したな！」

一瞬にして頭に血が上った清之介は、思わず傘を投げ捨てて刀の柄に手を掛けていた。不浄役人とは、町奉行所の同心など罪人の捕縛や断罪に当たる役人のことを蔑《さげす》んで言う語である。無論隠語であって、旧幕時代には清之介らを面と向かってそう呼ぶ者など江戸の町にはただ一人としていなかった。

「おっ、抜くのか。抜けるものなら抜いてみよ」

男は清之介を小馬鹿にするような口調で挑発してきた。

「抜けるわけがあるまい。何しろ江戸の侍ときたら、大将が真っ先に戦陣から尻尾を巻いて逃げ出すような、腰抜け揃いだからな」

鳥羽伏見の戦いの際大坂城にいた徳川慶喜は自軍の敗報を聞くと卒爾《そつじ》として狼狽し、夜陰に紛れて城を密かに脱け出した。そして、大坂湾に停泊中の軍艦開陽丸《かいようまる》に乗り込むと、将兵たちを置き去りにしていち早く江戸まで逃げ帰ってしまったのだ。

清之介を取り囲む男たちも、口々に囃《はや》し立てた。

「旗本八万騎といっても、多少とも骨があったのは彰義隊の三千人だけだ」

「だが、連中とてたったの一日も持たなかった」

「まさしくトンヤレ節のとおりだな」

「どれ、一つこの不浄役人に歌って聞かせてやることとしよう」

男たちは声を揃えて、高歌放吟し始めた。

宮さん宮さんお馬の前に　ヒラヒラするのは何じゃいな
トコトンヤレ　トンヤレナ
あれは朝敵征伐せよとの　錦の御旗じゃ知らないか
トコトンヤレ　トンヤレナ

音に聞こえし　関東武士《ざむらい》　どっちへ逃げたと問うたれば
トコトンヤレ　トンヤレナ

城も気概も　城も気概も　捨てて吾妻に逃げたげな
トコトンヤレ　トンヤレナ

トンヤレ節は官軍の勇ましい進軍を称賛した歌で、「宮さん」とは東征大総督の有栖川宮熾仁《ありすがわのみやたるひと》親王のことだ。作詞は品川弥二郎《しながわやじろう》、作曲は大村益次郎《おおむらますじろう》（いずれも長州藩士）で、我が国初の軍歌と言われている。

官軍が江戸に進駐してきてからというもの、徹底抗戦を唱える彰義隊を除いて、旧幕臣たちは息が詰まるような窮屈な生活を余儀なくされていた。前将軍慶喜の赦免や田安亀之助の徳川宗家相続に支障をきたさぬよう、肩で風を切るこの新たな支配者の前ではひたすら平身低頭していなければならないからだ。加えて清之介は未だ町奉行所町廻り同心の職にあるから、率先して江戸の治安維持に努めなければならぬ立場にいる。官軍の兵士に刃向かうことなど論外である。

男たちはそのことを知ったうえで、わざと清之介を嬲《なぶ》っているのだ。清之介は拳を握り締め、血が滲《にじ》むほど唇を強く嚙んだ。

雨音の中に男たちの哄笑が高く響き渡った。

＊　＊　＊

「お帰りなさいませ」

清之介が家に帰り着いた時には間もなく暁九つ（午前零時頃）になろうとする頃だったが、加絵はすぐに玄関に出て来て三つ指をついた。

しかし、清之介は苦虫を嚙みつぶしたような顔つきをして、加絵に何の返答もしなかった。無言のまま加絵に乱暴に刀を預けると、清之介は荒い足音を立てながら廊下を奥に向かった。加絵は慌てた様子で清之介の後を小走りでついて来る。

加絵に手伝わせながら着替えをしている間も、清之介は終始口を閉ざしたままだった。官軍の兵士たちから受けた屈辱が、清之介の腸《はらわた》を煮えくり返らせていた。そんな清之介の素振りを見ても加絵は何も問いかけようとはせず、沈黙を守っている。そのため部屋の中に響くのは衣ずれや足音だけで、無言劇を演じているかのような場面がしばしの間続いた。

清之介の気分がようやく多少とも静まったのは、加絵の出した茶を二杯も飲みほした後だった。茶葉が平生と違っていることに気づくだけの余裕が清之介の心に生まれ、到来物でもあったのだろうかと加絵の方に目をやった。すると、清之介の表情の微妙な変化をすばやく見て取ったのだろう、

「お食事はいかがなさいますか？」

加絵が静かな声で尋ねてきた。それに対して清之介は短く、

「済ませてきた」

すると加絵が続けて、

「お義父様たちはお変わりありませんでしたか」

そう問うてきたが、これにも清之介は、

「ああ」

と、頷《うなず》いただけだった。それ以上言葉が交わされることはなく、室内は再び水を打ったような静寂に包まれた。

二人の間で会話が乏しいのは今日のように清之介の機嫌が悪い時に限った話ではなく、これが戸田家の日常の光景だった。だからと言って、取り立てて二人の仲が険悪というわけではない。清之介も多弁な方ではなかったが、加絵は輪をかけて口数の少ない性質で、ともに暮らし始めてからずっとこのような状況が続いているのだ。

加絵は清之介の先輩である菊池の娘で、清之介が加絵と祝言を挙げたのは昨年の二月のことだった。町奉行所に勤める与力や同心は八丁堀という半ば閉ざされた空間に集住し、固く結束している。婚姻についても、互いの子女どうしで夫婦にさせる例が多い。

この縁談は惣左衛門の主導で進められた。惣左衛門にとって菊池は元同僚であり、気心が知れているから親戚付き合いも苦にならない。年齢は清之介が二十四歳、加絵が二十歳と釣り合いがとれており、趣味も芝居好きという点で一致している。

「この上ない良縁であろう、どうだ清之介」

惣左衛門が顔を綻ばせながらそう尋ねてきた時、清之介は何ら異を唱えることなくただ黙って頷いた。もちろん、中情《ちゅうじょう》では思うところもないわけではなかった。しかし武士である以上、個人の意志や希望などは二の次でしかない。
弟の源之進が同じく北町奉行所で与力を務める橋本家《はしもと》へと養子に出ていき、それと入れ違いに加絵が戸田家に輿入れしてきた。以来一年余が過ぎ、夫婦の仲はことさら良いというわけではないが、まずまずうまく行っている方なのではないかと清之介は感じている。もっとも、世間一般と比較して夫婦の会話が相当に少ないという点については、若干気にならなくもなかった。

しかし、それが加絵の性格に起因するのであれば止むをえないことだ。また、加絵は同心の妻として非の打ち所のない働きを見せており、無口であることで別段何か支障をきたしているわけでもなかった。だから清之介はこの点についてそれ以上突きつめて考えようとはしなかったのだが、ただ一つだけ不思議に思うのは加絵は婚姻する前はもっと多弁だった点である。

加絵は父の同僚の娘であり、二家の屋敷は二十間もない距離に位置していた。当然清之介は加絵のことを幼い頃から見知っており、聡明で活発な少女という印象を持っていた。また、結納を交わした後、一度二人で市村座の顔見世興行に行ったことがある。その時の加絵は頰を紅潮させ、役者の演技や芝居の筋立てについてのべつ幕なしにしゃべり続けて清之介をいたく閉口させた。そんな加絵がなぜこれほどまでに寡黙になったのかは謎だったが、人妻となって自然に落ち着きが出てきたのだろう、何とはなしに清之介はそう解釈していた。

その時、赤子のむずかる小さな声が聞こえてきた。襖《ふすま》が開け放たれていたので、隣の間で眠る赤子の姿が目に入った。清之介は足音を忍ばせて静かに近づくと、ひざまずいてそっと赤子の顔を覗き込んだ。ぐずったのはほんの一時で、今はもう穏やかな表情ですやすやと眠っている。

惣太郎《そうたろう》が誕生したのは、つい二月前のことである。これまでのところ何の病にもかからず、乳をよく飲んですくすくと育っている。惣太郎の安らかな寝顔を目にして、清之介の心はようやく普段の平穏を取り戻した。

「惣太郎の様子に変わりはなかったか」

手ずから惣太郎のよだれを拭いてやりながら清之介がそう尋ねると、

「はい」

と、加絵はいつもどおりの短い答えを返してきた。その瞳に諦めとも悲しみともつかぬ深く暗い色が宿っていることに、加絵に背を向けたままの清之介は気づかなかった。

＊　＊　＊

「申し訳ございません」

お吉が謝罪の言葉を口にするのは、これが今日だけで三回目だった。

「音松さんを殺《あや》めたのはあたしに間違いございません。すべての咎《とが》はあたしにございます」

材木町の大番屋、通称『三四の番屋』の一室で清之介はお吉の調べに当たっていた。お吉の態度はいたって素直なもので、手を煩《わずら》わされるようなことは一切なかった。けれども、お吉の供述が進めば進むほど、逆に清之介の苛立ちは募るばかりだった。

「それは何度も聞いた。深く反省し、後悔しておることも。だが、お主は拙者の知りたいことに何も答えておらぬ。あの日音松はたまたま鶴屋に立ち寄っただけで、お主は音松とは何の面識もない。それに相違ないな」

「はい、そのとおりでございます」

「それなのに、なぜ音松を襲ったのだ」

「つい頭に血が上ってしまって……」

「それも聞いた。だから、なぜ頭に血が上ってしまったのかと尋ねておるのだ。音松との間に何か揉め事が起こったわけでもないのに」

だが、尋問がその点に及ぶと、お吉は途端に貝のように口を閉ざしてしまう。

「お主は前日の夜、たいそう派手な夫婦喧嘩をしていた。そのせいか、あの日お主は朝からすこぶる機嫌が悪かったそうだな。だが、だからと言って、見も知らぬ他人に打ちかかる理由にはなるまい」

「……」

「盆をふるっていた時、お主は『あたしだって』と繰り返し叫んでいたそうだな。いったいどういう意味だ。その喧嘩と係わりがあるのか」

「……」

清之介が問いを重ねれば重ねるほど、お吉はいよいよ唇を固く引き結び、深く俯《うつむ》くばかりだ。

清之介はお吉の華奢《きゃしゃ》なうなじに目をやった。お吉は今年で齢《よわい》四十だが、色白の瓜実顔《うりざねがお》は若い頃は多くの男たちの耳目を集めたであろう美貌の跡を十分に留めている。いかなる理由があったにせよ、白昼に一人の男の命を奪った咎人には到底見えない。

（いったい何がお吉をあのような犯行に駆り立てたのか……）

清之介の疑問と困惑は、調べが進むほどかえって増すばかりだった。

――事件は五月三日、両国の東広小路にある鶴屋という茶屋で起きた。神田相生町《あいおいちょう》に住む大工の音松と飾職の銀太《ぎんた》が鶴屋を訪れたのは、八つ過ぎのことだった。

「茶を一杯くんな」

注文を済ませて床几《しょうぎ》に腰掛けると、音松は葦簀《よしず》張りの狭い店内を見回した。

「大年増の茶汲み女しかいねえ、しけた店だな。梅屋と比べりゃ客の入りがだいぶ寂しいのも無理はねえ。だが、こっちの方が気楽に休めていいやな」

「やれやれ、てんでだらしがねえな」

銀太が音松を茶にするような口振りで、

「おりょうがそばに寄ってきただけで顔を真っ赤にして、結局一言も口をきかなかったじゃねえか」

二人は鶴屋に来る前に、隣にある梅屋という茶屋にも立ち寄っていた。梅屋にはおりょうという、浮世絵の題材に取り上げられるほどの看板娘がおり、おりょう目当てに押しかけてくる男たちで大いに繁昌している。その浮世絵を見た音松が、これほどの小町娘ならば是非一度会ってみたいものだと言い出し、銀太を誘ってわざわざ大川を越えて東両国までやって来たのだ。

「いやあ、聞くと見るとは大違い、あんな小便くせえ小娘はこっちから願い下げだ」

音松は負け惜しみを言うと、ふてくされた顔つきをしながら団扇《うちわ》でしばらくの間扇いでいたが、

「やけに暑いな。すっかり大汗をかいちまった」

「冷や汗の間違いじゃねえのか」

「いちいち半畳を入れるんじゃねえよ。もう我慢できねえ。大山参りの水垢離にゃちょっくら季節が早いが、いっちょ大川で水でも浴びてくるか」

そう言いながら音松は諸肌を脱ぐと、店を出て川辺の方に歩きかけた。

その時、やにわに背後から走り寄ってくる影があった。茶汲み女のお吉である。お吉は手にしていた盆を振り上げると、音松の後頭部を激しく殴打した。

「いったい何しやがんでえ！」

音松は振り返ると、お吉を怒鳴りつけた。しかしお吉は音松に対する攻撃を止めようとはしない。それに対して音松は両腕を上げて盆から頭部を守りはしたものの、反撃に出ようとはしなかった。あまりに突然で予想外の出来事のためあっけにとられていたのか、あるいは相手が女だから手荒な真似はできないと戸惑っていたのか。

そのまま音松はどんどん後退していった。やがて地面の上に置いてあった金魚売りの盥に躓《つまず》いて背中から転倒し、後頭部を地面に打ちつけてしまった。それほど強く当たったようには見

えなかったが、致命傷となってしまったのはよほど打ち所が悪かったからだろう。するとお吉は、憑き物が落ちて正気に返りでもしたように唐突に動きを止めた。お吉は自分が仕出かしたことの意味が理解できないのだろうか、音松の死体を見下ろしてただ呆然と立ち尽くすばかりだった――

「いったい何があったのだ。有り体に申してみよ、決して悪いようにはせぬ。慈悲の沙汰が必ずあろうぞ」

清之介はさんざん宥《なだ》めすかして口を割らせようとしたが、お吉は頑なに沈黙を守り続けるだけだった。

「清之介殿、もうよかろう」

清之介の後方に控えて尋問の様子を見守っていた舅《しゅうと》の菊池が、少しうんざりしたような口調で遮《さえぎ》った。

「お吉が下手人であることに間違いはないのだ、犯行に及んだ理由が何であるかは問題になるまい。これほどしかと当人が白状しておるのだぞ」

お吉は当初から一貫して、自分の罪を進んで認めている。拷問はもとより、自白の強要など清之介らは微塵《みじん》もしていない。

「しかも、信頼しうる第三者の目撃者もいる。ええと、名は何と言ったか――」

「露八でございます。幇間、いや一橋《ひとつばし》家家臣の」

清之介は当初、音松がお吉を威圧したり脅迫したりする言動をとり、お吉がそれに過剰に反応してしまったのではないかと考えた。音松と一緒にいた銀太は決してそんなことはなかったと証言しているが、そのまま鵜呑みにするわけにはいかない。友人である音松に有利に働くよう、銀太が偽りを申し立てていることもありうるからだ。

しかし、露八が一部始終を目撃していた。二人とは何の係わりもない露八が音松を庇うはずもない。だから、その証言は完全に信用できると考えてよいことになる。

ところがその露八に関して、いささか困った事態が生じていた。現在、露八が行方不明になっているのだ。露八の本名は土肥庄次郎、一橋家近習番頭取土肥半蔵《はんぞう》の長男であり、官軍との決戦が迫る中で武士の姿に戻って彰義隊に加わった。噂によれば、露八は上野から落ち延びて、現在は吉原に潜んでいるらしい。

「されど、いざお裁きという段になってお吉が『音松から卑猥な言葉をかけられてにわかに恐ろしくなり』などと前言を翻《ひるがえ》す恐れがなきにしもあらず。口書きは取ってあるものの、行方知れずの露八にお白洲で再度証言させることは最早望めません。とすれば、細部に至るまでゆるがせにはできませぬ」

「確かに幾分腑に落ちぬところもあるが、前日に亭主と激しい喧嘩をしていたというではないか。大方その鬱憤《うつぷん》を腹にため込んで、むしゃくしゃした気分でいたのであろう」

お吉は町火消『に組』の組頭、権六《ごんろく》の女房である。お吉は生来激しやすく、些細なことでもすぐに立腹して分別を失ってしまう鉄火肌であった。そのため、権六とお吉にとって夫婦喧嘩は事件の前夜に限ったことではなく、むしろ日常茶飯事とすら言えるほどだった。昨年の暮な

ど、喧嘩があまりに度を越していたので大家が仲裁に入ったのだが、

「余計な口をはさむんじゃないよ！」

と、怒りの声を上げながらお吉が鉄瓶を大家の顔めがけて投げつけ、避けようとした大家の指を骨折させてしまったこともあったという。

そんなお吉の直情径行の気性からすれば、今回のこともむべなるかなと頷けるところではある。だが、前夜の夫婦喧嘩が原因だとするなら、お吉が憤懣《ふんまん》の矛先を向けるべきは夫の権六だ。

「なぜ見も知らぬ音松を手に掛けたのか、合点がいきませぬ」

「お主の考え過ぎであろう。女子は理屈で物を考えることができんから、その場の感情で行動するだけなのだ。それをいちいち得心しようとすることなど、まったくもって無理な注文だ」

菊池は苦笑いを浮かべながら、

「久《ひさ》もそうだ、今日は機嫌が良さそうだなと油断していると、いきなり理由もなくへそを曲げて怒り出す。まことに始末が悪い」

久とは菊池の妻、清之介の姑《しゅうとめ》のことである。舅の言うとおり、確かに女性の思考の脈絡がどうつながっているのか男性には理解しがたいように清之介にも思える。妻の加絵がいい例だ。加絵は母親の久と異なり大きな感情の起伏を示すことは決してないが、それだけに心底ではいったい何を考えているのだろうと首を捻らざるをえない時がある。

そして、清之介がここまでお吉の動機にこだわる理由も、実のところ加絵に係わりがあった。お吉は音松を襲っている間「あたしだって」と何度も叫んでいたというが、清之介はそれと同

じ言葉を加絵が口にするのを耳にしたことがあるのだ。

あれは昨夏の土用の頃だった。暑気見舞いの新芋を携えて橋場を訪ねた際、父やお糸との対局に熱が入り過ぎて、帰宅が夜四つを回ってしまったことがあった。その時、加絵が清之介の着替えを手伝いながら、ぽつりと漏らしたのだ。「私とて」と。

その言葉は無意識のうちに加絵の口を突いて出たようで、怪訝《けげん》に思った清之介が耳を傾けていると、加絵はその言葉を幾度も繰り返し呟いた。そして、やがてうたた寝から不意に目覚めた時のような驚きの表情を見せると、

「つまらぬことを申しました。ご放心下さいませ」

と、珍しく狼狽した口調で言いながら目を伏せた。

その時は清之介の注意をそれ以上引くことはなかったが、翌日になって思い返してみると、昨夜の加絵の表情は常にない思いつめたようなものだった。「私とて」という言葉はいったいどういう意味だったのだろう。

「昨夜は、碁の手ほどきをしてほしいと申したのか」

どうにも気に掛かった清之介は、加絵に問うてみた。囲碁の心得のない加絵が、清之介が惣左衛門夫妻とだけ対局に興じていることを快く思わず、自分も囲碁を打ってみたいのにと不満を漏らしたのかと考えたのだ。

「いえ」

しかし、加絵は硬い口調で短い否定の一言を返しただけだった。

た。

「いや、しかし――」

「何でもございませぬ」

加絵は能面のような表情を崩さぬまま、それ以上口を開こうとはしなかった。取り付く島もなく会話はそこで途切れ、このささやかな出来事はすぐに清之介の念頭から消え去ってしまった。

しかし、後になって思い起こすと、あの時の加絵の顔つきはやはり尋常ではなかった。また、どのような感情であれ、加絵がそれを表に出すこと自体が異例である。加絵は強く打ち消していたが、あの晩の加絵の言葉は何か重大な意味を持っていたのではないか。

だが、ただその疑問を加絵にぶつけただけでは、何の回答も得られないであろう。それは加絵の頑なな態度から明白だ。そこで清之介は、お吉の動機を解明することによって、同じ台詞《せりふ》を呟いた加絵の真意に迫れるかもしれないと考えたのだ。

「ともかくも一両日中に始末をつけ、すみやかに小伝馬町《こでんまちょう》の牢屋敷に送るのだ。良いな」

通常の職務に加えて、官軍の行う彰義隊の残党狩りに不本意ながらも協力しなければならず、町奉行所は多忙を極めている。確かに人一人の命が失われてはいるが、治安の悪化した昨今の江戸では人殺しなどさして珍しいことではなくなってしまっている。菊池の顔には、こんな瑣《さ》末《まつ》な事件に係わっている暇などないという焦燥がありありと浮かんでいた。

「承知致しました」

呟くような声で返事をしながら、清之介は小さく首を縦に振った。

しやがって」

＊　＊　＊

「まったく赤っ恥もいいところだ。『に組』の纏《まとい》に泥を塗るようなとんでもねえ真似を仕出かしやがって」

開口一番に権六が発した言葉は、少なからず清之介を驚かせた。その日の午後、清之介は米《よね》沢町《ざわちょう》にあるお吉の自宅を訪れたのだが、権六は顔を合わせるなり、吐き捨てるような口調でそうお吉を罵倒したのだった。

続いて権六は清之介にねめつけるような視線を投げかけながら、

「お吉はすっかり白状してるっていうのに、いったい何を今さらお調べになるんですか」

「少々不審の儀があってな」

「不審？　お吉のやつがやらかしたことに間違いはないんでしょう？」

権六は四百人近い人足を擁する『に組』の組頭を、もう二十年以上も務めている。五尺に満たず鳶《とび》としては短軀だが、二十歳も年若の清之介など歯牙にもかけぬとでもいうような威厳を総身から発していた。

「いや、それは確かにそのとおりなのだが……事件の前の晩に、お主とお吉はだいぶ派手な立ち回りを演じたと聞いたが」

「いや、立ち回りなんて大袈裟でさあ。まあ、少しばかり口喧嘩はしやしたがね」

「原因は？」

「何もありゃしやせん。藪から棒にお吉が癇癪《かんしゃく》を起こしやがって、それを止めようとしてちょっとした言い合いになっただけのことです。珍しいことじゃありやせん」

煙管《きせる》をふかしながら、権六は露骨に面倒くさそうな口調で答えた。とりあえず清之介に丁寧な言葉遣いをしているのは、町奉行所の威光や武士に対する畏敬が多少なりとも残っているからだろう。しかし幕府が健在の頃であれば、一介の町火消が町奉行所の同心の前で許しも得ずに喫煙するなど到底考えられないことだった。

「何もないということはなかろう」

「いえ、本当にこれと言った理由はありゃしません。ただあっしが鶴屋の最近の様子を知りたくて『おりょうとかいう娘のいる梅屋はえらく繁昌してるらしいな。鶴屋はどんな塩梅《あんばい》だ』と訊いたら、『どうせあたしじゃ客寄せにはなりゃしないって言いたいんだろ』なんてわけのわからないことを大声で喚き出しやしてね」

「お吉はもともとが荒い気性だったらしいな」

「ええ、頗る《すこぶ》付きのね。それに加えて、半年くらい前から血の道ってやつですか、いつもいらいらして周りに当たり散らすことが続くようになりやして、それでいくらかでも気散じになればと、外で働きたいっていうお吉の望みを叶えてやることにしたんでさ」

「鶴屋での勤めは、お吉が言い出したことだったのか」

町火消の組頭ともなれば、大店《おおだな》からの付け届けなどで内証は相当に裕福だ。そのことは、権六が着ている衣服や部屋の中の調度品を見ればすぐにわかる。本来であれば、お吉が水茶屋で働いて小金を稼がなければならぬ必要などないはずである。

「ええ。おとなしく町家の女房でいなけりゃならないのが退屈になったんでしょう。それとも、男たちからちやほやされてた昔のことが忘れられなかったのか」

お吉は其《そ》れ者上《しやあが》りで、権六の女房に納まる前は柳橋《やなぎばし》で芸者を務めていた。柳橋でも五本の指に入ると謳《うた》われ、お吉が二十一の時に酒問屋の跡取り息子との熾烈な争いを制して権六が落籍したのだった。

「普通ならお吉のような大年増が勤められる水茶屋なんてあるわきゃないんですが、鶴屋は仕事柄付き合いのある寄席の主人が株を持ってる店でしてね、頼み込んで雇ってもらったんですよ。お吉は最初のうちは喜び勇んで家を飛び出して行きやしたが」

嘲笑するように権六は唇を歪めた。

「店は閑古鳥が鳴きっ放しの有様らしく、最近じゃ毎日意気消沈して帰ってきていやした。そりゃあ、四十女を目当てにやって来る客なんているはずがない。だからあれほど身の程を知れって言ったのに」

権六はお吉に対して辛辣《しんらつ》な言葉を連ねた。たとえ夫婦仲が特段悪くはなくとも、新婚当時と同じ気持ちを古女房に持ち続けることなどできない。権六の本音はそんなところだろう。世の亭主たちの誰もが同様の思いを心中に隠しているのかもしれないが、権六は考えたことをずけずけと口に出してしまう性分のようだ。

とは言え、さすがにお吉をあっさりと突き放す権六の態度は若干冷淡に過ぎるように思われた。清之介はお吉に対する同情の念を抱かずにはいられなかったが、同時に権六のそんな振舞いを見て一つの推論が閃いた。

「お主は外に囲っている女でもおるのか？　『を組』の新門辰五郎《しんもんたつごろう》などはだいぶお盛んのようだが」

古女房に飽きた権六は若い妾《めかけ》を持つことにした。そして、それが半年ほど前からのお吉の不機嫌、ひいては今回の一件の遠因となったのではないか、清之介はそう考えたのだ。

「いえいえ、五十の坂を越してからあっちの方はとんと」

権六の返答は清之介の期待を裏切った。しかし、清之介はさらにもう一つ別の推測を思いついていた。

「では、逆にお吉はどうだ？」

「どうだ、とはどういう意味で？」

煙管の雁首を灰吹きに打ちつけると、権六は低い声で尋ねた。

「いや、その、つまりだな、現在お吉が不義を働いているなどと言うつもりはない。しかし、過去はどうであったろう。音松との間には何の係わりもなかったというが、お吉が柳橋に勤めていた時に関係があった、そしてあの日たまさか再会してしまったということはありうるのではないか。お主とて、お吉の過去の男出入りをすべて承知しているわけではあるまい」

「そりゃ旦那の仰るとおりですがね」

権六は清之介を小馬鹿にするような口振りで、

「もしそうだとすると、お吉は十一、二歳のガキを情夫《いろ》にしてたってことになっちまいやすぜ」

音松は三十一だから、二人の年齢差を考えれば確かにそうなる。清之介は返す言葉が見つからなかった。しばし沈黙した後、ようやく別の問いを口にした。

「お吉は敵持《かたき》ちだったということは考えられぬか」

お吉が凶行に及んだのは、音松が帷子を脱いで諸肌になった途端だった。音松の背には般若《はんにゃ》の顔を描いた刺青《いれずみ》が大きく彫られていた。実のところ音松は、長年お吉が探し続けた親の敵だった。般若の刺青がその目印となっており、とうとう見つけたとお吉は我を忘れて――

「そんな講談みたいなお話が実際にあるわきゃないでしょう」

権六は清之介の思いつきを鼻で笑った。

「お吉の両親は秩父《ちちぶ》で紙漉《かみす》きをしていて、だいぶ耄碌《もうろく》したとは言え二人ともまだぴんぴんしておりやすよ」

それからほどなくして清之介は権六の家を辞したが、権六は見送りに立とうとさえしなかった。

＊　＊　＊

十九日、突然一片の通達が新政府から両町奉行所に下された。まさに驚天動地というべき事態に、両町奉行所は蜂の巣を突いたような大騒ぎとなった。

通達の内容は、勘定奉行・寺社奉行とともに両町奉行所を廃止して新たに鎮台府《ちんだいふ》を設置し、明日二十日をもって両町奉行所の建物や書類等の一切合財を鎮台府に譲渡せよとの命令だった。江戸の治安維持のためにとりあえず町奉行所を存続させてきたが、彰義隊を討滅できた今となってはもう用済みということなのだろう。

誰もがひどく青ざめた顔をして、口々に危惧や不安を訴えた。引き続き鎮台府で同等の職が保障されるのだろうか。これまでどおりの家禄は維持されるのだろうか。今住んでいる八丁堀組屋敷は明け渡さなければならないのだろうか。しかし、長である町奉行を含めて、確かな答えを知っている者など一人としていなかった。

清之介は悄然と肩を落として家路についたが、鉛で出来た足駄を履いているかのように足取りは重かった。ところが、清之介からこの凶報を聞かされても、加絵は意外なほど驚いた素振りを見せなかった。一瞬目を大きく見張ったものの、

「さようですか」

と、一言呟くように言っただけだった。なぜそれほど冷静でいられるのだろうかと、清之介は訝《いぶか》った。事の重大さが理解できないのか、それとも重大過ぎて何の思案も浮かばないのか。

だが、いずれにせよ今はそのような些事にかかずらっている場合ではない。

「橋場に行ってくるぞ」

できるものなら、このところ塞ぎがちな惣左衛門の耳に入れたくはない。しかし、このようなお家の一大事をいつまでも伏せておくわけにはいかないし、今後の身の振り方についても相談しなければならない。清之介は降りしきる雨の町に飛び出した。

連日の雨によりまるで沼のように泥濘《ぬかる》んだ道を急ぎに急ぎ、山谷堀を越えて浅草今戸町《あさくさいまどちよう》に差しかかった時だった。

「お止め下さい」

暗闇の中から、若い女の声が聞こえてきた。切迫した響きを帯びている。清之介がその方向に提灯《ちょうちん》を振り向けると、三人の男たちが一人の町娘を取り囲んでいる光景が浮かび上がった。錦切れを肩につけた官軍の兵士たちだ。

「無体な真似はよせ」

そう声を上げながら清之介は走り寄ると、娘と男たちの間に割って入った。

「何だ、お主は。邪魔立てするな」

「ただちょっと一杯付き合ってもらうだけだ」

男たちは皆、したたかに酔っている様子だった。

「お主らはどこの家中の者だ」

清之介が問うと、男の一人が肩をそびやかせながら、

「彦根《ひこね》だ」

「井伊《いい》家か。権現様以来累代格別の御恩顧を賜りながら、あっさりと新政府に下った裏切り者

め」

「何を言うか。先代の殿が亡くなられた際に幕府から受けた仕打ちは忘れぬぞ」

彦根藩は大政奉還後いち早く新政府支持に回り、鳥羽伏見の戦いでも旧幕府軍に敵対していた。彦根藩を新政府側に走らせた一因には、同藩に対する幕府の過酷な処分があったと言われている。大老井伊直弼《なおすけ》が桜田門外の変で暗殺された後、幕府は日米修好通商条約の調印が違勅であることなど直弼の失政を咎めて、彦根藩を十万石も減封していたのだ。

「言い訳は無用だ。ただ長いものに巻かれただけであろう。恥を知れ」

こいつらのせいで、父の惣左衛門が、いや幾代にもわたって戸田家の当主が生涯を捧げて守り続けた町奉行所がなくなってしまうのだ。溢れ出す激情が清之介から自制心を奪っていた。

清之介の罵倒を聞いた男たちは途端に顔色を変え、

「天朝に対して何たる不敬」

「成敗してくれようぞ」

と口々に叫びながら、一斉に抜刀した。

一対三と、数の上では清之介に断然不利な状況である。しかし清之介は、多忙のため最近は稽古を怠ってはいるものの、剣の腕前には少なからず自信を持っていた。酔いのために男たちの動きが緩慢《かんまん》で足元も覚束《おぼつか》ないことをすばやく見てとると、大音声とともに前方に突進していった。

男たちには官軍の天下となった現在の江戸で刃向かってくる者などよもやいまいという油断

もあったのだろう、機先を制することに成功した清之介はたちまちのうちに二人を打ち倒していた。

「お主も怪我をしたくなかったら、尻尾を巻いて逃げる方が賢明だぞ」

呻きながらうずくまる二人の男を横目で見ながら、清之介は残る一人に警告した。峰打ちだったが、二人とも腕の骨が折れているはずだ。

しかし、その時三人目の男が懐から取り出したものを目にして、清之介は全身が凍りついた。男が手にしていたのは黒光りする拳銃だった。

「くたばれ！」

男は叫びながら、引き金を引いた。拳銃が轟音とともに火を吹くのと同時に、清之介の腹部に火箸を押し付けられたような熱い痛みが走った。次の瞬間、清之介はどうと地に倒れ伏していた。

＊　＊　＊

小糠雨《こぬかあめ》が霏々《ひひ》として降り続いている。清之介が惣左衛門の家にようやくたどり着いた時には、既に夜四つ（午後十時頃）を過ぎていた。

「……！」

清之介の姿を目にしたお糸は息を呑んだ。清之介の顔は紙のように白く、脇腹の辺りは真っ赤に染まっていた。いつも沈着冷静なお糸だが、この時ばかりはさすがに顔を青ざめさせている。

銃弾が発射された時、清之介は咄嗟《とっさ》に身をかわそうとした。その際、泥濘に足を取られて前に大きくのめってしまったのだが、それがかえって幸いした。銃弾は脇腹をわずかにかすめただけで、致命傷とはならずに済んだのだ。

しかし清之介は手足にまるきり力が入らず、何も身動きが取れなくなっていた。その時さらに襲撃を受ければ最早万事休すであったが、幸い近くにあった自身番に番人が詰めており、銃声を耳にして駆けつけてくれた。江戸市中で無闇に発砲した咎を受けることを恐れたのだろう、彦根藩士たちはすぐにその場から逃げ去ったので、清之介は九死に一生を得たのだった。

肩を貸すというお糸の申し出を断り、何とか自力で客間まで進んだものの、それが限界だった。清之介は崩れるようにへたり込み、無様に両手を畳についた。

「お手当をいたします。お召し物をお脱ぎ下さい」

お糸が膝を進めてきて、清之介の袂《たもと》に手を掛けた。清之介は思わず身を引きながら、

「いえ、大丈夫です。お気遣いなく」

と、慌てて首を横に振った。

傷を負った清之介は番人に抱えられ、いったん自身番にかつぎ込まれた。自身番に備えつけてあった白龍膏《はくりゅうこう》を塗り、横になって休んでいると幸い四半刻ほどで出血は止まった。

橋場は浅草今戸町からは目と鼻の先だ。この程度の痛みであれば我慢できるだろう、そう考

えて清之介は自身番を発ったのだが、たちまち甘過ぎた判断を後悔させられる羽目になった。一歩足を踏み出すごとに脇腹に激痛が走り、満身が脂汗で汗みずくとなった。傷口が開いてしまったらしく、再び出血も始まった。蹌踉《そうろう》としてよろぼい、最後は半ば這いずっているような体たらくだった。

「手当は番屋で済ませてありますゆえ、ご安心下さいますよう」

清之介は重ねてお糸の申し出を拒絶した。たとえ治療のためであっても、お糸の前で着物を脱いで肌を晒すことは避けたかった。全身が汗や泥で汚れきり、出血と混じって異臭を放っている。また、腹がたるんでいるというほどの年齢ではまだないが、このところ剣術の稽古から遠ざかった肉体は十分に引き締まっているとは言いがたい。

しかし、お糸は頑として譲らなかった。

「手当と言っても塗り薬程度でございましょう。生兵法は大怪我のもとと申します。医術の心得がないわけでもございませんので、是非お見せ下さいませ」

そう言いながら実力行使に出たお糸に対して、

「さような心遣いは御無用に……」

口の中でもごもごと清之介は抗議の言葉を呟いたが、すぐに抵抗するのを止めた。何にせよお糸と論議になって、所詮清之介が勝てる見込みはない。

「縫い合わせる必要まではないようでございますね」

お糸は湯冷ましで傷口を丁寧に洗い、手際よく晒《さらし》を巻いていく。清之介は尋常ならざる緊張感から総身が硬直し、身動き一つできなかった。しかし、不思議と傷の痛みを感じることはなく、むしろお糸の指が己の体に触れるたびに何とも形容しがたい感情が心の内を走るのだった。

「とりあえずこれでよろしいでしょう」

手当が終わるまで四半刻ほどかかった。お糸がようやく清之介から離れた時、清之介は大きな安堵と落胆を同時に覚えた。

「父上はもうお休みでしょうか」

ともあれようやく本題に入れる状況になり、清之介はお糸に尋ねた。

「胃の腑が痛むとのことで今朝から臥せっておられます」

そんな時に町奉行所が消滅してしまうなどと知らせるわけにはいかない。落胆のあまり、惣左衛門の病状はますます悪化してしまうことだろう。そこで清之介は、まずはお糸に事の次第を伝えることにした。お糸に心構えをさせるため、

「容易ならざる儀が出来いたしました。なにとぞお気を確かに持たれますように」

と前置きをしてから、清之介は話し始めた。ところが、お糸の驚きやいかばかりかという清之介の予想とは裏腹に、お糸は静かに耳を傾けているばかりで、眉一つ動かさなかった。

「止むをえませんね」

戸惑いを覚えながらも清之介が語り終えると、お糸はそう小さな溜め息をつきながら一言呟いたが、あとは目を伏せたまま沈黙を続けている。お糸がなまなかのことで取り乱すような性格ではないことは承知しているが、それにしても解せない反応だった。

加絵もそうだったが、これほどの凶報を聞いてなぜ平静でいられるのかが清之介には何とも理解しがたい。畢竟《ひっきょう》女子という生き物は日常の小事にしか気を配ることができないから、戸田家存亡の機に臨んで怯え立ち竦《すく》み、思考が停止してしまったのだろうか。

「お伝えしなければならないことがございます」

やがてお糸が顔を上げて形を改めると、落ち着いた口調で清之介に告げた。

「かような非常時にまことに心苦しいのですが、近く旦那様と私は参州《さんしゅう》岡崎に移り住むことに決めました」

「何ですって？　どうしてまた急に？」

お糸の思いもよらぬ言葉に、清之介は仰天した。町奉行所の廃止同様、これもまた驚天動地と呼ぶより他ない。

「彰義隊がいなくなっても江戸の町はまだまだ落ち着きを取り戻してはおらず、最近あまり具合の優れない旦那様に心安くお過ごしいただくには不向きです。また、かの地は気候が江戸よりも温暖ですから、旦那様の養生に適しております」

「それにしても、なぜ岡崎のような遠方まで行かねばならぬのですか」

「岡崎が戸田家の本貫の地であることに加え、以前私の父は岡崎藩に藩儒としてお仕えしておりました。岡崎には知己の方が多くお住まいで、ご助力をいただける運びとなっております」

岡崎は江戸から八十里近くも離れており、当分の間会うことはできなくなるだろう。いや、今節の情勢を考えれば、ことによると永遠の別れになってしまうこともありうる。清之介は一瞬も躊躇《ちゅうちょ》することなく、その場で即断していた。

「私も岡崎に参ります」

今後新政府が江戸の町を思いのままに牛耳り、自分たち旧幕臣は連中の前にひれ伏して生きていかなければならない。そんな屈辱は真っ平御免だし、お糸らもいなくなってしまうのだから、江戸に留まらねばならぬ理由は何もない。

「是非ともお供仕《つかまつ》りたいと存じます」

「なりませぬ」

間髪を容れず、お糸は清之介の申し出を拒絶した。

「清之介様は江戸にお残り下さいませ」

「な、なぜでございますか」

清之介の声が裏返った。

「人は今いるその場所で最善を尽くすより他ありません。以前清之介様に、そう申し上げたことがございましたね」

決然とした口調でお糸は答えた。

「清之介様は江戸を離れてはなりません。これからの時代を担う清之介様には、ここ江戸でなすべきこと、なさねばならぬことが数多あるはずです」

「私には戸田家の嫡男としてお二人をお守りする義務が――」

「清之介様が守るべきは私どもではございません。清之介様には、加絵様とまだ幼い惣太郎殿がいらっしゃいます。私どものことはどうぞ御放念下さいますよう」

「……」

お糸は真一文字に口を引き結んでいる。かつて目にしたことのないその硬い表情に、清之介は話の接ぎ穂を失った。

＊　＊　＊

あの彦根藩士らに再度遭遇してしまうことはなかろうが、それでなくとも今の江戸市中を夜間に通行するのは避けた方が無難だ。脇腹にまだ痛みが残っていることもあるので、清之介は夜が明けるまで橋場で休息し、吉原からの朝帰りの客に交じり猪牙舟《ちょきぶね》に乗って家路についた。

明け方から再び雨風が強まり、猪牙舟は激しく揺れている。いつしか清之介は、自身が猪牙舟を、それも大海にぽつんと一艘だけ浮かんで荒波にもまれている猪牙舟を漕いでいるような気分になっていた。

清之介は十五歳の時から無足見習として勤めを始めた。己には同心としての才覚がないと思い悩んだ時期もあったが、それでも浮世を渡っていくのにさして困難はなかった。幕府という堅牢な大船に乗って、父夫妻、とりわけお糸の助けを借りて流れに身を任せていさえすればそれで済んだ。

しかし、その大船はあえなく沈没してしまい、ほどなくお糸もはるか三河へと旅立ってしまう。今や清之介は何にも誰にもすがることができない。いったいどこにどうやって進んでいけば良いのだろう。

清之介の心は千々に乱れ、前途に何の光明も見いだせぬまま、八丁堀の自邸に戻った。清之介を迎えに出てきた加絵の目は真っ赤になっていた。一晩中まんじりともせず清之介の帰りを待ち続けていたのだろう。

「いかがなさいました」

清之介の表情を見て何か異変があったことにすぐに気づいたのだろう、加絵が気遣わしげな口調で尋ねた。

「大事ない。官軍の連中に拳銃で撃たれのだ。夜明けまで橋場で休んでいたので、帰りが遅くなった」

加絵と会話するのが億劫《おっくう》だったので、清之介は説明を大幅に省略した。

「御無事で何よりでございましたが、お怪我をなさったのでは」

憂い顔の加絵は、なおも問いを重ねてくる。

「お手当はいかがいたしましょうか」

清之介は一瞬返答に迷ったが、黙っているわけにもいかない。

「橋場でしてもらった。心配は無用だ」

清之介の答えを聞いた加絵は、ほんの瞬時ではあるが眉根を寄せた。後ろめたさを覚えた清之介は話題をこの件から変えるため、

「早く盥を持ってきてくれぬか。足を洗いたい。泥濘がひどくて難渋した」

と、加絵を急かすように命じた。加絵は無言のまま頷くと、廊下の奥に消えた。

着替えを済ませ、加絵の差し出した茶を一服してようやく人心地のついた清之介は、父夫婦の意向を加絵に伝えた。

「父たちは岡崎に移り住むつもりだそうだ」

「まあ、ずいぶんと遠方に」

さほど驚きの色も見せずに加絵はそう言うと、俯いて何事か考え込み始めた。二人の間には深い沈黙が落ちた。家の中は常のとおり静まり返り、聞こえてくる物音と言えば隣の間で眠る惣太郎の寝息だけだった。

父夫婦について岡崎へ移転したいと言ったら、加絵は賛同してくれるだろうか。その時清之介は、にわかにそう思いついた。もし加絵も反対しないのであれば、夫婦揃って希望していることを理由にして父に直接お供を申し出てみたらどうだろう。お糸には断られたが、父が首を縦に振りさえすれば——

加絵の意志を確かめようと口を開きかけた時、加絵が唐突に問いかけてきた。

「今お調べになっておられるのは、東両国の茶屋で起きた一件でございましょうか」

「それがどうした」

「昨日はそのことについてお義母様とご相談なさってきたのですか」

「いや、しておらぬが……なぜ、さようなことを訊く？」

そろそろお糸に相談を持ちかけてみようと考えてはいたが、昨夜はとてもそれどころではなかった。

「では、私にお話し下さいませんか」

「いったい出し抜けに何だ。今そんな話をしている暇はない」

「是非にお願い申し上げます」

加絵は強い口調で迫ってくる。

「妻だからと言って、お勤めで知ったことをぺらぺらと漏らすことなどできぬ」

「お義母様には普段から幾度もお話をなさっていらっしゃるのではないですか。それなのに、妻である私にはしゃべることができぬと仰《おお》せですか」

思いもかけぬ反論だった。いかなる形であっても加絵に口答えされたことなどこれまで絶無だったので、清之介はひどく当惑した。

断じて有無は言わせまい、加絵の表情からはそんな強烈な意志が見てとれた。その迫力に押され、清之介は我知らず口を開いていた。吉原から脱け出してきたお糸に詰め寄られて、惣左衛門が丸屋で起きた一件をお糸に語らざるをえなかったように。

四半刻近くにも及ぶ清之介の話を聞き終えた加絵は頷きながら、

「そのお吉とやらが凶行に及んだ理由が、私にはわかる気がいたします」

「お主に吟味の何がわかるというのだ」

加絵は町奉行所定町廻り同心の娘であり、また妻でもある。しかし、実際の吟味に携わった経験など無論一度もない。

「確かにお調べの実態については存じません。しかし、同じ女子としてお吉の思いは手に取るようにわかります」

「では、犯行の理由が何なのか申してみよ」

「音松が水浴びをしようとして帷子を脱いだからです」

「……？」

なぜそんなことが音松を襲う理由になるのだろうか。

「その時、お吉は自分が殿方から女として見られることは最早ないのだということを思い知らされたのです。これが、お吉が旦那様にどうしても明かさなかった『つい頭に血が上ってしまっ』た理由です。もちろん、あまりに短慮で浅はかな行為であり、さような言い分を認めるわけにはまいりませんが」

加絵の言わんとすることが皆目わからない。清之介が首を傾げていると、加絵は嚙んで含めるように、

「女子としての容色が加齢とともに衰えてしまうことは、誰でも避けられません。にもかかわらず夫の権六はお吉に対し、そのことを咎めでもするかのような発言を普段から繰り返していました。自分を落籍してくれた時の権六の熱意を思い返すにつけ、お吉はやり切れない思いが募ったことでしょう」

確かにお吉を評する権六の言葉は、清之介の耳にもしごく冷淡に響いた。

「しかし程度の差こそあれ、古女房を持った世の亭主たちは皆、そうした発言を一度や二度はするものではないのか。しかも、それは言葉の上だけのことで、権六は浮気などお吉を裏切るような真似は何もしていなかったのだぞ」

「だからこそ、逆にお吉の苦しみは大きかったのです。妾がいてくれれば、権六の心が自分から離れてしまった原因は自分の容色の衰えではなく、妾のせいなのだと思い込むことができますから」

事件前夜にも梅屋のおりょうを引き合いに出した権六の問いがもとで、二人は大喧嘩をしていた。そして、翌日鶴屋を訪れた音松もまさに権六と同様の発言をしたのだ。

「音松は店を訪れるや否や、おりょうのいる梅屋と引比べて『大年増の茶汲み女しかいねえ、しけた店だ』と言い放ちました。さらに続いて、お吉のことを女性とは見なさないと言わんばかりの行動をとりました」

「その行動とやらが褌一つになったことだというのか。ただ大川に入ろうとしただけだ。着ているものを脱ぐのは当たり前のことであろう。深読みのし過ぎだ」

「そうでしょうか。もし目の前にいたのがおりょうだとしても、音松は同じ行動をとったでしょうか」

加絵の指摘に清之介は息を呑んだ。自分が昨晩お糸に傷を手当してもらった時のことを思い起こしたのだ。清之介はお糸に己の肌を見せることを確かに躊躇した。その理由は改めて考えてみるまでもない。

音松にとってのおりょうは、清之介にとってのお糸と同様の存在である。実物のおりょうを目にした時、音松は口もきけなくなるほど緊張していた。もしそばにいたのがおりょうであったなら、羞恥心のために音松は帷子を脱ぐことなど思いも寄らなかっただろう。あの日音松が裸体を晒すことを躊躇しなかったのは、そこが鶴屋だったからだ。その場にいた茶汲み女がお吉だったからだ。音松にとってお吉は路傍の石と同様の存在であり、お吉からの視線など一顧だにする必要がなかったのだ。

「お主の言うことには一理ある。しかし、そのことがお吉を犯行に駆り立てた原因だと考えるのは早計に過ぎるのではないか」

加絵の主張の一部を認めながらも、清之介は反論した。

「容色の衰えだの、女として見られないことの苦しみだのとお主は頻りに言うが、現実にお吉はもう四十を過ぎた大年増も大年増なのだ。そもそも女も何もなかろう。果たしてそんなことで悩んだり不満を持ったりするものだろうか」

「嫁入り前の娘であろうと還暦を迎える老婆であろうと、同じことです。女は――」

「……」

ひたと加絵は清之介に瞳を据えた。

「女は一生、死ぬまで女でございます」

「そして、私も女の一人です。ですから私にはそのお吉という女の気持ちがよくわかります。女として見られないことのつらさが」

「お主はまだ二十一の年増盛だ。女として見られないことなどあるまい」

「年齢など関係ないのです。現に旦那様は私のことを女として見て下さったことが一度でもございますか。私を女として愛慕して下さったことが一度でもございますか」

加絵の言葉は過《あやま》たず清之介の心の正鵠を射ていた。しかし清之介は、

「良いか。武家にとって、婚姻というものは御家の存続のためになされるものなのだ」

と、はるか昔にどこかで聞いたような台詞だと思いながら反論した。

「武士は町人のように惚れた腫れたなどと下世話なことを――」

「私はさようなお答えを聞きたいわけではございません。私は存じております。婚儀を挙げて以来今日にいたるまで、旦那様の心の中には私ではない女性がずっといるということを」

「たわけが。いったい、何を……」

清之介の声は弱々しく、尻つぼみになっていった。

「私は旦那様の妻です。旦那様と生涯添い遂げると天地神明に誓った妻なのです。その方と同じように、いえ半分でも結構ですから、旦那様の御心を私に向けていただけませんでしょうか」

夫婦としてともに暮らし始めて以来、加絵がこれほどまでに感情を露わにしたことは一度もなかった。まさに今、加絵は固く閉ざしていた心を開き――いや、違う。清之介が閉ざさせていたのだ――自分の真情を初めて清之介に披瀝《ひれき》しているのだ。

(そういうことだったのか)

お吉の「あたしだって」、そして加絵の「私とて」という言葉の意味を、清之介は今ようやく理解した。二人は心底から懸命に訴えていたのだ。自分だって一人の女だ、と。自分のことも女として扱い、そして慈しんでほしいのだ、と。

しかし、加絵の突然の告白に清之介はただ戸惑うばかりだった。加絵が何を言わんとしているかはわかっても、その思いに応える術《すべ》を今の清之介は持ち合わせていない。

「確かにお主は拙者の妻だ。しかし、その前に戸田家の嫁であるということを忘れておらぬか」

己の卑劣さを自覚しながらも、清之介はそう抗弁した。

「嫁の役割とは、何をおいてもまずお家のために子をなして――」

「跡継ぎの惣太郎を産めば、私はお役御免ということなのですか。私という存在は、戸田家を存続させることにしか意味がないのですか」

加絵は清之介の当座逃れを一蹴した。

「しかも、その戸田家の存立も今や風前の灯火です。数百年にわたり戸田家を庇護して下さった公方様は最早いらっしゃいません。そして、かろうじて残されていた御番所も明日になれば消えてしまうのです」

(さようなことは言われずともわかっておる)

清之介は胸臆で慨嘆した。

(だが、いったいどうすれば良いと言うのだ)

加絵の唐突な吐露は、清之介を十分に困惑させていた。にもかかわらず、さらに戸田家が直面している喫緊の問題を直言され、清之介は途方に暮れざるをえなかった。

旧幕臣にとって、新政府が牛耳を執るこれからの世の中はただでさえ苦難に満ちたものにならざるをえない。それなのに、今や清之介が人生を送るうえで頼みとしてきたすべてが失われようとしているのだ。

清之介の心中に、大海に浮かぶ小舟の姿が浮かび上がった。今後清之介は徒手空拳で荒海に漕ぎ出し、己の腕一本で舵を取らなければならない。

だが、清之介は格段の才幹や技能は何ら持ち合わせていない。唯一の取り柄と言えば幼い頃から鍛錬を重ねてきた剣術くらいだが、それも拳銃の前には無力だった。新しい時代には何の役にも立たないだろう。お上の威光がなくなってしまえば、清之介など嘴が黄色いただの若造だ。町火消の権六の態度がそれをはっきりと示している。

このままでは清之介の乗った小舟は激しい潮流になす術もなく翻弄され、いずれ幕府と同じ運命をたどるだけだろう。

(無理だ。到底叶わぬ――)

加絵の思いも戸田家の未来も手に余る、それが清之介の本音だった。己には荷がよほど重すぎて、ただ沈みいくのみだ。清之介が力なく目を伏せた時、加絵が言った。

「ですが、遠く岡崎ではなく、今ここに私と惣太郎がいるではありませんか。世がいかに移り変わろうとも、私が旦那様の妻であり、惣太郎が旦那様の子であるという真実はいささかも揺るぎません。私たち三人は家族なのです」

加絵の言葉は、雷光のように清之介の心の闇を瞬時に切り裂いた。

（家族……戸田という家ではなく、加絵と惣太郎という家族……）

同時に、昨夜のお糸の言葉がやにわに胸をよぎった。

「人は今いるその場所で最善を尽くすより他ありません」

「清之介様には、加絵様とまだ幼い惣太郎殿がいらっしゃいます」

隣の間の惣太郎を清之介は見やった。今日はむずかることもなく、すやすやと寝息をたてて静かに眠っている。

（そうだ、自分には加絵と惣太郎がいるではないか）

父夫婦や町奉行所という後ろ盾を失い、清之介は己のみが大海原のただ中に取り残されたような心許なさに苛《さいな》まれていた。しかし、清之介は一人で舟に乗っているわけではない。自分は孤独ではないのだ。三人手を携えて進めば、いかなる荒波をも乗り越えて行けるだろう。

もう逃げはすまい、と清之介はほぞを決めた。どこからも何からも誰からも。

その時、不意に露八の坊主頭が脳裏を掠めた。実を言えば清之介は、幇間になるために武士の身分を捨てるとは何という愚行だろうと内心露八を侮蔑していたのだ。しかし、むしろ露八は新たな時の流れにいち早く乗るだけの先見の明を持っていたのではないか。

縁側までゆっくりと歩を進めると、清之介は雨戸を開けた。既に夜は明けていたものの、東の空は厚い雲に覆われ、太陽を仰ぎ見ることはできない。だが雨はようやく小降りになり、風

も収まりつつあった。清之介は一つ大きく息をつくと、

「小柄《こづか》を持て」

そう加絵に命じた。加絵は、清之介の突然の要求に戸惑ったような表情を見せる。

「何をもたもたしておる。早くせよ」

と、清之介は手を差し出して加絵を催促した。そして、加絵から小柄を受け取ると、すぐさまその刃を髷に当てた。加絵が大きく目を見開き、かすれた声で、

「旦那様……」

「これで良いのだ。いや、こうしなければならぬのだ」

刃がわずかに髪に食い込んだところで、清之介の手が止まった。武士として生きた二十五年の歳月、戦国以来の戸田家の歴史が土壇場で清之介を躊躇させたのだ。しかしその刹那、ふとお糸の笑顔が瞼《まぶた》に浮かんだ。それでようやく踏ん切りがついた。

（さらば――）

清之介は一気に髷を切り落した。

心の中に大きなうろが突然ぽっかりと開いてしまったかのような寂寥が、清之介を襲った。しかし奇妙なことに、急に全身が軽くなったような解放感も同時に覚えていた。清之介は掌《てのひら》の中に残った一束の髪をしばらくの間見つめていたが、やがて勢いよく庭に投げ捨てた。

気がつくと、いつの間にか加絵が清之介の隣に並んで立っていた。加絵は清之介の頭に目をやると、くすりと小さな笑いを漏らした。

「何がおかしい」

「申し訳ございません。まるで落ち武者のように見えましたゆえ」

加絵の笑顔を実に久し振りに見た気がした。清之介と婚儀を挙げる前の、少女時代のように明るい笑顔である。

その時わずかではあるが雲間ができて、太陽が顔を覗かせた。始めは弱々しい薄日だったが、陽光は徐々に明るさを増し、清之介は眩しさに目を細めた。

清之介と加絵は肩を並べ、飽くことなく雨上りの空をいつまでも眺め続けていた。

初出一覧

「花狂い」　書き下ろし
「願い笹」　〈ミステリーズ！ vol.90〉（二〇一八年八月）
「恋牡丹」　書き下ろし
「雨上り」　書き下ろし

検印
廃止

著者紹介 1963年東京生まれ。早稲田大学卒。2017年鮎川哲也賞に投じた『恋牡丹』が最終候補作となり、本書でデビュー。

恋牡丹

2018年10月26日 初版

著者 戸《と》田《だ》義《よし》長《なが》

発行所 (株)東京創元社
代表者 長谷川晋一

162-0814/東京都新宿区新小川町1-5
電話 03·3268·8231-営業部
03·3268·8204-編集部
URL http://www.tsogen.co.jp
フォレスト・本間製本

ISBN978-4-488-43621-6 C0193

邪馬台国はやっぱりここでした!

NEW SEVEN WONDERS OF JAPAN

新・日本の七不思議

鯨 統一郎

創元推理文庫

◆

大昔、日本はアジア大陸と地続きだったが、
温暖化によって……。
ところで「日本」はニホンかニッポンか、
日本人の要件って何だろう？
バーのカウンター席で始まった歴史談義は、
漠然と受け止めていたけれど実は全然知らなかったと
気づかされることのオンパレード。
原日本人、邪馬台国、柿本人麻呂、空海、織田信長、
東洲斎写楽、太平洋戦争——
日本人なら知っておきたい七つのテーマに、
鯨史観は如何なるアプローチを試みるか。
『新・世界の七不思議』に続く、
『邪馬台国はどこですか？』姉妹編第二弾。

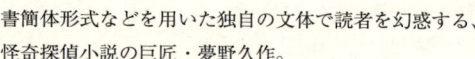

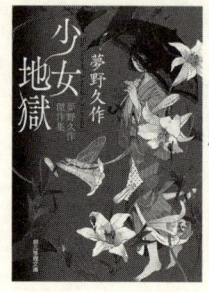